Johannes Wilkes, Jahrgang 1961, wurde in Dortmund geboren, als der Pott noch rauchte. Später absolvierte er ein Studium der Medizin in München. Seit mehr als 25 Jahren ist er bekennender Wahlfranke und führt in Erlangen eine sozialpsychiatrische Praxis. Neben populären Sachbüchern sind von ihm auch belletristische Werke erschienen. Das Frankenland hat seit Langem einen festen Platz in seinem Repertoire. Zuletzt veröffentlichte er *Das kleine Franken-Buch* (2014), *Das kleine Nürnberg-Buch* (2016), *Mord am Walberla* (2018), *Tod auf dem Poetenfest* (2019) sowie gemeinsam mit Michael Kniess den Freizeitführer *Nürnberger Land* (2020).

Johannes Wilkes

Der Fall Rückert

Kriminalroman

ars vivendi

Die Handlung und die Personen dieses Romans sind frei erfunden.
Jede Ähnlichkeit mit lebenden oder toten Personen wäre rein zufällig.

Originalausgabe

Vierte Auflage Juni 2020

www.arsvivendi.com

Lektorat: Johanna Cattus-Reif
Umschlaggestaltung: FYFF, Nürnberg
Motivauswahl: ars vivendi
Coverfoto: © owik2/photocase.de
Druck: CPI books GmbH, Leck
Gedruckt auf holzfreiem Werkdruckpapier
der Papierfabrik Arctic Paper

MIX
Papier aus verantwortungsvollen Quellen
FSC® C083411

Printed in Germany

ISBN 978-3-86913-629-5

Der Fall Rückert

Montag

Ein Schrei. Ein Schrei, der einem durch Mark und Bein fuhr. Ein grausamer Schrei mitten in die friedliche Stille hinein. Karl-Dieter saß gerade mit Mütze am Frühstückstisch. Erschrocken blickte er zu Mickey hinüber. Der Wellensittich war in höchste Aufregung geraten, hüpfte panisch auf die Stange seiner Schaukel und begann dort, rasend schnell zu rotieren.

»Die Riesenwelle«, sagte Karl-Dieter atemlos, »weißt du noch, wann er sie das erste Mal gemacht hat? Am Tag, als der Torwart deines glorreichen BVB mit der Eckfahne gepfählt wurde!«

Mütze nickte. Klar erinnerte er sich. Zum Glück war es nur der Ersatztorwart gewesen. Den Mörder hatte er innerhalb von zwei Tagen hinter Schloss und Riegel gebracht, eine Eifersuchtsgeschichte um eine blondierte Spielerfrau. Mit nostalgischem Gesicht schenkte sich der Kommissar noch eine Tasse Kaffee ein. Ja, das gute alte Dortmund! Dort wurde noch gemordet. In Erlangen nichts außer Diebstählen von rostigen Fahrrädern. Da konnte Mickey noch so oft um seine Stange kreisen.

Doktor Kunzelmann war ein Gewohnheitsmensch. Wie jeden Morgen kaufte er sich einen Kaffee to go beim *Beck* am Hugenottenplatz und warf die zehn Cent Wechselgeld mit großzügiger Geste in die durchsichtige Spendenbox. Wie jeden Morgen machte er noch einen Schlenker durch den morgenfrischen Schlossgarten, auf dessen sorgfältig gepflegten Rabatten schon die Pfingstrosen zu blühen begannen. Er verließ den Park über einen Nebenausgang beim

Kollegienhaus, überquerte die Universitätsstraße, indem er entschlossen eine Lücke im Strom der Radfahrer nutzte, und schloss dann die Tür zur Alten Universitätsbibliothek auf, zu seiner Bibliothek. Wie jeden Morgen wollte er in sein Büro, die Kaffeemaschine für die zweite Koffeinspritze anwerfen, als er einen Lichtschein bemerkte, der aus dem Kellergeschoss drang. Doktor Kunzelmann stutzte.

Ob der Sicherheitsdienst geschlampt hatte? War noch nie vorgekommen in all der Zeit, in der er die Direktion innehatte. Niemand anders als die Mitarbeiter und der Sicherheitsdienst hatten Zutritt zur Alten Universitätsbibliothek. Wer sollte jetzt, am frühen Montagmorgen, dort unten sein? Der Bibliotheksleiter nahm den letzten Schluck Kaffee, warf den Pappbecher in einen Eimer und ging dem Lichtschein nach.

Die Alte Universitätsbibliothek war ein ehrwürdiges Jugendstilgebäude, Jugendstil der wuchtigen, rustikalen Sorte. Weil Erlangen Lazarettstadt gewesen war, hatte der Krieg die Stadt verschont und so auch die Bibliothek mit ihren ungeheuren Schätzen. Mächtig stolz war Kunzelmann auf sein Haus, auf Bücher, die noch aus Wilhelmines Privatbesitz stammten, Wilhelmine von Preußen, die Lieblingsschwester Friedrichs des Großen, die es nach Bayreuth verschlagen hatte, einen armen Verwandten zu heiraten. Um etwas Glanz in dessen Fürstentum zu bringen, hatte Wilhelmine, kunstsinnig und den Wissenschaften zugetan, ihren Mann Friedrich zur Gründung einer Universität überredet und dieser zugleich ihren ganzen Bücherschrank vererbt, kostbar in Leder gebundene Bände. Das aber war nur ein kleiner Teil der Schätze, die hier lagerten. Auch von der renommierten Universität in Altdorf, auf der Promis wie Wallenstein und Leibniz die Bank gedrückt hatten, war die Büchersammlung übernommen worden, kostbar gestaltete

Folianten und Inkunabeln, aufwendig geschmückte Bibeln von unschätzbarem Wert, Handschriften und Erstausgaben. Und er, Kunzelmann, war der Hüter dieses Schatzes, was ihn mit glühendem Stolz erfüllte.

Elastisch tänzelte der noch rüstige Endfünziger, dessen Bauch sich durch fleißigen Konsum des kräftigenden Erlanger Bieres hübsch gerundet hatte, die glänzenden Granitstufen hinunter, immer dem Schein des Lichtes folgend. Seltsam, die Türen im Keller standen gegen jede Vorschrift offen. Kunzelmann spürte, wie der Ärger in ihm hochstieg. Unordnung war ihm aus tiefstem Herzen verhasst, wie jedem anständigen Bibliothekar. Bibliothekare waren die ordentlichsten Menschen der Welt. Jede Stadt reißt sich darum, die Jahrestagung der deutschen Bibliothekare auszurichten, kein gesitteteres Publikum lässt sich denken. Nie eine Beschwerde, nie ein Skandal, lauter hochzufriedene Hoteliers, welche die Zimmer ohne jeden Zimmerservice weitervermieten könnten, kein Gast würde merken, dass das Zimmer schon benutzt worden war. Wehe aber, der Bibliothekar wird mit Unordnung konfrontiert! Dann fängt sein Blut an zu wallen. Und so schwoll nun auch Kunzelmann der Kamm. Licht, das nicht brennen durfte, Türen, die gegen jede Regel offen standen, wie sollte man angesichts der ausbrechenden Anarchie ruhig bleiben?

Auch das, was da auf dem Boden lag, gehörte nicht dahin. Die Dame, die sich dort schlafen gelegt hatte. Oder schlief sie gar nicht? Kunzelmann trat näher heran, erstarrte – und wurde so bleich wie die gekalkten Kellerwände. Das war doch ... das war doch Frau Apeldoorn! Seine beste Kraft! Kunzelmann sank mit entsetztem Blick auf einen der Resopalstühle nieder, welche die Regalwände bewachten. Frau Apeldoorn gab keinen Muckser mehr von sich. Frau Apeldoorn war nicht mehr.

»Familie?«

Doktor Kunzelmann schien nicht zu verstehen und starrte Mütze an, als hätte ihn der Kommissar nach einem Mondkalb gefragt.

»Doppelter Beinbruch«, sagte Mütze nur knapp. Er war es leid, seine Gesichtsmaske erklären zu müssen.

Doktor Kunzelmann glotzte noch ungläubiger.

»Jochbein und Nasenbein«, ergänzte Mütze eine Spur gnädiger.

Nie wieder Fußball! Nicht mit Amateuren. Dieses blödsinnige Fußballmatch gestern. Beim Benefizspiel Erlanger Prominenter gegen die Brucker Altherrenmannschaft hatte ihm der eigene Torwart das Gesicht zertrümmert. Mit dem Kopf. Ausgerechnet der Chefarzt der plastischen Chirurgie! Er ist es dann auch gewesen, der ihn eigenhändig in die Notaufnahme gefahren und verarztet hatte. Auch die schwarze Maske hatte er ihm verpasst. »Nur für vier Wochen«, hatte der Doc gemeint. Und Karl-Dieter? Nach dem ersten Schrecken hatte er laut gelacht. Mütze solle sich für die Rolle des Phantoms der Oper bewerben, worüber der Kommissar nur müde grinsen konnte. Hahaha, witzig-witzig!

»Herr Doktor Kunzelmann, ich will von Ihnen wissen, ob Frau Apeldoorn Familie hatte.«

Der Bibliothekar schien sich wieder etwas gefasst zu haben.

»Frau Apeldoorn? Familie? Wieso das? Sie lebte doch ausschließlich für unsere Bibliothek!«

»Auch am Wochenende?«

Doktor Kunzelmann schüttelte den Kopf.

»Am Wochenende nicht, üblicherweise nicht.«

»Was heißt üblicherweise?«, wollte Mütze wissen.

Doktor Kunzelmann nahm die Hornbrille ab und rieb sich die Augen.

»Überstunden dürfen nur gemacht werden, wenn sie angeordnet sind. Vorschrift der Universitätsverwaltung. Vor zwei Jahren haben wir eine Prachtausstellung durchgeführt, die edelsten, sonst streng verwahrten Bände in Vitrinen präsentiert. Da sind wir auch an den Wochenenden beschäftigt gewesen. Seitdem aber ist Wochenende wieder Wochenende und kein Mitarbeiter im Einsatz.«

»Warum war Frau Apeldoorn dann hier?«

Kunzelmann schnaufte erschöpft.

»Ich habe nicht die geringste Ahnung«, sagte er kraftlos, »die Gute hat kein Wort zu mir gesagt. Am Freitag ist sie wie immer ins Wochenende gegangen, kein Wort davon, dass sie noch was Dringendes zu arbeiten habe. Frau Apeldoorn ist ein Muster an Zuverlässigkeit, arbeitet seit dreißig Jahren im Hause, hat noch keinen einzigen Tag gefehlt, hat immer still und zuverlässig ihre Arbeit in der Katalogabteilung gemacht. Es ist ein Drama, ein unglaublicher Verlust! Frau Apeldoorn beherrschte noch die Preußischen Instruktionen, wer kann die heute noch? Heute nur noch RAK!«

»Preußische Instruktionen? RAK?« Mütze sah den Bibliotheksdirektor fragend an.

»RAK. Das Regelwerk für die alphabetische Katalogisierung. Hat die Preußischen Instruktionen vor vielen Jahren abgelöst. Nach welchem Regelwerk auch immer, stets hat Frau Apeldoorn die Katalogisierung still und zuverlässig ausgeführt.«

Als ihm zum erneuten Male die Worte »still und zuverlässig« über die wulstigen Lippen rutschten, biss sich Kunzelmann heftig in die Faust, und die Augen wurden ihm feucht. Den Tränen zum Trotz und wie um sich zu quälen, wiederholte er aber bebend: »Still und zuverlässig, so ist sie immer gewesen, jawohl, still und zuverlässig!«

Ein Mann von der Spurensicherung nahm Mütze zur Seite, zeigte ihm etwas und flüsterte dazu hastig ein paar Worte. Mütze nickte.

»Still und zuverlässig, sicher, sicher«, murmelte er. »Herr Doktor Kunzelmann, kann es dennoch sein, dass Frau Apeldoorn ein Doppelleben geführt hat?«

»Ein Doppelleben? Frau Apeldoorn? Niemals! Wie kommen Sie denn darauf?«

»Das hier haben wir in ihrer Handtasche gefunden!«

Mütze winkte den Mann von der Spurensicherung näher. Er öffnete den Frischhaltebeutel. In ihm schaukelte ein noch verschweißtes Kondom. Doktor Kunzelmann erbleichte aufs Neue.

Erlangen war ein hübsches Städtchen. Zumindest verglichen mit Dortmund. Das war das Schöne, wenn man in Dortmund aufgewachsen war: Überall anders erschien es einem paradiesisch. Nicht dass Mütze seine Heimatstadt nicht mochte. Aber schön konnte man Dortmund wirklich nicht nennen. Jedenfalls nicht im landläufigen Sinne. Die Bomben des Zweiten Weltkriegs hatten in Dortmund so gründliche Arbeit geleistet, dass man überlegt hatte, die Stadt an anderer Stelle aufzubauen. Man hatte sich dann doch dafür entschieden, die Stadt aus den Trümmern wieder zu errichten, entsprechend aber war das Ergebnis ausgefallen, ein städtebauliches Flickwerk ohne jeden Charme. Erlangen hingegen war propper und niedlich.

Trotzdem wäre Mütze nie im Leben nach Erlangen gegangen. Nur der Liebe zuliebe war er hier gelandet. Um keinen Ehekrach zu riskieren. Ehe im übertragenen Sinne, denn zu Karl-Dieters nicht geringem Kummer wollte Mütze den Weg zum Traualtar partout nicht gehen. Karl-Dieter hatte am Erlanger Theater seine Traumstelle bekommen, Leiter des technischen Dienstes. »Leitender Kulissenschieber«, frotzelte Mütze, wenn er seinen Freund aufziehen wollte. Er selbst nannte ihn niemals seinen Freund, sondern immer nur seinen Partner. Das klang einfach männlicher. Und ein Kommissar war nun mal männlich und Mütze erst recht. Knallharter Ermittler der alten Schule, ohne jeden Hang zu Sentimentalitäten.

Die Apfelsinenschale, wie man im Pott das Dortmunder Opernhaus wegen seines gebogenen Daches nannte, hatte Karl-Dieter vor die Tür setzen wollen. Von einem Tag auf den anderen. Kürzungsmaßnahmen, weil die Stadt pleite war. Dabei waren Karl-Dieter unglaubliche Bühnenbilder gelungen. Niemand verstand es, sich in die Seele eines Stückes so einzufühlen, das Bühnenbild danach zu gestalten. Nicht selten hatten Karl-Dieters Interpretationen die Regie beeinflusst. Unvergessen der Beginn des Nathan. Wie der junge Neonazi die junge Recha aus einem brennenden Asylantenheim rettet! Karl-Dieters Idee, aber die Lorbeeren hatte der Regisseur geerntet.

So war es gekommen, wie es kommen musste. Alle seine Kollegen hatten Familie, Karl-Dieter aber hatte nur Mütze und deshalb kein Bleiberecht. Trotz der vielen gemeinsamen Jahre. Wenn sie verheiratet wären, ja das wäre etwas anderes, hatte Karl-Dieter wieder vorwurfsvoll zu klagen begonnen. Aber Mütze wollte ja nicht. Immer noch nicht. Die Ehe sei was für Heteros und Spießer, war seine Rede. Zum gleichen Zeitpunkt, als die radikalen Kürzungsmaßnahmen des Dortmunder Theaters durchsickerten, war im *Deutschen Bühnenblatt* die Stelle in Erlangen angezeigt worden. Als dann noch die Erlanger Kripo einen Ersatz für einen ausscheidenden Kommissar gesucht hatte, war der Umzug beschlossene Sache gewesen. Nun lebten sie seit einem halben Jahr in Erlangen und hatten sich gut akklimatisiert, wenngleich sich Mütze in einer solch braven Stadt übel zu langweilen begonnen hatte. Immer nur Fahrraddiebstähle, allerhöchstens mal der Einbruch in ein verstaubtes Kellerabteil. Peanuts für einen mordgestählten Kommissar. Umso besser fühlte sich Mütze jetzt, hier im Keller der Alten Universitätsbibliothek. Zufrieden stellte er fest: Auch in Erlangen wird gemordet!

Zur selben Zeit, als Mütze sich über seiner Leiche unternehmungslustig die Hände rieb, schlenderte Karl-Dieter in aller Gemütsruhe über den Erlanger Marktplatz. Als neuer technischer Direktor hatte er im ersten halben Jahr so viele Überstunden eingefahren, dass er die nächsten Wochen etwas kürzertreten musste. Zwar war Karl-Dieter ebenso ein beruflicher Perfektionist wie Mütze, er hatte jedoch keine Probleme damit, in den Freizeitmodus zu schalten. Warum auch? Karl-Dieter war ein barocker Genussmensch und war es aus Überzeugung. »Systole und Diastole, einatmen und ausatmen«, auf diese Goethe-Maximen kam es an, das schützte vor dem Burnout. Wenn irgend möglich, genoss Karl-Dieter mit allen Sinnen, wie auch jetzt beim Gang über den Marktplatz, den er so sehr liebte. Was für ein lebendiges Treiben herrschte dort! All die zahlreichen Stände mit ihrem vielfältigen Angebot, das meiste frisch aus der Region von den Feldern des nahen Knoblauchslandes, dazu ein Käsestand, ein kleiner Metzgereiwagen. Herz, was begehrst du mehr?

Bei den Marktfrauen war Karl-Dieter bereits bekannt, bekam schon mal den einen oder anderen Tipp, welches Gemüse besonders frisch geliefert worden sei oder wann es wieder Bohnenkraut gebe. Gerne wäre Karl-Dieter mit

Mütze zusammen einkaufen gegangen, aber der Herr Kommissar hatte ja für Einkäufe nichts übrig. Genauso wenig für bunten Blumenschmuck, den sich Karl-Dieter ebenfalls selbst besorgen musste.

Seit einiger Zeit war Karl-Dieter allerdings durchaus froh darüber, dass Mütze keinen Gedanken an Blumen verschwendete. Kam es tatsächlich einmal vor, dass der Freund ihn mit einem Strauß überraschte, bekam Karl-Dieter Herzrasen der übelsten Sorte. Für diese Reaktion gab es einen Grund, eine alte Geschichte, lange her. Karl-Dieter hatte sie schon erfolgreich verdrängt, nur in manchen Momenten noch kroch böse die Erinnerung wie eine giftige Schlange aus dem Dunkel, und es wurde ihm arg bang ums Herz. Speziell, wenn Mütze mit roten Rosen in der Tür stand.

Karl-Dieter kaufte ein Kilo Bamberger Hörnchen, eine höchst schmackhafte Kartoffelsorte mit Charakter. Mütze liebte es zwar nicht, die verwinkelten Knollen abzupellen, aber Karl-Dieter versicherte ihm, der Geschmack sei unvergleichlich. Mütze schüttelte darüber nur ungläubig den Kopf. Die höchste von allen Veredlungsformen der Kartoffel war und blieb für ihn die Verarbeitung zu Pommes frites. Diese allerdings gab es am heimischen Herd schon seit Langem nicht mehr. Karl-Dieter hatte den Umzug nach Erlangen dazu genutzt, um die Fritteuse zu entsorgen. Frittieren war ja so was von ungesund. Sie hatten jetzt beide ein Alter erreicht, in dem man auf pubertäre Speisen zugunsten gesunder und leichter Kost gerne verzichtete.

Karl-Dieter erstand noch einen saftigen Kopfsalat, den ihm ein einarmiger Bauer geschickt in Papier rollte, und wollte weiter zu dem mobilen Käsestand, als er hinter sich hörte, wie ein Stadtführer einer kleinen Studentengruppe ein historisches Haus erklärte. Das Haus sei eine Art Vorform eines

Studentenwohnheims gewesen. Eine Erlanger Kaufmannswitwe habe Zimmer an Studenten vermietet, einer dieser Studenten sei ein junger, begabter Dichter gewesen, August Graf von Platen. Liebeskummer habe den gebürtigen Ansbacher von Würzburg vertrieben. Platen verliebte sich stets in junge Männer. Eines Tages habe er seinen ganzen Mut zusammengenommen und seinem Angebeteten seine Gefühle offenbart. Was für ein Fehler! Brüsk sei er zurückgewiesen worden, überstürzt habe er die Zelte in seinem geliebten Würzburg abbrechen müssen. Gelebte Homosexualität sei in jener Zeit ein Skandal gewesen, erklärte der Fremdenführer seiner interessierten Zuhörerschaft und drückte sich seinen Panamahut tiefer in die Stirn. Ja, Homosexualität sei sogar als Verbrechen gewertet worden, das man strafrechtlich verfolgte. So hatte Platen zeit seines Lebens ein unglücklicher Mensch bleiben müssen, einzig seinen Tagebüchern hatte er seine Neigungen anvertrauen können.

Karl-Dieter seufzte still. Tiefes Mitleid mit dem armen Dichter ergriff ihn. Ob Platen heute ein glücklicherer Mensch geworden wäre? Zumindest standen die Chancen im einundzwanzigsten Jahrhundert deutlich besser. Er blickte noch mal zu dem Haus empor und machte sich dann mit seinen Einkäufen auf den Weg. Das war der Vorteil, wenn man als Bühnentechniker arbeitete, man brauchte nicht so früh anzufangen und hatte die Stadt noch ganz für sich, die Stadt und das Fitnessstudio, wohin Karl-Dieters nächster Gang führte. Gleich nach der Ankunft in Erlangen hatte er sich dort angemeldet, war aber noch nicht sehr oft dazu gekommen, das Studio zu besuchen. Das wollte er jetzt nachholen, da er sein Überstundenkonto abfeiern sollte. Er war jetzt in ein Alter gekommen, in dem man etwas für seine Fitness tun musste. Und für seine Figur.

Eigentlich verabscheute Karl-Dieter diese muffigen Gerätehallen, das Klirren des Metalls, den Gestank nach Männerschweiß. Aber was nahm man nicht alles in Kauf, wenn es der Gesundheit diente. Außerdem hasste er es, wenn ihm Mütze abends beim gemeinsamen Fernsehgucken auf dem heimischen Sofa in die Speckfalten zwickte. Bestimmt war es liebevoll gemeint, und dennoch war es eine Art nonverbaler Spott, den Karl-Dieter nicht vertrug.

Sehr erfolgreich war sein Kampf gegen die Pfunde noch nicht gewesen, aber alle Ärzte rieten ja dazu, mit dem Abnehmen vorsichtig und behutsam zu beginnen. So gesehen war er auf dem richtigen Weg. Und außerdem belohnte er sich nach einer anstrengenden Viertelstunde an den Geräten durch einen Aufenthalt im Wellnessbereich. Besonders die Bio-Sauna hatte es ihm angetan. Das war Entspannung pur. Das Einzige, was Karl-Dieter bedauerte, war, dass er nicht den Lady-Spa-Bereich betreten durfte. Alles, was er von Erzählungen wusste, ließ ihm diese geheime Wellnessetage in traumhaften Farben erscheinen. Die angenehmen Gerüche, die ausgelegten Pflegeprodukte, der Teller mit dem frisch geschnittenen Obst, die gereichten Entschlackungstees! War doch eine Hundsgemeinheit, dass ihm als Mann eine solche Wohlfühloase vorenthalten blieb.

Beim Passieren des Schlossplatzes fuhr ein langer, offener Wagen vor Karl-Dieter her. Sechs muntere Kleinkinder saßen auf ihren Bänken und winkten Karl-Dieter fröhlich zu. Zwei junge Frauen zogen die Sechserbande Richtung Schlossgarten. Wohl der Ausflug einer Kinderkrippe, dachte Karl-Dieter, und sein Herz füllte sich mit leiser Wehmut. Wann würde er jemals das Glück verspüren dürfen, seinen eigenen kleinen Racker an die Brust zu drücken?

Zum Mittagessen trafen sich die Freunde in ihrer Wohnung in Kosbach. Nicht dass Karl-Dieter jeden Tag kochte, aber wenn es sich ermöglichen ließ, aßen sie am liebsten daheim. Zwar gab es in Erlangen jede Menge Möglichkeiten, gut und günstig zu Mittag zu essen, aber Kochen war nun mal Karl-Dieters Leidenschaft, und außerdem hatte er, wenn er selber kochte, die hundertprozentige Kalorienkontrolle. Während er den Tisch deckte, erzählte Mütze vom Stand der Ermittlungen.

Viel hatte er vom Bibliotheksdirektor nicht über das Leben der Toten erfahren. Frau Apeldoorn schien tatsächlich nur für die Bibliothek gelebt zu haben. Von ihrem Privatleben war nichts bekannt. Sie wohnte in einer Zwei-Zimmer-Wohnung in der Schuhstraße unweit des Zentrums und wurde außerhalb der Alten Universitätsbibliothek höchstens mal im *Café Mengin* gesehen, wo sie ein Stück Prinzregententorte verdrückte, einen Kamillentee trank und die Illustrierten durchblätterte. Sie war zweiundsechzig Jahre alt geworden, verreiste einmal im Jahr an die Ostsee und besuchte alle vierzehn Tage ihr altes Mütterchen in Buttenheim, das man noch nicht hatte erreichen können. Völlig zurückgezogen habe die Bibliothekarin gelebt. Niemals habe man sie mit einem Mann gesehen. Mützes Mund verzog sich bei der letzten Bemerkung spöttisch.

»Welche Frau aber läuft mit einem Kondom in der Tasche herum, wenn sie keinen Partner hat?«

Mütze nahm sich ein zweites Mal vom Kartoffelsalat mit Bauernspeck. Seitdem Karl-Dieter die Kochkurse beim Hausfrauenbund im Erlanger Altstadtmarkt besuchte, gab's immer wieder neue, interessante Gerichte.

»Ich weiß nicht, was du willst. Schon in der Schule lernen heute die jungen Leute, auf jede Situation vorbereitet zu sein«, erwiderte Karl-Dieter und goss seinem Freund einen Schluck Storchenbier aus dem Bügelkrug nach. Ein ausgezeichnetes, frisches Bier, das es nur frisch abgezapft zu kaufen gab. Ein lebendiger Gerstensaft, ungespundet, hefeprickelnd.

»Vorbereitet, schön und gut«, erwiderte Mütze mampfend, »aber doch nicht mit zweiundsechzig Jahren!«

»Warum nicht? Die Libido der Frau soll sich im Alter noch steigern.«

»Red keinen Unsinn. Die Tote soll noch nie einen Mann gehabt haben.«

»Eben! Was meinst du, was sich bei der alles aufgestaut hat.«

Mütze sah den Freund belustigt an. Karl-Dieter hatte wohl heute seinen spaßigen Tag. Im Ernst, eine Frau mit zweiundsechzig, die noch nie einen Partner gehabt hatte, was sollte die mit einem Kondom?

»Ich hab auch einen Organspendeausweis in der Tasche, obwohl ich noch nie gestorben bin«, meinte Karl-Dieter grinsend.

Die Erlanger Pathologie lag nicht weit von der Alten Universitätsbibliothek entfernt, ein stattliches Gründerzeitgebäude, trutzig, respekteinflößend. Der Kellerraum aber war modern und zweckmäßig gestaltet, weiße Fliesen, die sich gut reinigen ließen, gleichmäßige Ausleuchtung durch gleißend helle Neonröhren. Auf dem Metalltisch lag Frau Apeldoorn. Der Leiter der Erlanger Rechtsmedizin war ein blitzgescheiter Mann, dessen Urteil Gewicht hatte. Klassischer Universitätsprofessor, Analytiker durch und durch, scharfsinnig, brillant. Mütze mochte ihn auf den ersten Blick. Professor Krautwurst hielt sich nicht mit Nebensächlichkeiten auf, sondern kam gleich zur Sache. Auch Mützes Maske schien ihn in keiner Weise zu irritieren.

»Todeszeitpunkt Sonntagabend zwischen neunzehn und zweiundzwanzig Uhr. Ergeben die Temperaturdifferenzen, Irrtumswahrscheinlichkeit kleiner 0,5 %. Würgemale am Hals. Tod durch Ersticken. Fraktur des Zungenbeins, sonst keine inneren oder äußeren Verletzungszeichen, insbesondere keine Hinweise auf eine Vergewaltigung. Intaktes Hymen, Jungfrau also. Mageninhalt: Torte, wahrscheinlich vom Typ Prinzregent, Kamillentee und Sekt.«

Mütze trat näher und pfiff leise durch die Zähne, als sein Blick auf die Kleidung der Toten fiel, die auf einem benachbarten Tisch ausgebreitet war.

»Ungewöhnlich in diesem Alter«, sagte der Professor, der Mützes Gedanken zu erraten schien.

Schwarze Seidenunterwäsche mit Spitzen, raffiniertes Fischgrätmuster.

»Sekt, Reizwäsche, das Kondom. Die Tote scheint etwas vorgehabt zu haben«, sagte Mütze. »Kannten Sie sie?«

»Nein, die Alte Universitätsbibliothek ist was für unsere Geisteswissenschaftler.«

»Na, dann werde ich mal wieder bei Doktor Kunzelmann vorbeischauen.«

Kein Handy. Der Supergau für jeden Ermittler. Gab es das noch, einen Menschen ohne Mobilfunk? Keine SMS, keine Rufnummern, nicht mal ein Bewegungsprofil konnte man erstellen.

»Aber einen Computer wird sie doch benutzt haben?«

»Selbstverständlich«, sagte Doktor Kunzelmann etwas pikiert, »wir sind schließlich eine wissenschaftliche Einrichtung und keine Badeanstalt!«

Sie gingen zusammen zum kleinen Büro der Toten, Mütze erbrach das Siegel, das an einer Holztür mit schönen Schnitzereien angebracht war. Alles war säuberlichst geordnet, kein Foto auf dem Schreibtisch, kein privater Gegenstand. Ein alter Mac thronte auf der Tischplatte. Mütze zog sich einen Plastikhandschuh über und schaltete den Computer an.

»Wie komme ich an die E-Mails?«

Kunzelmann konnte ihm nicht weiterhelfen. Die E-Mails waren passwortgeschützt. Mütze zückte sein Handy und telefonierte mit Big-Chip. Eine Minuten später war er drinnen.

»Na also«, sagte er zufrieden, »was die NSA kann, können wir schon lange!«

Er scrollte und klickte, dann hatte er, was er suchte. Volltreffer! Es gab nur eine private E-Mail aus den letzten Wochen, eine Nachricht vom Mörder. Gesendet Samstag, dreizehn Uhr zweiunddreißig. Mütze zückte Stift und Notizbuch und schrieb sich den kurzen Dialog ab: Mörder: »Ich muss Sie wiedersehen! Geben Sie mir eine Chance.« Apeldoorn: »Wo sollen wir uns denn treffen?« Mörder: »Am liebsten bei Ihnen in der Bibliothek. Sonntagabend um zehn? Ich liebe den Geruch von Büchern!«

»Also diese Heteros«, sagte Karl-Dieter, als sie abends in ihrer gemütlichen Dachwohnung in Kosbach saßen. Kosbach gehörte offiziell zu Erlangen, war aber ein kleines Dorf ganz weit draußen geblieben. Fröhlich spiegelte es sich in den appetitlich gefüllten Karpfenteichen. Ein paar Bauernhöfe, dreieinhalb verschlafene Straßen mit Einfamilienhäusern, zwei Landgaststätten, in denen es sich vortrefflich speisen ließ, das war's. In der Nacht sah man am Horizont ein futuristisches Bauwerk leuchten. Herzogenaurach, das Factory-Outlet von Adidas.

Kosbach war ein echtes Idyll. Angeblich wohnten hier die glücklichsten Erlanger, jedenfalls hatte dies eine Befragung ergeben. Das aber ist nicht der Grund gewesen, warum Mütze und Karl-Dieter hierher gezogen waren. Es war schlicht die einzige Wohnung, die der Makler ihnen hatte zeigen können. Sonst war nichts angeboten worden, Erlangen wurde von Studenten regelrecht abgemäht. Jeder dritte Erlanger war Student, das hielt die Stadt jung und lebendig, machte die Wohnungssuche aber zu einem Abenteuer. Den beiden Freunden hatte die Wohnung sofort gefallen. Ihr Schwulsein war kein Problem gewesen. Die Vermieterin hatte nicht mal mit der Wimper gezuckt, als sich die beiden Herren vorgestellt hatten, und sich allein für ihre letzten Bankauszüge interessiert. Alles andere war ihr egal. Sympathisch-tolerant schienen sie zu sein, die Erlanger. Und pragmatisch.

»Was gibt's wieder über die Heteros zu meckern?«, fragte Mütze, genüsslich die Reste des Kartoffelsalats verputzend.

»Na hör mal!«

Karl-Dieter wunderte sich wieder einmal, wie Mütze manche Dinge entgehen konnten. Als Kommissar!

»Kein Schwuler würde sich doch zu einem ersten Rendezvous mit den Worten *Ich liebe den Geruch von Büchern* verabreden. Das ist das Erste, was nicht geht.«

»Und das Zweite?«, sagte Mütze mit schmerzhaftem Grinsen. Kam der Schmerz nun vom Jochbein oder vom Nasenbein?

»Dass man sich am Arbeitsplatz trifft. Das ist ja so was von unromantisch!«

»Ach ja?« Mützes Grinsen wurde trotz des Wundschmerzes noch breiter. »Und wie war das damals mit uns?«

Nun musste auch Karl-Dieter grinsen. Klassisches Eigentor! Dass er daran nicht gedacht hatte! Kennengelernt hatten sich die beiden so unterschiedlichen Männer durch den Mord an Fischer-Haselmann in der Dortmunder Oper, schon mehr als zwanzig Jahre her. Der bekannte Tenor hatte beim Aufzug des Vorhangs tot am Weltenbaum gehangen. Zum Glück hatte das Publikum geglaubt, das gehöre zu dem Stück, sodass keine Panik ausgebrochen war. Geistesgegenwärtig hatte Karl-Dieter den Vorhang wieder heruntergelassen. Mütze hatte die Ermittlungen übernommen. Es ist Liebe auf den ersten Blick gewesen. Nachdem er Karl-Dieter als Zeugen vernommen hatte, sind sie sich in der Kulisse nähergekommen, genauer im Schwanenboot von Lohengrin. Aber das konnte man doch wirklich nicht mit einer staubigen Bibliothek vergleichen.

»Wenn er doch den Geruch von Büchern so sehr liebt!«, spottete Mütze.

Natürlich ist das ein Vorwand gewesen. Was aber hatte der Mörder in der Bibliothek tatsächlich gewollt? Um Liebe war es ihm nicht gegangen und auch nicht um Lust. Die Leiche hatte keinerlei Vergewaltigungszeichen gezeigt. Natürlich war nicht auszuschließen, dass der Täter zunächst die Absicht gehabt hatte, sie zu vergewaltigen, und dann panisch wurde. So etwas kam vor. Wahrscheinlicher aber war: Der Mörder hatte die Bibliothek zum Rendezvous auserkoren, um dort etwas mitgehen zu lassen. Er hatte die Flasche Sekt aufgemacht, der armen alten Jungfer ein Gläschen eingeschenkt und ihr dann das schmale Hälschen noch schmäler gemacht, um sich in Ruhe umsehen zu können. Kunzelmann hatte von wertvollsten Büchern gesprochen. Auf den ersten Blick schien zwar nichts entwendet worden zu sein, aber was hieß schon »auf den ersten Blick« bei einer Bibliothek mit Abertausenden von Bänden? Kunzelmann hatte ihm versprochen, sich mit allen verfügbaren Mitarbeitern sogleich auf die Suche zu machen und den Bestand auf Verluste hin zu durchforsten. Doch das konnte dauern.

Mütze ließ sich eine Welle Storchenbier über den Knorpel gleiten. Ah, wie das schmeckte! Dass in Dortmund von ehemals sieben Brauereien sechs den Zapfhahn zugedreht hatten, war ein tieftrauriges Kapitel Stadtgeschichte. Wie hatte Brecht noch mal gesagt? Wo man Brauereien schließt, da auch bald die Leberkliniken! Doch natürlich gab es eine Vorgeschichte. Erst waren die Zechen gestorben, dann die Stahlwerke, dann die Brauereien. Das einst aschegraue, aber quicklebendige Dortmund hatte sich von einer schmutzigen Malocherstadt zu einer hemdkragengestärkten Dienstleistungs- und Verwaltungsmetropole gewandelt. Und Verwaltung säuft halt nicht.

Als sie im Bett lagen, hörte Mütze Karl-Dieter noch einen tiefen Seufzer tun.

»Was ist?«, fragte er.

»Ich muss an die arme Tote denken. Das erste Rendezvous ihres Lebens. Wie wird sie sich darauf gefreut haben! Wie aufgeregt muss sie gewesen sein, so voller Hoffnung, so voller Leben. Vielleicht war sie zum ersten Mal überhaupt verliebt. Und dann das!«

»Muss ganz schnell gegangen sein, es gab keine Abwehrzeichen.«

»Resignation. Ganz einfach Resignation! Warum sollte sie sich noch wehren? Dieses traurige Leben ergab keinen Sinn mehr für sie. Alle ihre aufgesparten Hoffnungen, all ihre Liebesenergie hat sie auf diesen einen Moment gesetzt. Und wie grauenhaft wurde sie enttäuscht. Nein, da wehrt man sich nicht mehr, da will man nur noch eines: sterben.«

Mütze musste schnaufen. Karl-Dieter war und blieb ein Romantiker. Er unterschätzte den Lebenswillen, den auch zutiefst Enttäuschte angesichts des Todes entwickeln konnten. Erneut entfuhr Karl-Dieter ein Seufzer. Mütze verdrehte still die Augen. Wenn Karl-Dieter auf diese Weise seufzte, erwartete er, dass man ihn nach dem Seufzergrund fragte, sonst reagierte er mächtig eingeschnappt.

»Was ist denn noch?«, brummte Mütze pflichtschuldig.

»Ich muss mir vorstellen, wie die Arme in die Wäscheabteilung gegangen ist. Ist ihr bestimmt arg peinlich gewesen, sich schwarze Spitzenwäsche zu kaufen, zum ersten Mal im Leben. Aber in die Peinlichkeit hinein hat sich bestimmt zugleich eine heiße Freude gemischt, so ne richtig prickelnde Gänsehaut wird sie bekommen haben.«

Mütze verstand nicht, was Karl-Dieter wollte. Prickelnde Gänsehaut? Heiße Freude? Warum sollte man bei so etwas Langweiligem wie einem Kaufhausbesuch heiße Freude empfinden? Einkaufen war doch so was von lästig. Mütze ging nur in ein Geschäft, wenn im Kleiderschrank absoluter Notstand herrschte.

»Ach, das verstehst du nicht«, seufzte Karl-Dieter erneut, »du weißt nicht, was eine Frau empfindet, wenn sie solche Wäsche trägt.«

»Aber du weißt das.«

Karl-Dieter antwortete nichts darauf. Natürlich wusste er das! Was würde er darum geben, sich hin und wieder neue, schicke Wäsche zu kaufen. Einmal hatte er sich ein süßes schwarzes Spitzenhöschen angezogen. Mütze hatte ihn nur seltsam angesehen und gefragt: »Is was mit Oma?« Nein, es hatte keinen Sinn, mit Mütze über Kleiderfragen zu reden, ihm fehlte einfach das Gespür dafür.

Mütze hatte sich laut umgedreht und damit deutlich zu verstehen gegeben, dass er die nächtliche Unterhaltung für beendet ansah, als er Karl-Dieter erneut seufzen hörte.

»Was ist denn noch?«, knurrte Mütze.

»Die Sache mit dem Verhüterli. Bestimmt hat das Bibliotheksfräulein die Packung mit den Kondomen an der Kasse des Supermarkts verschämt unter einen Kopfsalat gelegt, damit die hinter ihr Stehenden nichts merken.«

»Hmmh.«

»Und daheim hat sie mit zittrigen Fingern eine Verpackung aufgerissen.«

»Wieso das?«

»Na, um zu üben. Sie hatte doch nicht die geringste Ahnung, wie man die Dinger benutzt.«

»Du meinst ...?«

»Na klar. Mit ner Banane vielleicht oder einer dicken Möhre. Und dabei muss sie so etwas von aufgeregt gewesen sein, wie ein junges Mädchen vor seinem ersten Rendezvous.«

Mütze musste lächeln. Karl-Dieter hatte echt Seele. Wie sehr er sich in das Gemüt der Toten einfühlen konnte.

»Gute Nacht, Knuffi!«

»Gute Nacht, Mütze!«

***

Eine Leselampe. Sehr hell, fast wie ein kleines Flutlicht. Im Kegel des Lichtes dünnes Papier, vergilbt, handbeschrieben. Schwer zu entziffern, eine merkwürdig altertümliche Schrift. Links Buchstaben in einer unbekannten, fremden Sprache, rechts daneben die deutsche Übersetzung. Selten Korrekturen, manchmal kleine Kommentare. Wenn dem Schreiber der Platz ausgegangen war, auch mal senkrecht den Rand entlang.

Hastig, ja fast gierig verschlang der nächtliche Leser seine Neuerwerbungen, unruhig flackerten seine Augen hin und her, ohne jedoch ein einziges Wörtchen zu überlesen. Kaffee oder einen anderen Muntermacher brauchte er nicht. Seine Aufmerksamkeit war auf das Höchste gespannt.

An das, was er heute erlebt hatte, verschwendete er keinen Gedanken mehr. Nur kurz hatte er sich darüber gewundert, wie leicht es war, einen Hals zuzudrücken. Er hätte gar nicht so viel Kraft aufbringen müssen. Wesentlich schwieriger war es, diese Handschrift zu entziffern. Kein Mensch schrieb heute mehr so. Nicht dass die Schrift undeutlich oder gar schlampig war, ganz im Gegenteil, sie war fast gestochen scharf, aber klein, sehr, sehr klein und sehr, sehr eng.

Nicht, dass er scharf auf einen Mord gewesen wäre. Das sicher nicht. Er war doch kein Sadist. Wenn es irgendwie anders gegangen wäre, hätte er gerne darauf verzichtet, das Hälschen zuzudrücken. Aber wie hätte er sonst an seinen Lesestoff gelangen können? Er hatte keine andere Chance gehabt, als das alte Fräulein von seinem irdischen Dasein zu erlösen. War die Bibliothek doch selbst schuld daran! Was versperrte sie der interessierten Öffentlichkeit auch den Zugang zu ihren Schätzen?

Wieder blätterte der nächtliche Leser eine Seite um, wieder stürzte er sich auf eine neue. Er würde weitermachen, und wenn es bis morgen dauern sollte.

***

Dienstag

»Olé, BVB, olé, olé ...«

Mit einem Griff hatte Mütze seinen alten Nokiaknochen gepackt. Doktor Kunzelmann war am Apparat, mitten in der Nacht. Ob Mütze gleich vorbeikommen könne? Natürlich könne er kommen, sofort würde er kommen. Bis gleich!

Mütze glitt in seine Jeans, die ihm Karl-Dieter am Abend zuvor ordentlich über den Stuhl gehängt hatte. Auch Hemd und Socken lagen akkurat an ihrem Platz. Es hatte eine Zeit gegeben, da hatte sich Mütze seine Sachen noch selbst herausgesucht. Seitdem er jedoch den unverzeihlichen Fehler begangen hatte, grüne Socken zu einer blauen Jeans anzuziehen, hatte ihm Karl-Dieter die Kleidungsfragen abgenommen. Grüne Socken zu blauen Jeans, das ging ja gar nicht! Auch das Waschen und Bügeln hatte Karl-Dieter übernommen und selbstverständlich das sorgfältige Bestücken ihrer Kleiderschränke. In jeder Partnerschaft entwickelte sich eine natürliche Arbeitsteilung.

Karl-Dieter war nur kurz wach geworden, hatte sich umgedreht und war gleich wieder weggedöst. Er hatte den Schlaf eines Murmeltiers. Mütze sprang in seinen alten Opel Manta und fuhr durch die Nacht. Kosbach lag wie ausgestorben da, auch in Büchenbach war kein Eichhörnchen zu sehen. Die vierspurige Straße, die sich über den Europakanal schwang, endete kurz darauf im grünen Nirwana. Man hatte schlicht vergessen, sie ins Zentrum zu verlängern. Auf dem kurzen Stumpf, der die Möglichkeit einer Brücke über das Regnitztal andeutete, standen nur Müllcontainer und die Container eines Flüchtlingswohnheims. Mütze musste links abbiegen und einen lästigen Umweg in Kauf nehmen.

Erlangen pflegte eine eigentümliche Verkehrspolitik. Autos schien man nicht zu mögen, Radfahrer erst recht nicht, selbst für ein modernes öffentliches Nahverkehrssystem mochte man sich nicht entscheiden. Nur an kleinen Details bastelte man gerne herum. Wie aber sollten sich die Bürger fortbewegen? Man wartete wohl ab, bis das Beamen serienreif wurde. Ihr Regnitztal jedenfalls war den Erlangern heilig, da durfte sich kein Bagger sehen lassen. In Dortmund war man in diesen Dingen weniger zimperlich. Die Emscher hatte man kurzerhand unter Tage gelegt, so war sie keiner Straßenplanung mehr im Wege gewesen.

Mütze nahm die Möhrendorfer Straße durch Alterlangen, das kein bisschen alt aussah, eher wie eine dieser planlosen Siedlungen aus den Fünfziger- und Sechzigerjahren. Die außergewöhnlich hohe Apothekendichte wies darauf hin, dass hier viele Senioren wohnen mussten. Oder Kranke. Oder kranke Alte. Ob daher der Name kam? Alterlangen? Tatsächlich tauchte rechter Hand nun auch noch das bläuliche Neonschild eines Altenheims auf. *Fazit*, leuchtete es blau durch die Nacht. Kein schlechter Name für eine Seniorenentsorgungsanlage, dachte Mütze grinsend. Der Zeitpunkt des Anrufs hatte ihn überrascht. Schließlich war es zwei Uhr in der Früh. Kunzelmann schien die ganze Nacht durchgearbeitet zu haben, Bücherregal für Bücherregal musste er durchforstet haben, eine Herkulesaufgabe.

»Respekt«, murmelte Mütze, als er am Langen Johann, dem angeblich höchsten Wohnhaus Bayerns, Richtung Innenstadt einbog. Was mochte Kunzelmann entdeckt haben?

Am Schlachthof nahm Mütze die Stadtautobahn. Die Franken waren Pragmatiker. Hatten auf den alten Main-Donau-Kanal einfach die Autobahn draufgepackt. Vom Schlachthof leuchtete ein blaues Schild: *UNIFLEISCH*.

Mütze musste grinsen. Karl-Dieter konnte sich jedes Mal darüber aufregen. Für eine Unistadt wie Erlangen sei dies ein höchst ungehöriges Schild und gehöre verboten. Unifleisch! Wie sich das anhöre. Wie eine despektierliche Verhöhnung der Studenten. Karl-Dieter war eben ein Feingeist und ein Mann von Bildung und Niveau, wer sonst käme auf die Idee, sich über so ein Schild Gedanken zu machen?

Trotz der nächtlichen Störung war Mütze kein bisschen verstimmt. Im Gegenteil. Er freute sich, wenn's voranging. Wenn ihm eine Tugend fehlte, dann die der Geduld. Und sein Instinkt sagte ihm, dass dieser Fall kein gewöhnlicher war.

»Rückert! Zwei Bände Rückert sind verschwunden!«

»Rückert?« Mütze sah den Bibliotheksdirektor an wie ein Hamster, wenn's donnert.

»Friedrich Rückert«, sagte Doktor Kunzelmann gedehnt und stöhnte auf, als hätte er den Verlust des Originalmanuskripts von Goethes Faust zu beklagen. Oder den der Lutherbibel.

»Wertvolle Sachen wohl?«, fragte Mütze und versuchte teilnahmsvoll zu wirken, was ihm nur mäßig gelang.

»Wertvoll? Unbezahlbar!«

Kunzelmann wirkte zutiefst zerknischt. Erst der Tod von Frau Apeldoorn und nun auch noch dieser Verlust.

»Wie viel?«, fragte Mütze.

Kunzelmann sah ihn fragend an.

»Wie viel sind die Bücher wert?«

Kunzelmann schüttelte erschöpft den Kopf. Es sei nicht der materielle Verlust, es sei der ideelle. Bei den Bänden handele es sich um Originalhandschriften Rückerts, um bislang noch unpublizierte Schriften. Unwiederbringlich sei dieses Kulturgut verloren, wenn Mütze es nicht wiederfinde.

»Sehen Sie her«, sagte der Bibliotheksdirektor und deutete auf ein hohes, dicht mit alten Büchern gefülltes Regal, in dem deutlich eine Lücke klaffte, »hier bewahrten wir die Rückert-Handschriften auf, unseren ganzen Stolz! Dennoch, der Mörder ist nicht nur ein brutaler Killer, es muss sich zugleich um einen ziemlichen Idioten handeln.«

»Warum?«

»Denken Sie erst an unsere kostbaren, von Hand gestalteten Bibeln! Das sind die noch größeren Schätze hier, also wirtschaftlich betrachtet. Mein erster Gang führte mich in die mittelalterliche Abteilung. Sie können sich meine Erleichterung vorstellen, als ich alle unsere Bibeln und Stundenbücher unversehrt an ihren Plätzen fand. Insofern haben wir noch Glück im Unglück gehabt. Bis auf das Hinscheiden von Frau Apeldoorn natürlich.«

»Natürlich. Und die Bücher dieses, dieses ... wie hieß der Mann noch gleich?«

»Rückert, Friedrich Rückert. Einer der ganz Großen unter den deutschen Dichtern, ein Olympier.«

»... dieses Rückerts. Was kann man damit anfangen?

»Nichts.«

»Verkaufen?«

»An wen denn? Dafür existiert kein Markt. Daran sind höchstens wissenschaftliche Bibliotheken interessiert.«

»Warum mordet jemand, um Bücher zu rauben, die nur die Wissenschaft interessieren?«

»Keine Ahnung«, seufzte Kunzelmann, »verraten Sie es mir.«

»Was stand denn in den Büchern?«

»Ich weiß es nicht.«

»Sie sind doch der Bibliothekar!«

»Glauben Sie, ein Bibliothekar kommt zum Lesen?«

Erneut ins Bett zu klettern, dafür war es zu spät. Oder zu früh. Mütze beschloss, Karl-Dieter zu überraschen und das Frühstück zu zaubern. Tassen und Teller standen bereits auf ihrem Platz, Karl-Dieters letzte Handlung vor dem Zu-Bett-Geh-Zähneputz. Warum er das Geschirr nicht erst am Morgen hinstelle, hatte Mütze ihn am Anfang ihrer Beziehung gefragt. Es sehe einladender aus, hatte Karl-Dieter geantwortet. Wenn man morgens aufstehe, fühle man sich einfach besser, so, als würde man erwartet. Mütze hatte die Stirn gerunzelt, aber nichts darauf geantwortet. Bei manchen Sachen durfte man Karl-Dieter nicht reinreden, da war er empfindlich wie ein Bottroper Zuchttäubchen.

Mütze nahm ein Schüsselchen, schüttelte Müsli aus der Box, dazu etwas Leinsamen und goss die Bio-Milch darüber. Das Ganze garnierte er mit drei Dörrpflaumen. Karl-Dieter würde sich wundern, wie gut sein Müsli heute aufgequollen war. Karl-Dieter liebte aufgequollenes Müsli. Es sei so verträglich, bringe den Darm zum Lächeln. – Den Darm zum Lächeln! Wie sich Karl-Dieter auszudrücken pflegte. Das musste an der Theaterluft liegen. Mütze aß morgens immer zwei Toastscheiben mit dick Butter drauf und je vier Scheiben Aldi-Salami, was Karl-Dieter gar nicht gerne sah. Wegen der Nitrosamine und überhaupt. Mütze aber ignorierte solche Bedenken. Was war denn von einem Kommissar zu halten, der mit gequollenem Müsli im Leib auf Mörderjagd ging? Da könnte er ja gleich auf Sojawürstchen umsteigen! Und außerdem war die Aldi-Süd-Salami noch einen Tick besser als die Aldi-Nord-Salami in Dortmund.

Als der Toast hochschnellte, stand plötzlich Karl-Dieter in der Küche. Er hatte sich seinen seidenen Morgenmantel übergezogen und gähnte gewaltig. Gerührt schaute er auf seine Müslischüssel und gab Mütze einen schmatzenden Kuss auf dessen Gesichtsmaske.

»Rückert? Natürlich kenne ich Rückert!«

Gemütlich saßen die beiden Ruhrpottjungs in der Essecke ihrer Küche und ließen sich das Frühstück schmecken. Mütze biss krachend in seinen Toast. Audi-Toast, nannte er seine Kreation, weil er die vier Salamischeiben in Form der Audi-Ringe zu legen pflegte. Karl-Dieter hatte noch für Kaffee gesorgt, hatte das Wasser zweimal aufkochen lassen, altes Geheimrezept seiner Lieblingstante, und für Mütze als Müsli-Dank-Offensive zwei Spiegeleier gezaubert. Mit Petersilienkrönchen obendrauf, denn das Auge isst ja bekanntlich auch mit. Zum Glück beeinträchtigte die Gesichtsmaske die Kaumuskulatur nur unwesentlich.

»Und?«, fragte Mütze, das Grünzeug unauffällig beiseiteschiebend. »Wer war nun dieser Rückert, ein Arbeiterdichter?«

»Du bist wirklich ein solcher Prolet«, sagte Karl-Dieter und rollte mit den Augen, »Rückert war einer der größten deutschen Dichter, ein später Zeitgenosse Goethes.«

»Faust!«, sagte Mütze und setzte eine intellektuelle Kennermiene auf.

»Goethes Faust und Schillers Locken, darin erschöpft sich deine literarische Bildung«, frotzelte Karl-Dieter.

Karl-Dieter war nicht nur Bühnenarbeiter, er war äußerst belesen. Er kannte nicht nur die aktuelle Literatur, er kannte den ganzen Kanon der Klassiker. Mütze hingegen hatte für Literatur nichts übrig. Nur seine alten Lateiner kannte er seltsamerweise noch, Cicero und Caesar. Im Gegensatz zu Deutsch hatte er Latein geliebt. Vielleicht, weil Latein viel mit Mathematik zu tun hatte und er schon damals gerne knifflige Rätsel löste.

»Und Rückert spielt mit Goethe und Schiller in einer Liga?«, fragte Mütze.

»Friedrich Rückert ist ein echter Klassiker, ganz große Literatur.«

»Und warum gibt's dann noch unveröffentlichte Werke von ihm?«

»Unveröffentlichte Werke?«

»Die beiden gestohlenen Bände! Gebundene Handschriften, beide noch unveröffentlicht.«

Karl-Dieter pfiff durch die Zähne.

»Das könnte den Raub erklären. Der Mörder will das große Geld mit der Erstveröffentlichung machen.«

Mütze schüttelte den Kopf.

»Daran habe ich natürlich auch gleich denken müssen, geht aber nicht.«

»Und warum nicht?«

»Überleg doch mal! Kaum wäre das Buch auf dem Markt, würden auch schon die Handschellen klicken.«

»Nicht unbedingt. Der Verlag könnte den Mann decken.«

»Welcher Verleger würde sich das trauen! Er würde wegen Anstiftung zum Mord gleich mitverhaftet.«

»Das müsstet ihr ihm erst mal nachweisen. Ich sehe ein anderes Problem.«

»Welches?«

»Ob sich Rückert heute noch verkauft?«

»Was zweifelst du? Ich dachte, Rückert sei ein Klassiker?«

»Schon, aber die Zeit der Klassiker ist leider schon lange vorbei.«

Karl-Dieter beklagte oft, dass die Schönheit der Sprache verschwunden sei. Erst recht im Theater. Moderne Stücke würden nur noch in Prosa verfasst, keinen Sinn habe man mehr für den Klang und den Reichtum der Sprache. Je nackter die Schauspieler, desto dürftiger die Verse. Goethe, Molière und an erster Stelle der nach wie vor unerreichte Shakespeare. Zu welchen Höhen hätten diese Genies die Sprache einst getrieben! Heute müsse man schon froh sein, wenn sich ein Autor einer einigermaßen gepflegten Alltagssprache bediene oder sich zumindest überwinde, auf die allerübelsten Fäkalausdrücke zu verzichten.

Mütze biss krachend in seinen zweiten Toast. Ob es der Fluch jeder festen Beziehung war, dass sich bestimmte Themen wiederholten? Karl-Dieters Kulturpessimismus in allen Ehren, aber warum musste er seine Drehleier runterorgeln? Ihm war es doch schnurzpiepegal, ob man auf der Bühne fluchte und ob dies in gereimter Form geschah. Hauptsache, sein BVB kam wieder auf die Beine. Was mit Traditionsvereinen passieren konnte, das sah man ja am Club. So weit würde es mit den Dortmunder Borussen hoffentlich nie kommen.

»Und es fehlen wirklich nur diese zwei Bände?«, fragte Karl-Dieter und schnitt sich noch ein kleines Eck vom Kirschkuchen ab.

»Nach allem, was wir bisher wissen, ja.«

Karl-Dieter musste kichern.

»Das würde bei dir ja den absoluten literarischen Totalschaden bedeuten.«

»Wie meinst du das?«, fragte Mütze misstrauisch.

»Überleg einmal«, sagte Karl-Dieter, immer noch kichernd, »du besitzt doch nur zwei Bücher.«

Mütze verzog das Gesicht, soweit ihm das die Maske erlaubte. Hahaha! Seine Büchersammlung reichte ihm vollkommen aus. Was brauchte es mehr, als die Vereinsgeschichte des BVB und das Buch *Mein Manta. Alle Reparaturen selbst gemacht*? Als würden Bücher glücklich machen!

»Noch ein Käffchen?«, fragte Karl-Dieter in versöhnlichem Ton.

Die Freunde wollten gerade das Frühstück beenden, als ein grässlicher Schrei die Stille zerriss. Mickey! Mit wildem Flügelschlagen und angstvoll geweiteten Augen stürzte sich der Wellensittich auf seine Schaukel, um sich erneut wie verrückt im Kreis zu drehen.

»Ich werd nicht mehr«, stammelte Karl-Dieter, »die Riesenwelle! Wirst sehen, heute passiert erneut etwas Schreckliches!«

»Geh lieber zum Tierarzt mit ihm«, grinste Mütze und verabschiedete sich.

Das Erlanger Polizeipräsidium war ein Neubau in einem der gesichtslosesten Winkel der Stadt. Dicht neben dem schmucklosen Gebäude brauste vierspurig die B 4 daher. Damit sich die Polizisten in den täglichen Stau einfädeln konnten, hatte man ihnen eine eigene Ampel spendiert, die man mittels eines kleinen Funkgeräts auf Grün schalten konnte. Solche Funkgeräte hatten in Erlangen schwer Konjunktur, was am Unternehmensbereich Verkehrstechnik der Firma Siemens lag. Als eine der ersten deutschen Städte hatte Erlangen die öffentlichen Busse mit solchen Spring-auf-Grün-Funkgeräten ausstaffiert, wodurch sie sich ihre grüne Welle zaubern konnten, zum nicht geringen Ärger vieler anderer Verkehrsteilnehmer, die oft lange vor roten Ampeln stehen bleiben mussten, wenn die Kette der Busse nicht abriss.

Einer der ersten Fälle, die Mütze in Erlangen aufzuklären hatte, war ein Missbrauch der Ampelfunkanlage gewesen. Viele Busfahrer hatten sich darüber aufgeregt, dass plötzlich viele Ampeln außerplanmäßig auf Grün schalteten, obwohl sich kein Bus näherte. Mütze hatte den Grund ermitteln können. Einem findigen Erlanger Ingenieur, der sich über das Diktat der Busse geärgert hatte, war es gelungen, die Frequenz zu knacken und sich seine eigene Ampelgrünschaltung zu basteln, wodurch er den Verkehr ziemlich durcheinandergebracht hatte. Mütze war ihm durch detektivischen Spürsinn auf die Schliche gekommen. Jetzt musste der Mann einhundertfünfzig Stunden Sozialarbeit ableisten – als Putzer von verdreckten Ampellichtern.

Als Mütze das Polizeipräsidium betrat, war noch kaum ein Kollege zu sehen. So früh ging man in Erlangen üblicherweise nicht auf Verbrecherjagd. Es schien, als würde der studentische Trott den Rhythmus der ganzen Stadt bestimmen. Sich nur nicht zu früh aus dem Bett wälzen!

»Wer Rückert hören wollte, der musste bereits um sechs Uhr aufstehen«, sagte Professor Kaunas, als sie zusammen Mützes Büro betraten. Mütze dankte dem feinen, älteren Herrn herzlich für sein zeitiges Erscheinen. Professor Kaunas war ihm von Kunzelmann, dem Bibliotheksdirektor, empfohlen worden. Kein Erlanger sei mit Rückerts Werk besser vertraut. Kaunas war ein renommierter Gelehrter mit munteren, dunklen Augen und einem feinen Sinn für Humor. Er befand sich bereits im Ruhestand, war aber immer noch forschend aktiv.

»Wieso hören? Ich dachte, Rückert sei Dichter gewesen?«, griff Mütze Kaunas' Bemerkung auf.

»Wer kann schon von der Schriftstellerei leben? Auch damals gelang das kaum jemandem, außer vielleicht Goethe. Vor allem, wenn man Familie hatte, blieb einem keine andere Wahl als ein Brotberuf. Und Rückert hatte eine große Familie, man kann sagen, Rückert war *der* Familienvater unter den deutschen Dichtern. Der Professor hat den

Dichter ernährt, Rückert war Poet und Wissenschaftler in einer Person. Seine Vorlesungen hielt er oft im Schlafrock ab, daheim in seiner Wohnung.«

»Muss eine riesige Wohnung gewesen sein.«

»Wie man's nimmt!« Der Professor lachte. »Für vier, fünf Studenten jedenfalls war Platz.«

»Vier, fünf Studenten? Müssen ja paradiesische Zustände gewesen sein«, wunderte sich Mütze. »Wann war denn das?«

Kaunas fing an zu erzählen. Rückert ist 1826 nach Erlangen gekommen. Fünfzehn Jahre hat er hier gelebt, geforscht, gedichtet und unterrichtet. Zunächst hatten ihn die Erlanger Professoren nicht in die Stadt lassen wollen, vor allem die Theologen nicht. Rückert ist Sprachwissenschaftler gewesen. Dass ein Nicht-Theologe Theologiestudenten unterrichten sollte, war den Kirchenmännern suspekt erschienen. Wer wusste schon, wie fest er im Glauben wurzelte? Und welche Übersetzungsinterpretationen er den Studenten lieferte, die er im Hebräischen schulen sollte? Dann aber hatte der bayerische König ein Machtwort gesprochen und Rückert ins Amt gehievt, König Ludwig I., der sich selbst als Künstler begriff. Den bayerischen König hatte Rückert in Rom kennengelernt, wo Rückert auf einem Fest ein Gedicht über ihn vorgetragen hatte. Das hatte Ludwig nicht vergessen und ihm den dringend benötigten Brotberuf verschafft. Ein Glücksgriff für Erlangen, denn so wenig Rückert auch als Lehrer getaugt haben mochte, seine wissenschaftliche Leistung war unbestritten. Unglaublich, in welcher Zeit er sich in eine neue Sprache einarbeiten konnte, und das mit den geringen Hilfsmitteln, die damals zur Verfügung standen. Man hat vierundvierzig Sprachen gezählt, mit denen sich Rückert wissenschaftlich beschäftigt hat. Das vielleicht Großartigste aber war: Weil Rückert zugleich Poet gewesen ist, verstand er es wie kein Zweiter, fremde Verse ins Deutsche zu übersetzen. Besonders die Werke persischer und arabischer Dichter, aber auch Schätze der altindischen Poesie übertrug er nicht nur dem Inhalt nach korrekt, sondern zugleich den Klang und Rhythmus der Ursprungssprache treffend.

»Hört etwa ein gebildeter, des Deutschen nicht mächtiger Araber eine von Rückerts Übersetzungen der *Hamasa*, so kann er allein am Klang erkennen, um welches der alten arabischen Heldengedichte es sich handelt.«

»Und um welche Texte handelt es sich bei den geraubten Bänden?«, fragte Mütze. »Um einen Roman wie den Faust?«

Über Professor Kaunas' Gesicht huschte ein vergnügtes Lächeln.

»Rückert schrieb keine Romane.«

»Was aber stand dann in den Büchern?«

»Es handelt sich nicht um eine systematische Arbeit, sondern um zwei nach Rückerts Tod zu zwei Bänden zusammengefasste Konvolute unterschiedlichen Inhalts.«

»Aha«, sagte Mütze, ohne recht zu begreifen.

»Das meiste sind Übersetzungen oder Übersetzungsübungen. Auch Gedichte finden sich, die im Stil persischen oder indischen Dichtungen ähneln, aber wahrscheinlich Rückerts eigene Schöpfungen sind und keine Übersetzungen. Im Einzelnen ist das nicht immer sicher zu unterscheiden.«

»Worin geht's denn in den Texten?«

»Um duftende Blumen und schöne Frauen, roten Wein und die Liebe. Und um östliche Weisheiten.«

»Buddha?«

»Weniger.«

»Kann man die Texte noch woanders nachlesen?«

»Leider nein. Das ist ja das Drama. Es gibt keine Abschriften und auch keine Ablichtungen. Man ist gerade erst dabei, die Handschriften zu scannen und so der Allgemeinheit in digitalisierter Form zur Verfügung zu stellen. Sie waren ja selbst schon in der Bibliothek. Bei solch einer gigantischen Sammlung ein Mammutunternehmen.«

»Professor Kaunas, wer könnte Interesse an den Büchern gehabt haben?«

»Ich«, lächelte der Professor.

»Schon. Ich meine, wer noch? Gibt es Hinweise auf jemanden, der sich intensiv für Rückerts Schriften interessiert hat?«

»Leider nein.«

»Wieso leider?«

»Rückert hätte es verdient.«

Mütze ging über die Bemerkung hinweg.

»Nehmen wir an, und wir haben Grund für diese Annahme, es gab tatsächlich einen geheimen Rückert-Liebhaber. Warum ist er nicht einfach in die Bibliothek gegangen und hat die Bände gestohlen? Warum musste Frau Apeldoorn sterben?«

»In diesen Teil der Bibliothek werden nur wenige hineingelassen.«

»Wer?«

»Nur ausgewiesene Wissenschaftler. Die Bücher dort sind viel zu kostbar.«

Mütze dankte dem Professor und begleitete ihn noch zur Tür.

»Betriebsunfall?«, fragte Kaunas und betrachtete beim Abschied noch einmal teilnahmsvoll Mützes Maske.

»Nur der Kontakt mit einem fränkischen Dickschädel«, brummte Mütze.

Der fränkische Dickschädel war nur noch durch einen zweiten Dickschädel zu toppen: durch den westfälischen. Insofern passte Mütze gut nach Franken. Er war ein Selfmademan durch und durch. Natürlich hatten sie gleich eine Mordkommission gebildet und die Aufgaben verteilt. Die wichtigsten Spuren aber verfolgte Mütze selbst. Delegieren war nicht seine Stärke. So war er nach der Morgenkonferenz gleich wieder los in die Stadt. Big-Chip, sein vertrautester Kollege und Computerexperte, hatte rausgefunden, von welchem Computer der Täter die ominöse E-Mail an sein späteres Opfer verschickt hatte. Natürlich hatte er einen öffentlichen PC benutzt, ein Internetcafé in der Nähe der Uni. In der Fahrstraße. »Fahrstraße.« Mütze schüttelte belustigt den Kopf. Straßennamen gab es in Erlangen! Fahrstraße war doch die reinste Tautologie! Fahrstraße konnte eigentlich jede Straße heißen, denn welche Straße gab es, die man nicht befahren konnte? Sogar eine Parkplatzstraße gab es in Erlangen. Kein Witz! Die Pointe aber war: In der Parkplatzstraße herrschte absolutes Halteverbot! Es gab eine Obere und eine Untere Karlstraße, welche sich auf exakt demselben Höhenniveau befanden, eine Innere Brucker Straße, welche vollkommen außerhalb von Bruck gelegen war, während die Bayreuther Straße Richtung Bamberg führte. In der Schiffstraße hatte man noch niemals ein Schiff entlangsegeln sehen, und die Neue Straße war in einem Zustand, als sei sie der älteste Verkehrsweg der Stadt überhaupt, an welchen sich seit dem Einzug der Hugenotten kein Bautrupp mehr herangewagt hatte. In Erlangen herrschte das ulkigste Straßenbenennungschaos der Welt.

Der Besitzer des Internetcafés war ein junger Mann mit dichtem Vollbart, Typ Neo-Hippie, ein äußerst entspannter

Nickelbrillenträger, der entfernt an John Lennon in seiner politischsten Phase erinnerte. Er lachte etwas frech über Mützes Maske und gab an, sich an nichts erinnern zu können. Doch, doch, er muss um diese Uhrzeit persönlich im Laden gewesen sein, am Samstag, als die besagte E-Mail verschickt worden war, ganz bestimmt. Dort drüben, das sei der Laptop, von dem aus die E-Mail verschickt worden sein muss, das stehe zweifelsfrei fest. Jeder Computer habe ja eine Identifikationsnummer. Es täte ihm leid, aber in seinem Laden herrsche ein Kommen und Gehen, ständig andere Studenten, da könne er sich nicht an einzelne Gesichter erinnern. Außerdem habe er wohl am Abend zuvor noch ein besonderes Kraut geraucht, sagte er und grinste den Kommissar herausfordernd an. Mütze tat, als hätte er den zweifelhaften Witz überhört, und packte den Klapprechner in eine Klarsichttüte.

»Für unsere Spurensicherung. Sie bekommen ihn so bald wie möglich zurück.«

Mütze war skeptisch, ob er irgendetwas Verwertbares finden würde. Hunderte von Fingerabdrücken und DNA-Spuren mussten sich auf dem Teil befinden. Glich der Suche nach einem Guppy im Karpfenweiher, wie seine fränkischen Kollegen zu sagen pflegten. Für einen winzigen Moment hatte er auf den Kollegen Zufall gehofft, vielleicht hatte man die Tastatur ja erst kurz vor dem letzten Samstag gereinigt. Auf die entsprechende Frage jedoch hatte der bekiffte Jungunternehmer nur schallend gelacht: »Tastaturputzen? Guter Witz!« – Mütze musste an Karl-Dieter denken. Er war wahrscheinlich der Einzige, der seine Tastatur regelmäßig säuberte. Hierfür benutzte er ein eigenes Reinigungstüchlein, das immer fein säuberlich in einem speziellen Etui aufbewahrt wurde, und zudem eine spezielle

Zwischentastenbürste, mit welcher er im akribischen Zickzack das Tastenzwischenraumlabyrinth von kaum sichtbaren Staubkörnchen befreite. Ein Apfel müsse glänzen, pflegte er mit Anspielung auf die Herkunft seines blendend weißen Rechners zu sagen. Mütze seufzte. Mit mehr Karl-Dieters wäre die Welt vielleicht keine bessere, bestimmt jedoch eine sauberere.

Zu Mittag orderte Mütze bei einem mobilen Metzgerstand auf dem Marktplatz ein Brötchen mit zwei dieser schmalen Minibratwürstchen, wie man sie in Nürnberg herzustellen pflegt.

»Zwa im Weckla«, rief die Wurstverkäuferin ihrer Kollegin zu.

Wegen Mützes Maske zuckte sie mit keiner Wimper. Typische Fränkin, dachte Mütze, hartgesotten und lebenserfahren. Er klappte seinen Frankenburger auf, drückte auf eine Plastikpumpe, die aus einem Plastikeimer ragte, und ein langer Streifen Senf kringelte sich gemächlich über die dunklen Kleinfingerwürstchen. Eine ordentliche Currywurst schien es in Erlangen nicht zu geben, seufzte Mütze still. Da hielt er sich halt an das hiesige Surrogat. Beim Reinbeißen aber musste er gestehen, es schmeckte gar nicht schlecht. Sehr würzig und nach einem Hauch von Majoran. Aber natürlich kein Vergleich mit einer veritablen Currywurst.

Currywurst bekam Mütze auch bei Karl-Dieter nicht. Currywurst sei nach dem Mammut-T-Bone-Steak so ziemlich das Ungesündeste, was die deutsche Küche erfunden habe, hatte Karl-Dieter gemeint und das Gesicht verzogen. In Dortmund hatte Mütze sich hin und wieder einen Manta-Teller in einer Frittenschmiede genehmigt, eine Currywurst mit Pommes rot-weiß, was zunehmend schwieriger geworden war, denn Imbissstuben gehörten ebenfalls zu den aussterbenden Ruhrgebietsbiotopen. »Man müsste eine Rote Liste einführen«, pflegte Mütze zu sagen. Jede Singdrossel wurde geschützt, nicht aber die schöne alte Lebensart des Potts. Wahrscheinlich würde er es als alter Mann noch erleben, dass man ein Ruhrgebietsfreilichtmuseum errichtete, mit Zechensiedlung, Taubenschlägen, Kaninchenställen und Eckkneipen, in denen Pils und Steinhäger für die berühmte Steinpilskur sowie Essiggurken, kalte Frikadellen und Soleier aus dem Kugelglas angeboten wurden. Und natürlich mit einer Original-Frittenschmiede, an der es Currywürste gab. Ach, was würde man dort von den guten alten Zeiten schwärmen!

Die Frühlingssonne kletterte über das Dach des Palais Stutterheim, Erlangens gute Stube und kulturelles Zentrum, und beschien das bunte Treiben auf dem Marktplatz, der sich wie der benachbarte Schlossplatz in den warmen Strahlen rekelte. Eigentlich handelte es sich lediglich um einen einzigen, quadratischen Platz, den Grande Place, wie er zu hugenottischen Zeiten genannt wurde. Durch eine imaginäre Trennungslinie, welche genau in der Mitte der verlängerten Fußgängerzone verlief, hatte man den Grande Place in zwei Plätze identischer Größe zerschnitten. Clever, clever, die Erlanger! Weil sie kaum nennenswerte Plätze besaßen, verdoppelten sie kurzerhand deren Anzahl, indem sie sie in der Mitte zerschnitten. Aus eins mach zwei: Hier den Marktplatz, dort den Schlossplatz. Das Schloss wirkte eher wie ein Bürogebäude, jedenfalls sah man nur Aktenschränke hinter den verstaubten Scheiben. Die Universitätsverwaltung hielt eisern daran fest, so wichtige Dinge wie die Poststelle und den Schlüsseldienst dort unterzubringen, jeder Versuch, das Schloss einer musealen Nutzung zuzuführen, wurde im Ansatz bekämpft. Auch weigerte man sich beharrlich, einen Aufzug anzubauen. Jeder Rollstuhlfahrer blieb ausgesperrt. Mütze biss kräftig in seine Semmel hinein und kniff die Augen zusammen. Von einem Schloss zu sprechen war schon eine ziemliche Übertreibung. In Versailles hätte es der Kasten gerade mal zur Pförtnerloge gebracht.

Lebendiger ging es auf dem Marktplatz zu. Zwischen den bunten und gut sortierten Ständen drängten sich die Menschen. Wer weiß, vielleicht besorgte sich auch der Mörder und Bücherdieb in aller Seelenruhe frischen Morgentau-Spargel und ließ sich noch kalt lächelnd einen knackigen Strauß Schnittlauch dazulegen. Wer sah einem Mörder die Mordtat schon an? Karl-Dieter hatte ihm einmal von einem Buch erzählt, in dem der Verbrecher keinen Schatten warf und sich dadurch verriet. Mütze schaute auf den Boden. Alle Erlanger warfen ordentliche Schatten auf das Pflaster. Die Schattendiagnose half nicht weiter. Mütze schob sich das letzte Stück Bratwurstsemmel in den Mund. Nichts wussten sie über den Mörder. Nur dass er kein Wissenschaftler sein konnte, denn sonst wäre er einfach in die Bibliothek spaziert. Und dass er Deutsch beherrschte. Und dass er alternde Jungfern zu einem späten Abenteuer verführen konnte. Und dass er eine Sektflasche aufbekam. Und kräftig zudrücken konnte.

Bis zur Schuhstraße war es nicht weit. Nichts war weit in Erlangen. Man durfte nur nicht den Fehler begehen, mit dem Auto zu fahren! Denn dann wurde man durch ein System undurchsichtiger Einbahnstraßen geleitet, ein Labyrinth, in dem schon manch Ortsunkundiger hoffnungslos stecken geblieben sein soll. Einen unglücklichen Forchheimer soll man als Skelett aus seinem Auto gezogen haben, so ein hartnäckiges Gerücht.

Mütze war schnell auf ein Dienstrad umgestiegen. Das war kein Eingeständnis, dass man es zu nichts gebracht hatte. Selbst der Oberbürgermeister von Erlangen war mit dem Rad unterwegs. Erlangen war eine Stadt der Fahrradfahrer, mehrfach ausgezeichnet. Das Problem nur war: Die Stadt der Fahrradfahrer war nicht die Stadt der Fahrradparker. Solange man fuhr, ging's. Wenn man aber sein Fahrrad abstellen wollte, hatte man ein Problem. Vor vielen Häusern und Geschäften drohten militante Schilder Fahrradfahrern, die verzweifelt einen Stellplatz für ihr Rad suchten, am Bahnhofsplatz war schon ein Stadtoberhaupt persönlich mit dem Bolzenschneider aufgekreuzt, und vor den Arcaden, der modernen Shoppingmeile, welche die Erlanger per Bürgerentscheid durchgedrückt hatten, wurde sogar ein eigener Sicherheitsdienst beschäftigt, parkende Drahtesel zu entfernen. Am besten war's, möglichst alle Geschäfte vom Sattel aus zu tätigen und gar nicht erst abzusteigen. Manche Erlanger hatten es hierin zu einer großen Kunstfertigkeit gebracht. Sie kauften sich ihr Gemüse vom Rad aus, fleischfressende Pflänzchen ließen sich ihren Mittagsimbiss aus einer Metzgerei reichen, Fischliebhaber ihr Lachsbrötchen aus dem Fischgeschäft, Leckermäulchen ihre Eistüte aus der Eisdiele. Viele lasen die ausgehängte Tageszeitung vom Sattel aus oder zogen sich, ohne abzusteigen, Geldscheine aus dem Automaten. Mütze war überzeugt, bald schon würde es einen mobilen Friseurladen für Radfahrer geben und vielleicht sogar einen Rechtsanwalt, bei dem man mit dem Rad vorfahren konnte.

Karl-Dieter schimpfte über etwas ganz anderes. Ihm war es ein steter Dorn im Auge, dass Mütze immer ohne Helm unterwegs war. Sogar der Oberbürgermeister würde einen

Helm benutzen. Und wenn sich schon das Stadtoberhaupt behelme, dann solle er sich das doch gefälligst zum Vorbild nehmen. Wie schnell sei eine Schädelkalotte geplatzt. Andere Länder wären da schon viel weiter, Australien zum Bespiel. Selbst Arnold Schwarzenegger hätte die Polizei schon gestoppt, weil er keinen Fahrradhelm getragen habe. Seitdem sei der Terminator nur noch mit Helm unterwegs, es sei also keineswegs ein Zeichen fehlender Männlichkeit, einen Schutzhelm zu benutzen. Mütze aber blieb ein notorischer Nicht-Helm-Träger. Außerdem reichte es ihm aktuell vollkommen, mit der blöden Maske rumzulaufen. Jetzt noch einen Helm, und das Monster wäre komplett.

Zum Glück durfte man vor dem Mietshaus in der Schuhstraße, wo sich die Wohnung von Frau Apeldoorn befand, sein Rad noch abstellen, jedenfalls war hier noch kein Verbotsschild angebracht. Als Mütze ordentlich das Schloss anlegte, kam gerade ein Mann aus der Tür, der einen flotten Panamahut trug. Mütze fragte ihn nach der Wohnung von Frau Apeldoorn.

»Frau Apeldoorn ist tragischerweise verstorben«, antwortete der Mann.

»Wieso tragischerweise?«, sagte Mütze und zückte seinen Ausweis. »Kriminalpolizei.«

»Ja, dann wissen Sie ja schon alles«, sagte der Mann stotternd.

»Leider noch nicht, deshalb bin ich hier«, sagte Mütze, »wie haben Sie von ihrem Tod erfahren?«

»Wie wir alle. Von unserer Hausmeisterin Frau Siebenhaar. Was meinen Sie, was heute Morgen hier los war! Die ganze Nachbarschaft war im Flur versammelt, das konnte keinem entgehen.«

»Und woher wusste die Hausmeisterin vom Tod von Frau Apeldoorn?«

Der Panamahut musste lachen. »Unsere Hausmeisterin weiß immer alles.«

»Kannten Sie Frau Apeldoorn näher?«

»Näher? Nein, nein«, sagte der Mann überrascht, »wir sind zwar Nachbarn, ich wohne aber erst seit Kurzem in Erlangen. Hab sie dann und wann auf dem Flur getroffen. Angenehme Frau.«

»Wann haben Sie sie zuletzt gesehen?«

»Puh, da muss ich nachdenken. Letzte Woche?«

»Wann genau?«

Der Panamahut, der sich als Gregor Gumbmann auswies, konnte sich nicht mehr genau erinnern. Mittwoch? Donnerstag, vielleicht. In der Früh jedenfalls, als sie das Haus verlassen hat. – Am letzten Wochenende? Nein, sicher nicht. – Besuch? Nicht dass er wüsste. Nein, das wäre ihm aufgefallen, so zurückgezogen, wie Frau Apeldoorn gelebt habe. – Nein, auch die anderen Nachbarn hätten nichts Verdächtiges zu berichten gewusst, jedenfalls nicht heute Morgen auf dem Flur.

In der Wohnung von Frau Apeldoorn war die Spurensicherung schon bei der Arbeit. Mütze kannte die beiden Männer, tüchtige Leute, die mit typisch fränkischer Akribie vorgingen. Der Franke war der geborene Spusi-Mann. Nie gab er sich mit dem Erreichten zufrieden, ständig zeigte sich eine basale Unzufriedenheit, die ihn zu Höchstleistungen antrieb.

»Schon was gefunden?«, fragte Mütze die weißen Männer zur Begrüßung.

»Nichts Aufregendes.«

»Lasst euch nicht stören, ich seh mich nur um.«

Mütze zog sich gleichfalls ein Paar Einmalhandschuhe über. Die Wohnung bestand aus nicht mehr als einem kleinen Schlafzimmer und einem Wohnbereich mit Küchenzeile. Alles wirkte sehr ordentlich und aufgeräumt. Die Längswand des Wohnzimmers nahm ein großes Bücherregal ein. Was auffiel: Alle Bücher waren sorgfältig in Plastikfolie eingeschweißt und trugen am Rücken eine Signatur. Sie hat sich ihre eigene Privatbibliothek angelegt, dachte Mütze, hat penibel alles beschriftet. Er griff ins Regal und zog ein Buch hervor. Tatsächlich! Auf der Innenseite des Umschlags war sogar der Kauftermin vermerkt. Kein Wunder, dass Kunzelmann so große Stücke auf seine Mitarbeiterin hielt. Wer im Privaten schon so perfektionistisch war, der war es im Beruf sicher umso mehr. Mütze stellte das Buch wieder zurück. Als sein Blick auf den niedrigen Wohnzimmertisch fiel, musste er unwillkürlich grinsen.

»Was entdeckt?«, fragte ihn einer der Spusi-Männer.

»Nee, nee«, sagte Mütze rasch, und seine Miene wurde wieder dienstlich. Ihm waren nur plötzlich Karl-Dieters gestrige Nachtgedanken durch den Kopf geschossen. Auf dem Tisch stand eine Schale mit einer einsamen Banane.

An der Schmalseite des Wohnzimmers, direkt neben dem Fenster, hingen zwei Fotos. Das eine zeigte ein vergilbtes älteres Hochzeitspaar, vielleicht die Eltern der Toten. Das andere war ein Gruppenbild. Auf der Treppe eines größeren Gebäudes standen zwanzig, vielleicht fünfundzwanzig junge Menschen, die alle mit stolzem Gesicht ein weißes Stück Papier in den Händen hielten, möglicherweise eine Urkunde. Mütze trat näher heran. Für eine Abiturklasse waren die Leute zu alt. Vielleicht waren sie alle Bibliothekare, die ihren Abschluss gemacht hatten. Oder das Bild von einer gemeinsamen Fortbildung. Die zweite von rechts in der hinteren Reihe könnte Frau Apeldoorn sein. Er konnte sich jedoch auch täuschen. Denn dann musste das Foto ja bereits um die dreißig Jahre alt sein. Rechts neben der Dame, die aussah wie die junge Frau Apeldoorn, stand eine auffällig hochgewachsene Frau, links ein pausbäckiger Mann, der wie ein Honigkuchenpferd strahlte.

»Auch im Bad nichts Besonderes«, sagte der andere Spusi-Mann und trat ins Wohnzimmer, »billiges Parfüm und der übliche Krimskrams.«

»Einen Computer vermisse ich.«

»Gibt's auch nicht, jedenfalls haben wir keinen gefunden.«

Deswegen die Korrespondenz über das Dienstgerät! Mütze deutete auf die geöffneten Schubladen des Wohnzimmerschrankes. »Irgendwelche persönlichen Dinge, Briefe, Postkarten?«

»Eine Kladde mit Zeugnissen, hier, bitte.«

Mütze schlug das Lederimitat auf und schüttelte den Kopf. Frau Apeldoorn hatte tatsächlich alles aufgehoben, selbst ihre Grundschulzeugnisse. »Betragen: sehr gut. Häuslicher Fleiß: sehr gut. Mitarbeit im Unterricht: befriedigend.« Mütze erkannte Frau Apeldoorn sofort wieder. Schon im zartesten Schüleralter schien der Charakter des Menschen unverrückbar determiniert. In der letzten Klarsichthülle steckte das Zeugnis über die bestandene Prüfung zur Bayerischen Freistaatlichen Bibliothekarin. Mütze ging damit zum Foto hinüber. Könnte passen. Die weißen Zettel, welche die Gruppenmitglieder mit stolzem Gesicht präsentierten, sahen dem Zeugnis ähnlich. Dann lag er wohl mit seiner Vermutung richtig. Alles Kollegen von Frau Apeldoorn, ihr Abschlussjahrgang. Unter der Unterschrift des zuständigen Staatssekretärs stand das Wort »München«. Ob in der bayerischen Landeshauptstadt auch die fränkischen Bibliothekare ausgebildet werden? Bei dem in Bayern vorherrschenden Zentralismus könnte dies gut möglich sein.

»Was habt ihr denn im Kühlschrank gefunden?«, rief Mütze den Männern zu.

»Nichts Besonderes. Wenn man von den zwanzig Bechern Magerjoghurt einmal absieht.«

»Schampus?«

»Fehlanzeige.«

Karl-Dieter saß schon im *Theatercafé*, als Mütze eintrat. Das *Theatercafé* war der intellektuelle Treffpunkt der Stadt, das sah man bereits den Wänden an, die alle in existentialistischem Schwarz gestrichen waren. Schwarz-Weiß-Fotos drängten sich dicht an dicht, die Fotografierten waren vermutlich Schauspieler und andere Künstler, Schnappschüsse, manche schienen hier im Café aufgenommen zu sein. Mütze kannte keines der Gesichter, aber was hieß das schon? Auf Schiefertafeln waren lässige Sprüche hingekreidet. *»Melancholie ist das Vergnügen, traurig zu sein«*, stand da, *»Hier werden keine Weltraumhunde geopfert«* und *»Die Revolution ist großartig! Alles andere ist Quark! Rosa Luxemburg«*.

»Ist das wirklich von Rosa Luxemburg?«, wollte Mütze wissen.

»Quark«, grinste Karl-Dieter, die Tafeln aber gefielen ihm.

Mütze bestellte zwei Espresso.

»Espressi«, korrigierte Karl-Dieter.

»Danki!«, grantelte Mütze.

»Du hättest auch Espressos sagen können.«

»Dankos!«

Karl-Dieter war wirklich ein feiner Kerl, aber diese ständigen Verbesserungen und Belehrungen! Der Wirt hatte doch genau verstanden, was er wollte, und nur darauf kam es schließlich an.

Tatsächlich servierte ihnen der freundliche Wirt den gewünschten Kaffee und Karl-Dieter zusätzlich einen Kisirsalat mit Petersilie. »Ein ganz leichtes Zwischengericht«, wie Karl Dieter sich einredete. Sein Arbeitsplatz, das Markgrafentheater, von außen ein nüchterner Schuppen, innen aber ein feines barockes Schmuckkästchen, befand sich gleich nebenan. Mit geheimnisvollem Gesicht griff Karl-Dieter in eine Plastiktüte, die zu seinen Füßen stand, und zog Buch für Buch heraus, die er auf dem Tisch zu einem hübschen Turm stapelte. Mütze sah ihn stirnrunzelnd an.

»Was gibt denn das, wenn's fertig ist?«

»Alles Rückert!«

Karl-Dieter war gerade in der Stadtbibliothek gewesen. Die Leiterin, eine sympathische Dame, schlank, sexy, habe ihn zu der Abteilung mit den Klassikern begleitet und ihm alle wichtigen Werke Rückerts gezeigt. Er sei ja so froh, dass Mütze mal einen Fall zu bearbeiten habe, bei dem es um Literatur ginge.

Karl-Dieter schlug eines der Bücher auf, in dem ein Zettel steckte, und fing an zu zitieren:

»Ich stand auf Berges Halde,
als heim die Sonne ging,
und sah, wie überm Walde
des Abends Goldnetz hing.

Des Himmels Wolken tauten
der Erde Frieden zu;
bei Abendglockenläuten
ging die Natur zur Ruh.

Ich sprach: ›O Herz, empfinde
der Schöpfung Stille nun,
und schick mit jedem Kinde
der Flur dich auch, zu ruhn!‹

Schön, nicht? Fast so schön wie *Wanderers Nachtlied* von Goethe.«

Mütze wurde misstrauisch. Er begann den Braten zu riechen. Karl-Dieter beklagte seit Langem, dass sie kein gemeinsames Hobby hatten. Während er ein Homme de culture sei, der neben Theater und Oper alle schönen Künste liebe und nebenher gerne koche, interessiere sich Mütze nur für Fußball. Nun glaubte Karl-Dieter wohl, der Fall Rückert könnte die Chance für ein gemeinsames Projekt bieten.

»Keine Angst«, beeilte sich Karl-Dieter zu sagen, »ich misch mich nicht in deine Arbeit ein. Versprochen! Ich dachte nur, es könnte nicht schaden, sich etwas Hintergrundwissen anzueignen.«

»Soll ich das etwa alles lesen?«, fragte Mütze und deutete auf den Bücherturm.

»Nein, nein, natürlich nicht«, beteuerte Karl-Dieter, »ich dachte, ich schau mir die Sachen mal an. Vielleicht ist ja was Interessantes für dich dabei.«

Mütze seufzte still. War ja echt süß von Karl-Dieter. Aber was sollte ihm das für die Ermittlungen bringen? Dass da jemand auf eines Berges Halde stand, als heim die Sonne ging? Dass des Himmels Wolken der Erde Friede zutrauten?

»Zutauen, nicht zutrauen! Nicht wahr, Mütze, was für ein schönes Bild! Den himmlischen Tau zur Erde zu senden.«

»Zutauen oder zutrauen, was hilft mir das weiter?«, brummte Mütze.

Die Sachen sind vor weit über hundert Jahren geschrieben worden, Rückert würde wohl kaum selbst eine Spur gelegt haben, die zum Mörder führte. Die beiden entwendeten Bände, für wen konnten sie nur ernsthaft einen solchen Wert haben, dass er selbst vor einem Mord nicht zurückschreckte? Wer steckte nur dahinter?

»Ein Fetischist, wenn du mich fragst«, sagte Karl-Dieter und goss sich einen kräftigen Schuss von der Salatsoße nach.

»Ein Fetischist?«

»Na, so einer wie dieser Gurlitt damals. Du weißt schon, der schrullige alte Mann, der die Raubkunst der Nazis bei sich im Wohnzimmer versteckt hatte, lauter exquisite Sachen. Der hortete seine Bilder ganz für sich allein. Hat sie niemandem gezeigt. Allein die Gewissheit, sie zu besitzen, erfüllte ihn mit Hochgefühl. Genauso einen müsst ihr suchen, einen Bücherfetischisten.«

Mütze rührte in seinem Espresso. Auszuschließen war das nicht.

»Denk an Paul!«, sagte Karl-Dieter

Paul! Diese verrückte Geschichte, lange her. Karl-Dieter und er hatten ein paar befreundete schwule Paare zu einem Abendessen eingeladen, damals, als sie noch in Dortmund-Hörde wohnten. Karl-Dieter hatte für alle ein wunderbares fünfgängiges Menü gezaubert. Am nächsten Morgen hatten Mützes Schuhe gefehlt und auch Karl-Dieters Gummistiefel. Lange hatten sie gerätselt, wer ihnen diesen merkwürdigen Streich gespielt hatte. Eine Woche später hatte einer ihrer Gäste ihre Fußbekleidung mit schamroten Ohren zurückgebracht. Hätte er bei seinem neuen Freund gefunden, bei Paul, den er zu Karl-Dieters Abendessen mitgebracht hätte. Der Freund habe sich als Schuhfetischist geoutet, selbstverständlich ausschließlich für Männerschuhe. Kaum hatte sich der Freund eilig wieder verabschiedet, hatte Karl-Dieter seine Gummistiefel mit spitzen Fingern in den Müll befördert und zu Mützes Entsetzen auch Mützes Schuhe. War auch der Bibliotheksmörder ein Fetischist?

»Fetischisten sind oft intelligente Leute«, meinte Karl-Dieter zu wissen.

»Wie kommst du denn darauf?«

»Fetischismus hat viel mit Fantasie zu tun.«

Mütze überlegte ein Weilchen. Dann glitt ein Lächeln über sein maskiertes Gesicht.

»Da wirst du recht haben. Wer an deinen Gummistiefeln was finden kann, muss wirklich viel Fantasie besitzen.«

Karl-Dieter verstummte beleidigt. Was sollte das heißen? Er hatte sie geliebt, seine Gummistiefel. Auch wenn es sich nur um ein günstiges Angebot vom Obi gehandelt hatte. So hübsch sind sie gewesen, dass er einfach zugreifen musste: hellblau mit weißem Wölkchendesign. Als wenn Mützes ausgetretene Bootsschuhe erotischer gewesen wären!

Karl-Dieter wollte Mütze durch eine Schweigepause strafen, schließlich aber siegte die Neugier in ihm. Nicht dass er ein Hobbykommissar war, aber an Geschichten von Menschen war er immer interessiert, besonders wenn sie authentisch waren. Und was gab es Authentischeres als einen Mordfall? Niemand konnte schließlich eine Leiche vorspielen.

»Nun erzähl schon, wie sieht's in Frau Apeldoorns Wohnung aus?«

Mütze verzog das Gesicht. Er verspürte nicht die geringste Lust, davon zu erzählen. Dienst ist Dienst und Schnaps ist Schnaps. Auf der anderen Seite wusste er, dass Karl-Dieter nichts mehr liebte, als zu hören, wie sich andere Leute einrichteten. Ständig besorgte er sich die neuesten Ausgaben von *Schöner Wohnen* und *Homes & Gardens* und wie diese immer gleichen Blätter so hießen. Karl-Dieter beneidete Mütze geradezu darum, als Kommissar ständig in unbekannte Wohnungen zu müssen. Also ließ sich Mütze breitschlagen und berichtete in aller Kürze, was er gesehen hatte.

»Traurig, das ist alles so traurig«, sagte Karl-Dieter, während er sich mit der Serviette behutsam einen Kisirkrümel von der Lippe tupfte.

»Traurig, was soll daran traurig sein?«

»Alles, einfach alles. Stell dir vor, du wirst mit zweiundsechzig Jahren erdrosselt, und was übrig bleibt, sind ein Foto von deinen alten Eltern und ein Bild von deinem Abschlussjahrgang.«

»Na hör mal! Was soll an meinen Eltern und meinem Abschlussjahrgang traurig sein?«

»Nichts, natürlich nichts«, beeilte sich Karl-Dieter zu sagen, »Mensch, Mütze, ich meine doch, wenn das alles ist, wenn das die ganze Lebensbilanz sein soll, zwei alte Fotos. Ist doch furchtbar.«

Mütze zuckte mit den Schultern. Was Karl-Dieter wieder hatte.

»Wenn's nach mir ginge, ich würde kein einziges Foto an die Wand nageln«, sagte Mütze.

Karl-Dieter warf ihm einen missbilligenden Blick zu. Das war mal wieder typisch! Wenn er Mütze nicht besser kennen würde, man könnte meinen, er habe kein Herz.

»Und wenn man mich erdrosseln würde, würdest du dann wenigstens ein Foto von mir aufhängen?«

»Nee, nur von deinem Mörder«, prustete Mütze.

»Idiot!«

Karl-Dieter wollte erneut den Beleidigten spielen, konnte sich das Grinsen dann aber ebenfalls nicht verkneifen. Mütze konnte machen, was er wollte, er schaffte es einfach nicht, ihm böse zu sein. Jedenfalls nicht länger, als ein Karpfen braucht, nach einem Luftschnapper wieder abzutauchen. Mütze musste wieder los. Karl-Dieter blieb noch etwas Zeit, sodass er beschloss, kurz bei Susi vorbeizuschauen. Susi war ihre junge Nachbarin. Ihr Mann, ein sympathischer Bauarbeiter, verdiente bei der Alterlanger Traditionsfirma als Baggerfahrer sein Brot. Keiner baggerte besser. Zusammen hatten sich die beiden jungen Leute ein kleines Häuschen direkt am benachbarten Karpfenweiher gebaut. Die noch blutjunge Susi war hochschwanger, und Karl-Dieter begleitete ihre Schwangerschaft mit großer Aufmerksamkeit und Anteilnahme.

Anfangs hatte es ihm einen Stich versetzt, als er bemerkte, dass sich ihr Bauch zu wölben begann, dieser blödsinnige, immer wieder aufs Neue aufkeimende Neid war nicht völlig auszurotten. Je enger sich Karl-Dieter aber mit Susi befreundet hatte, desto mehr freute er sich mit ihr auf ihr erstes Kind. Und Susi freute sich, so einen interessierten, feinfühligen Freund als Nachbar zu haben. So sehr sie ihren Mann auch liebte, Gespräche über die richtige Ernährung während der Schwangerschaft, geschweige denn über die bevorstehende Geburt konnte man mit ihm nicht führen. Alles, was nicht ausgebaggert werden konnte, war für ihn eine fremde Welt. Wie anders hingegen Karl-Dieter! Mit ihm konnte sie über alles sprechen, besser noch als mit ihrer besten Freundin, die Gespräche über die bevorstehende Mutterschaft schnell nervten. Und Karl-Dieter kannte sich noch dazu bestens aus. Er war geradezu ein echter Schwangerschaftsexperte. Erstaunlich, wenn man sein Schwulsein bedachte.

Dass Karl-Dieter schwul war, hatte Susi vom ersten Tag ihrer Bekanntschaft an gewusst, es störte sie nicht im Geringsten. Im Gegenteil, sie war geradezu glücklich darüber.

Solch intime Gespräche mit einem Hetero zu führen hätte sie peinlich vermieden. Mit einem Schwulen war das anders. So waren die beiden in den letzten Monaten zu echten Freunden geworden. Heute wollte Karl-Dieter noch zu ihr, um ihr das Rezept für den selbst gekochten Karotten-Kartoffel-Brei zu bringen und ihr außerdem dringend zu raten, das Kind unbedingt im Dunkeln zur Welt zu bringen. Er hatte lange darüber nachgedacht. Die Natur hatte es nicht zufällig so eingerichtet, dass Babys fast immer zur Nacht geboren würden. Ihre unschuldigen Augen waren so zart, so unerfahren. Sie sollten zunächst über das sanfte Mondlicht und die Sterne staunen, bevor sie die helle Sonne erblickten. Jedes grelle Licht im Kreißsaal war dringend zu vermeiden.

Mütze war schon fast zur Tür hinaus, als Karl-Dieter ihm noch hinterherrief: »Sehen wir uns zum Abendessen? Ich habe eine kleine Überraschung für dich.«

Auf der Wache gab's nichts Neues. Zumindest nichts, was für Mütze von Interesse gewesen wäre. Die *Erlanger Nachrichten* hatten groß von dem Verbrechen berichtet, aber aus der Bevölkerung war noch kein Hinweis eingegangen. Die Befragung von Anliegern der alten Universitätsbibliothek hatte nichts erbracht. Niemand wollte etwas gesehen haben. Niemand hatte am Sonntagabend jemanden hineingehen sehen, niemandem war aufgefallen, dass in den Bibliotheksräumen noch Licht brannte, niemand hatte einen Schrei vernommen, niemand hatte jemanden das Gebäude verlassen sehen. Auch die ersten Auswertungen der Spusi waren negativ. Vom Tatort keine DNA-Spuren oder Fingerabdrücke, die auf den Täter hinwiesen. Mütze bat Big-Chip, im Internet nach antiquarischen Rückert-Büchern zu suchen. Und auch nach alten Büchern anderer Superdichter. Alles erschien in diesem Zusammenhang interessant. Nicht dass Mütze hoffte, der Täter sei so blöd, die Sachen umgehend zu verhökern. Er wollte nur herausfinden, ob es überhaupt einen Markt für Handschriften verstorbener Dichtergrößen gab.

»Was ist mit der alten Mutter der Toten?«, fragte er BigChip.

»Haben wir noch nicht erreichen können. Willst du selbst rausfahren?«

»Wirf mal die Adresse rüber!«

Buttenheim war nicht weit weg. Einfach auf die A 73 geschlabbert und dann Richtung Norden. Frankenschnellweg wurde die Autobahn genannt. Ruhrschnellweg gab's auch. Auf beiden Rennstrecken kroch man im gleichen Schneckentempo voran, grummelte Mütze, und ein ironisches Lächeln umspielte seine Lippen. Wieder eine fränkisch-westfälische Gemeinsamkeit.

Kaum hatte er Erlangen hinter sich gelassen, sah man zur Rechten ein paar träge Hügel den Horizont verstellen. Die Fränkische Schweiz. Ein Schweizer würde einen nervösen Hustenanfall bekommen, wenn er von dieser Bezeichnung erführe. Wenn das eine Schweiz war, dann war der Dortmunder Phoenix-See ein Ozean. Der Phoenix-See, die verrückteste Pfütze des Ruhrgebiets! Einst hatte hier das gigantische Stahlwerk von Hoechst stolz geglüht, hatte die schönsten Farbenspiele in den nächtlichen Himmel gezaubert, Feuerwolken von infernalischer Großartigkeit. Dann hatten es die Chinesen in die Tasche gesteckt und am Jangtsekiang wieder ausgepackt. Heute flogen Besuchergruppen von ehemaligen Dortmunder Stahlwerken nach China, um ihren Enkeln zu zeigen, wo Opa einst malocht hatte. Übrig gelassen hatten die Schlitzaugen ein gewaltiges Loch, das mit Wasser vollsuppte. Nun konnte, wer wollte, mit dem Tretboot darüberschaukeln. Dortmund war in der Postmoderne angekommen.

Mütze merkte, wie ihn das Heimweh übermannte, das Heimweh nach einer Stadt, die es nicht mehr gab. Nein, es war besser, hier in Erlangen gelandet zu sein. Der allmähliche Verfall Dortmunds ging ihm zu sehr an die Nieren. Tod durch Sanierung, kann man sich etwas Traurigeres denken? Und wer weiß, vielleicht war das ja noch nicht das Ende. Vielleicht würden die Chinesen bald wiederkommen und auch noch das Westfalenstadion mitnehmen, allein wegen der berühmten gelben Wand. Dann war in Dortmund endgültig Schicht im Schacht.

Auch mördermäßig musste man umdenken. Unmöglich, dass man in Dortmund jemanden wegen zwei alter Schinken umbringen würde. In Dortmund war jede Bibliothekarin vor Ermordung sicher. In Dortmund gab es nur vernünftige Mordtaten. Da ging es um Handfestes, um die Kasse vom Tante-Emma-Laden oder um Meinungsverschiedenheiten einer Autoknackerbande. Normale, nachvollziehbare Motive eben. In Universitätsstädten war das offensichtlich anders. Dort blühten die Neurosen. Selbst als alter Hase kam man da ins Schwitzen. Kenn sich einer aus mit diesen Akademikerhirnen!

Je länger Mütze über ein mögliches Motiv nachdachte, desto unklarer wurde ihm die Sache. Und wenn Karl-Dieter doch recht hatte? Wenn es ein Fetischist gewesen ist? Für verstaubte Bücher? Beruflich hatte Mütze bislang noch nie etwas mit Fetischisten zu tun gehabt, so viel aber wusste er noch von seiner Ausbildung, dass Fetischismus etwas mit Erotik zu tun hatte. Was aber sollte an den Rückert-Büchern erotisch sein? Hatte Rückert an einer frühen Version von *Fifty Shades of Grey* gearbeitet? Vielleicht war es gut, dass Karl-Dieter sich die gesammelten Werke von Friedrich Rückert besorgt hatte, dachte Mütze. So würde er seine Informationen aus erster Hand erhalten.

Mütze gab Gas, und der Manta begann zu röhren wie ein brunftiger Hirsch. Kurz vor dem Umzug nach Erlangen, als sein alter Kadett nur noch aus dem letzten Ventil pfiff, hatte sein Opel-Händler den Manta gerade reinbekommen, Garagenwagen aus erster Hand, scheckheftgepflegt, noch dazu ein Manta B, worüber jeder Kenner mit der Zunge schnalzt. Mütze hatte sofort zugeschlagen. Seitdem war der Manta sein ganzer Stolz. Was für ein Auto und was für ein unschlagbares Outfit! Orangerot, schwarzes Veloursdach, wo gibt es eine solche Farbkombi heute noch? Die Witze, die man über Mantafahrer riss, gingen Mütze so was von am Gluteus vorbei. Der Manta war einfach eine schnittige Kiste, die deutsche Antwort auf die amerikanischen Ponycars. Wenn man ihn ohne blödsinnigen Schnickschnack fuhr, und das tat Mütze.

Einmal, zur Karnevalszeit, hatte ihn Karl-Dieter überraschen wollen, hatte sich als Blondine verkleidet und dem Manta einen Fuchsschwanz um die lange Antenne gebunden. Hatte Mütze überhaupt nicht komisch gefunden. Nicht die Blondine und nicht den Fuchsschwanz. Bei seinem Manta kannte Mütze keinen Spaß. Spoiler und Fuchsschwanz, was sollte der Unsinn? Lenkte nur ab von den klassischen Formen, und die waren ultracool.

Runter von der Autobahn, um ein paar träge Kurven gequietscht und hinein nach Buttenheim. Ein nettes Städtchen, das sich in der Mitte auseinanderbog, um einem breiten Markt Platz zu machen. Verführerisch zwinkerte Mütze ein stolzes Wirtshausschild zu. Was soll's, ein Bierchen konnte nicht schaden. An manche Sachen würde sich Mütze einfach nicht gewöhnen, selbst nach den vielen Berufsjahren nicht. Zu diesen Sachen gehörte es, Todesbotschaften zu überbringen. Mit etwas Bierdampf in der Zentrale würden ihm die Worte besser über die Lippen rutschen. Gekonnt ließ Mütze seinen Manta vor dem Wirtshaus ausrollen. Das St. GeorgenBräu erwies sich als durchaus trinkbar. So wie die meisten Biere der so zahlreichen Familienbrauereien ringsumher. Warum gab es in Westfalen kaum noch Brauereien?

»Wollen Sie das Levi-Strauss-Haus anschauen? Leider heute geschlossen!«

Die junge Kellnerin war erstaunlich gesprächig für eine Fränkin. Mütze sah auf.

»Levi Strauss?«

»Der Erfinder der Jeans! Ein waschechter Buttenheimer«, sagte die Kellnerin mit sichtbarem Stolz.

»Gratuliere«, erwiderte Mütze.

Dem Mann musste er echt dankbar sein. Was würde er anziehen, wenn Strauss die Jeans nicht erfunden hätte? Seit sich Mütze erinnern konnte, trug er ausschließlich Jeans. Zu den beiden größten Festtagen des Ruhrgebiets, dem Sommerschlussverkauf und dem Winterschlussverkauf, war seine Mutter mit ihm zum Ostenhellweg zu C&A gegangen und hatte ihm eine neue Jeans gekauft. Jingler hießen die Dinger, weil an ihnen ein albernes Glöckchen bimmelte. Zu Hause angekommen, war sein erster Griff stets zur Schere gegangen, um dieses entwürdigende Detail abzuschneiden und zu entsorgen. Wie hätte er sich vor seinen Schulkameraden geschämt. Als er etwas größer wurde, ist er auf andere Marken umgestiegen, die Wrangler oder Lee hießen. Am liebsten aber war ihm eine Original-Levi-Jeans.

Dass diese, wie er nun erfuhr, ein fränkisches Produkt war, wunderte Mütze nur wenig. Die Franken waren ein Volk von Tüftlern und Erfindern, besaßen das Technik-Gen. Nie jedoch waren sie mit dem Erreichten zufrieden, lobten höchst selten und nur äußerst widerwillig, und wenn es denn unbedingt ein Lob sein musste, dann doch nie, ohne noch eine kritische Bemerkung anzuhängen. Allein ihr größter Lobgesang, das berühmte »Bassd scho«! Da steckte doch immer noch was anderes dahinter, etwas, das nicht ausgesprochen wurde, aber immer mitschwang: »Lass ja nicht nach mit deinen Anstrengungen!« – »Glaub nicht, dass das Schäufele nicht noch besser schmecken könnte.« – »Dieses Mal ist es okay, aber das ist kein Freifahrtschein für die Zukunft.« Auch das Haar in der Suppe scheint eine fränkische Erfindung zu sein.

»Olé, BVB, olé, olé …«

Rasch ging Mütze an sein Handy. Es war die Spurensicherung. Sie hätten noch etwas entdeckt, was vielleicht von Interesse sein könnte. Unten im Hof des Hauses hatten sie in der blauen Tonne, die für den Papiermüll zuständig war, eine Fahrkarte der Deutschen Bahn gefunden. Von Erlangen-Hauptbahnhof nach Würzburg-Hauptbahnhof. Vom vergangenen Wochenende. Samstags hin, sonntags zurück, wies der Stempel aus.

»Wieso seid ihr sicher, dass die Fahrkarte der Toten gehört?«

»Steckte in einer Zeitschrift: *Der Bayerische Bibliothekar.*«

»Danke! Gute Arbeit!«

»Und noch etwas haben wir zwischen den Seiten gefunden, eine merkwürdige Sache.«

»Schieß los!«

»Einen Pariser. Der vollen Länge nach ausgerollt, aber eindeutig ungebraucht. Leichter Bananengeruch.«

Mütze nahm einen zweiten Schluck von seinem Kellerbier, samtweich lief es die Kehle hinunter. Sieh mal einer an! Zwei wichtige Informationen. Erstens hatte Karl-Dieter tatsächlich mal wieder richtiggelegen. Keiner schien die Abgründe einer weiblichen Seele besser zu verstehen als er, warum auch immer. Und zweitens zeigte sich Frau Apeldoorns Charakter plötzlich in gänzlich neuem Licht. Was hatte er noch überall zu hören bekommen? Nein, die gute Frau Apeldoorn ist so ein häusliches Wesen, nein, Frau Apeldoorn besucht höchstens mal ihre alte Mutter oder das *Café Mengin*, um an einer Prinzregententorte zu knabbern. Von wegen! Frau Apeldoorn wurde von allen unterschätzt. Die Gute hatte noch eine völlig andere, möglicherweise dunkle Seite. Frau Apeldoorn quetschte harmlose Bananen in Präservative, Frau Apeldoorn unternahm Wochenendausflüge, und niemand wusste davon. Oder man behauptete, nichts davon zu wissen. Mütze würde noch mal mit Doktor Kunzelmann darüber reden müssen und mit Frau Apeldoorns engstem Kollegenkreis. Man kannte das doch. Nichts Schöneres gab es als Kollegengetratsche. Und wenn tatsächlich niemand etwas davon wusste, dann drängte sich doch zugleich die Frage auf, warum das so war, warum sich die Bibliothekarin niemandem anvertraut hatte. Was war denn so schrecklich geheim an einem Wochenendausflug nach Würzburg? Und wie hing dieser Ausflug mit ihrem Tod zusammen? Denn dass zwischen diesen beiden Ereignissen ein Zusammenhang bestand, das würde schon ein Kriminalkommissar im Praktikum vermuten.

»Boxer?«

»Wie bitte?« Mütze schaute die Bedienung verblüfft an.

»Na, das Gestell auf Ihrer Nase!«

Ach so, die Maske.

»Nee, nee«, antwortete der Kommissar rasch, »nur ein kleiner Sportunfall beim Fußball.«

»Sie kommen wohl nicht von hier?«, fragte die Bedienung und stellte Mütze sein zweites Kellerbier auf den Wirtshaustisch.

»Nee, nee. Aus Dortmund.«

»Und wie gefällt es Ihnen bei uns?«

Nun war Mütze tatsächlich verblüfft. Eine solch gesprächige Bedienung hatte der Kommissar in Franken noch nicht erlebt. In Franken beschränkte man sich aufs Wesentliche. Selbst ein Lächeln war schon Luxus. Die fränkische Bedienung sei nicht unfreundlich, sie würde nur die Kunst verstehen, nach innen zu lächeln, hatte ihm Big-Chip mal bei einem gemeinsamen Kellerbesuch erklärt, das sogenannte intrinsische Lächeln. Diese Kellnerin aber beherrschte auch das Lächeln nach außen und stellte sogar selbst interessierte Fragen. Wie es ihm hier gefalle? Anfangs hatte Mütze den typischen Anfängerfehler begangen, auf eine solche Frage spontan zu antworten, dass es in Bayern ausgesprochen schön sei. Süßsäuerlich hatte es stets zurückgelächelt. Bayern? Hier war man in Franken, und Franken war so weit von Bayern entfernt wie Westfalen vom Rheinland. Die Westfalen halten das, was die Rheinländer versprechen, dachte sich Mütze grinsend und leerte den Steinkrug mit einem tiefen Schluck. Dann wischte er sich über den Mund. Auf ging's, es musste sein.

Hätte er das Lokal nicht so stürmisch verlassen, so wäre ihm vielleicht der weiße Panamahut aufgefallen, der einsam an der Garderobe am Haken hing.

Das Häuschen von Mutter Apeldoorn lag am Rande des Städtchens an einen leichten Abhang gelehnt, hinter dem sich ein alter Friedhof mit merkwürdigen Gräbern erstreckte. Die Grabsteine, die krumm und schief aus dem grünenden Gras hervorwuchsen, sahen aus wie alte Gesetzestafeln. Ein jüdischer Friedhof vielleicht. Ist nicht auch Levi Strauss Jude gewesen? Und wo mag er seine erste Jeans zusammengenäht haben?

Das Häuschen trug den typischen fränkischen Spitzgiebel. Mütze würgte den Manta ab und nahm vorsichtig die Maske vom Gesicht. Er drehte den Rückspiegel in seine Richtung. Unter der Maske sah es auch nicht viel besser aus, ein dick geschwollener Strauß blühender Veilchen. Da hätte er die Maske auch anbehalten können. Mütze holte tief Luft, stieg aus, ging zu dem Haus und drückte den Klingelknopf.

Froh und erleichtert war Mütze, als er wieder in seinem Opel saß. Schlimmer als erwartet war die Sache verlaufen. Die alte Mutter hatte ihn entgeistert angestarrt, hatte eine lange Weile nichts gesagt und war dann in einen nicht versiegenden Tränenstrom ausgebrochen. Ewig hatte es gedauert, bis sie sich halbwegs wieder zu beruhigen schien, doch jede noch so vorsichtig gestellte Frage Mützes hatte sie erneut ins Tränendelirium gestürzt. Hilflos hatte Mütze schließlich bei den Nachbarn geschellt, ihnen die Situation geschildert und sie darum gebeten, sich um die Alte zu kümmern. Vielleicht würde er sie zu einem späteren Zeitpunkt noch einmal befragen, heute war nichts aus ihr rauszubekommen. Und als Seelentröster taugte er nun wirklich nicht. Ab nach Erlangen!

Mütze gab kräftig Gas, mit einem recht ordentlichen Sprung schoss der Manta nach vorne. Musik! Das war es, was Mütze jetzt brauchte. Laute Musik. Je lauter, desto besser! Zufällig spielten sie gerade Udo Lindenberg, die gute alte Westfalennase. »Wenn du durchhängst, gibt's nichts Stärkeres als uns zwei, wir halten fest zusammen. Alles andere geht uns am Arsch vorbei, am Arsch vorbei ...« Mütze drehte das Autoradio bis zum Anschlag auf. Zumindest hatte er von dem verzweifelten Mütterchen erfahren können, dass seine Tochter vor zehn Tagen tatsächlich das Wochenende in Würzburg verbracht hatte. Wie jedes Jahr pflegte sie im Frühjahr für ein Wochenende zu verreisen, immer an einen anderen Ort, je nachdem, wo sich ihr Abschlussjahrgang zu einem Klassentreffen verabredete. Diesmal sei Würzburg an der Reihe gewesen.

Diese Information hatte Mütze mehr verwirrt als weitergeholfen. Warum hatte die Tote nur ihrer Mutter, aber offensichtlich keinem Kollegen von dem Treffen erzählt? So etwas hielt man doch nicht geheim. Oder vielleicht doch? Gab es tatsächlich eine geheime Verbindung zwischen dem Mord und dem Würzburger Treffen? Immerhin war davon auszugehen, dass es sich bei den Bibliothekaren um lauter Bücherfreaks handelte. Nicht auszuschließen, dass der Mörder in diesen Kreisen zu suchen war. Vielleicht hatte sich ein Rückert-Narr an seine alte Kollegin rangeschmissen, nur um an die einzigartigen Exemplare heranzukommen. Mütze musste an die Feuerwehr denken. Bekanntlich waren viele Brandstifter Feuerwehrmitglieder. Ob es sich bei Bibliothekaren ähnlich verhielt? Statt die Bücher zu hüten, war mancher ein Bücherräuber.

Mütze rief sich noch mal die letzte E-Mail in Erinnerung, die vom Mörder stammen musste: »Am liebsten bei Ihnen in der Bibliothek. Sonntagabend um zehn? Ich liebe den Geruch von Büchern!« Schon seltsam. Sprach das nicht gegen einen alten Freund aus gemeinsamen Ausbildungstagen?

Duzte man sich dann nicht? Mit hoher Wahrscheinlichkeit, aber nicht zwingend. Die Tote gehörte einer Generation an, in der sich selbst junge Leute noch mit »Sie« anredeten. Mütze waren krawattetragende Dortmunder Studienräte älteren Jahrgangs bekannt, die lieber in Badehose eine Kohlehalde hinuntergerutscht wären, als jemandem das Du anzubieten.

Wie konnte er herausfinden, wer alles auf dem Treffen gewesen war? Und wer sich in besonderer Weise um Frau Apeldoorn gekümmert hatte? Vielleicht wusste Kunzelmann etwas. Als Leiter der Universitätsbibliothek erfuhr man doch bestimmt von solchen Treffen. Warum aber hatte er dann nichts davon erzählt, als sie über das Privatleben der Toten geredet hatten? Wenn Kunzelmann wirklich nichts wusste, dann vielleicht einer der anderen Bibliotheksmitarbeiter.

Mütze sah auf die Uhr. Mit etwas Glück konnte er es noch schaffen. Ab in die Alte Unibibliothek!

Die Eingangstür war noch aufgesperrt. Mütze schlüpfte hinein und nahm die weite Freitreppe, um zu Doktor Kunzelmanns Zimmer zu gehen. Auf dem mit Mosaiken gefliesten Gang im ersten Stock stand ein Mann an einem kleinen Becken und wusch sich die Hände. Waschbecken auf Bibliotheksfluren? Seltsam, dachte sich Mütze, beschloss jedoch, die Gelegenheit beim Schopfe zu packen. Tatsächlich handelte es sich bei dem Händewäscher um einen Bibliotheksmitarbeiter. Selten hatte Mütze einen Mann mit solch sanfter Stimme reden hören, ein wahrer Ohrenschmeichler. Er mochte wohl an die fünfzig sein und gab an, die Tote gut gekannt zu haben.

»Selbstverständlich! Wir sind ja seit so langer Zeit ein eingeschworenes Team. Und nun das! Haben Sie den Kerl schon gefasst?«

»Dann wäre ich nicht hier. Herr …«

»Vierzigmann, Werner Vierzigmann.«

»Herr Vierzigmann, wann haben Sie Ihre Kollegin zuletzt gesehen?«

»Am letzten Freitag.«

»Haben Sie mit ihr gesprochen, hat sie etwas erzählt?«

»Erzählt? Frau Apeldoorn?«

»Sie haben sich gesiezt?«

Herr Vierzigmann lachte überrascht auf, wenngleich immer noch auf angenehm sonore Weise. Ja, natürlich. Das heiße, natürlich sei das natürlich nicht, nicht zwingenderweise. Natürlich würden sich viele Kollegen duzen, aber bei Frau Apeldoorn sei das anders, da habe nie jemand ein Du in Erwägung gezogen.

»Wieso nicht? War sie nicht beliebt?«

»Doch, doch«, beeilte sich Herr Vierzigmann zu sagen, und der Schmelz in seiner Stimme wurde noch wärmer, »ganz im Gegenteil. Eine sehr zuverlässige Kollegin, nur – wie soll ich sagen? – nur etwas zurückhaltend.«

»Haben Sie nie über Privates gesprochen?«

»Mit Kollegin Apeldoorn? Nein, niemals.« Nervös strich sich der Bibliothekar durch sein schütteres Haar.

»Hat sie was von einem kürzlichen Treffen erzählt, von alten Ausbildungskollegen?«

»Nein, jedenfalls nicht mir gegenüber.«

»Von einer Bekanntschaft vielleicht, von jemandem, den sie vor Kurzem kennengelernt hat?«

»Nein, ganz bestimmt nicht, daran würde ich mich erinnern.«

»Gab es eine Anfrage wegen Rückert-Handschriften? Hat sie vielleicht davon etwas erwähnt?«

»Nein, tut mir leid. Wir haben uns auch alle gefragt,

warum der Mörder ausgerechnet die alten Rückert-Schinken entwendet hat.«

Mütze fragte nach Doktor Kunzelmann.

»Der Chef? Heute nicht im Haus.«

»Wo ist er denn?«

»Dienstreise, soviel ich weiß.«

»Ich würde gerne noch mal in den Keller, könnten Sie mich dorthin begleiten?«

»In den Keller? Sie meinen ...?«

»Genau, zum Tatort.«

Sie stiegen die Steinstufen hinab ins Kellergeschoss. Dem sanften Bibliothekar schien der Gang nicht ganz geheuer zu sein. Etwas zögerlich schloss er eine Tür nach der anderen auf, bis sie schließlich am Tatort standen. Auf dem Boden war mit weißer Kreide noch das Abbild der Leiche zu sehen, ein in sich verkrümmter Umriss von unsagbar zerbrechlicher Traurigkeit.

Vierzigmann schnaufte tief durch und schüttelte den Kopf. »Furchtbar, einfach furchtbar«, stammelte er immer wieder.

»Herr Vierzigmann, gibt es hier unten einen Ruheraum oder zumindest eine Couch oder etwas Ähnliches? Vielleicht auch nur eine alte Matratze?«

Der Bibliothekar ahnte mit leichtem Gruseln, worauf Mützes Frage zielte.

»Eben nicht, Herr Kommissar, eben nicht! Das macht das Ganze noch rätselhafter!«

Mütze kniete sich nieder und strich mit der Rechten über die Stelle, auf der die Tote gelegen hatte. Er kam einfach nicht voran. Alle Ermittlungsansätze verliefen im Sande. Es war zum Mäusemelken.

»Olé, BVB, olé, olé ...«

Mützes Handy schmetterte los, und das Echo hallte spöttisch in den Kellergängen wider. Ein Kollege aus Coburg war in der Leitung. Ob Mütze gleich kommen könne? Es sei dringend, äußerst dringend.

»Warum?«

»Ein weiterer Mordfall! Diesmal bei uns in Neuses.«

»Neuses?«

»Ortsteil von Coburg.«

»Was hab ich mit euren Mordfällen zu tun?«

»Der Tote liegt im Garten des Rückerthauses.«

Mütze klebte sich das Blaulicht aufs Vinyldach und segelte mit lautem Tatütata den Frankenschnellweg Richtung Norden. »Midd lauddem Daddüddadda«, würden die Franken sagen, grinste Mütze. Seine Lebenstriebe waren wieder erwacht. So schrecklich eine zweite Leiche war, so gut war sie für die Ermittlungen. Damit sah die Sache doch gleich ganz anders aus. Nun verdoppelten sich die Chancen, dass der Mörder einen Fehler gemacht hatte. Wenn es sich denn um ein und denselben Täter handelte und nicht um einen dummen Zufall. Darauf aber deutete nichts hin. Erst die Rückert-Bücher, jetzt das Rückerthaus, das konnte kein Zufall sein!

Mütze fingerte sein Handy vom Beifahrersitz und rief Big-Chip an. Big-Chip nahm die neue Todesnachricht so trocken entgegen, als hätte man ihm erzählt, dass im Dechsendorfer Weiher ein Karpfen verendet sei. Mütze bat ihn, sich um das Würzburger Klassentreffen zu kümmern und wenn möglich den einen oder anderen Teilnehmer zu ermitteln, am besten den Organisator.

»Wir müssen herausfinden, wer versucht hat, mit Frau Apeldoorn anzubandeln. Eine Internetbekanntschaft scheint ausgeschlossen, der Täter wird sich seinem Opfer nicht digital, sondern sehr, sehr analog genähert haben.«

Mütze bretterte vergnügt über die linke Spur. Sein Manta machte wirklich Spaß. Würde Opel heute noch mantamäßige Wagen bauen, wären sie niemals in die roten Zahlen geraten. Vom Kadett bis zum Admiral, alles schicke Kisten mit Charakter. Was war schon ein Adam dagegen oder gar ein Corsa, alle diese neumodischen Missgeburten? In Bochum hatten sie die Fabrik nun abreißen müssen. Eine Schande! Die Geburtsklinik seines schicken Mantas in Schutt und Asche zu legen.

Mütze drehte an den Rädchen seines Autoradios. Auf Bayern 1 lief *You really got me* von den Kinks. Mütze drehte die Musik wieder bis zum Anschlag auf. Das sind noch Zeiten gewesen, als man Autoradios baute, an denen man die Lautstärke mit einem Rädchen einstellen konnte, statt umständlich auf irgendwelchen Tasten herumzufuckeln, wie man im Ruhrpott zu sagen pflegt: »You got me so I don't know what I'm doin' now ...« Mütze fiel kräftig in den Gesang mit ein, vollkommen falsch natürlich. Ein Sänger war wirklich nicht an ihm verloren gegangen, obwohl er, wie er oft zum Besten gab, einst Mitglied des größten Chors der Bundesrepublik gewesen war, der Südtribüne des Westfalenstadions. Dass er auch dort den Ton kaum getroffen hatte, störte ihn ebenso wenig wie jetzt. Warum auch? Allein im Auto mitzugrölen machte einfach tierisch Laune. Besonders, wenn ein weiterer Toter im Garten des Rückerthauses auf ihn wartete! Was für eine wunderbare Nachricht!

Mütze blaulichtete an Bamberg vorbei, aus der Ferne grüßten jede Menge Kirchturmspitzen, bis Coburg war es höchstens noch eine halbe Stunde. Auch dort gab es also ein Rückerthaus. Wo sich dieser Rückert nur alles herumgetrieben hatte!

»Yeah, you really got me now!«

Was für ein hübscher Garten! Klein, aber oho. Wo sah man noch solch gepflegte Blumenrabatten, den Buchs so akkurat geschnitten. Gleich überdimensionalen Blättern fügten sich die buchsgesäumten Beete zu einem Ganzen, prächtige Rosen, gerade erblüht, leuchteten im Abendlicht. Auch auf dem Gesicht der Leiche lag noch ein rosiger Schimmer, man konnte glauben, sie schlafe nur. Doch die Gartenschaufel, die tief im Hals versenkt war, sprach dagegen und auch die rote Blutlache, die auf dem Kiesbett neben dem Kopf unruhig im Abendwind zitterte.

Der Gärtner! Der Tote war diesmal der Gärtner. Ausgleichende Gerechtigkeit. Sonst fiel ihm ja immer die Rolle des Mörders zu, das wusste ja jeder, spätestens seit Reinhard Mey davon gesungen hatte. Mütze aber verkniff sich eine Bemerkung in diese Richtung, die Coburger Polizisten grüßten ihn einfach zu korrekt. Sie waren Profis durch und durch, gestandene Mannsbilder von eindrucksvoller Körperfülle. Niemand erlaubte sich, seine Maske auch nur zu erwähnen.

»Der Nachbar hat laute Stimmen vernommen, einen Streit, ist gleich rübergekommen, hat aber nur noch den Toten hier gefunden.«

Ein schmächtiger Mann in zartgelber Hose und knallgelbem Polohemd, der zwischen den beiden Polizisten stand, bestätigte die Angaben. Er habe in seiner nahe gelegenen Wohnung gesessen, als plötzlich lautes Rufen ertönte. Sofort sei er auf den Balkon geeilt, habe aber nichts erkennen können. Darauf sei er die Treppe hinunter und am Bachrand entlang zum Garten gelaufen. Dort habe er den Toten gefunden. Er kenne ihn nur flüchtig, es sei der Gärtner, der sich um den historischen Garten des Rückerthauses kümmere.

»Er muss sich dem flüchtenden Einbrecher in den Weg gestellt haben«, sagte der eine Polizeibeamte, und sein prächtiger Bauch wackelte wie zur Bestätigung dazu.

»Wir haben Einbruchspuren gefunden«, ergänzte sein nur wenig schlankerer Kollege, der es dennoch in den Kreis der Sumoringer schaffen könnte.

Das Rückerthaus war ein schmuckes Gebäude aus der Barockzeit mit einer einladenden Veranda zur Gartenseite. Die Tür, die von der Veranda ins Haus führte, stand einen Spalt offen, Holzsplitter im Bereich des Schlosses zeigten, dass man sie gewaltsam aufgebrochen hatte.

»Das Haus ist eine Art bewohntes Museum. Friedrich Rückert hat hier im Alter gelebt, er ist auch hier gestorben. Das Ehepaar Rückert pflegt alles äußerst liebevoll, sie werden entsetzt sein, wenn sie erfahren, was passiert ist«, sagte der postgelbe Nachbar, der sich als Herr Dotterweich vorstellte und erstaunlich gelassen wirkte.

»Das Ehepaar Rückert?«

»Ein Ururenkel des Dichters und seine charmante Gattin. Sie wohnen gleich nebenan im selben Gebäude.«

»Weiß das Ehepaar schon Bescheid?«

»Die beiden sind zurzeit auf Englandreise.«

»Kennen Sie das Museum?«

»Recht gut.«

»Na, dann machen Sie uns mal den Führer!«

Zusammen betraten sie das Innere des Hauses. Der Boden war mit fantasievollen Fliesenmosaiken belegt, besonders das tiefe Blau leuchtete wunderschön.

»Alles noch genauso wie zu Friedrich Rückerts Lebzeiten, liebevoll erhalten und behutsam restauriert. Die eigentlichen Museumsräume, die Wohngemächer Rückerts, befinden sich im ersten Stock.«

Zusammen stiegen sie die Treppe empor, der gelbe Kanarienvogel flatterte voraus. In einer Kiste auf dem Flur stapelten sich Filzpantoffeln. Wohl um den honigbraunen Dielenboden zu schonen, dachte sich Mütze. Er selbst verzichtete auf die Überzieher. Wie sah denn das aus, ein knallharter Ermittler in Filzpantoffeln? Die Zimmer waren in warmen Farben gehalten, Ölgemälde hingen an den Wänden, von denen manche Rückert persönlich zeigten. Auf einem Bild war er als alter Mann zu sehen. Die langen Haare und die tiefliegenden braunen Augen gaben ihm etwas Ehrfürchtiges, er sah aus wie ein alter Weiser.

»Den Tisch dort hat Rückert vom bayerischen König Ludwig geschenkt bekommen«, sagte Herr Dotterweich und wies auf eine kunstvolle Schreinerarbeit, die in Form einer Leier gestaltet war, »von Ludwig I., nicht vom Kini, der sich im Starnberger See ersäuft hat.«

Mütze sah sich um. Alles wirkte sehr aufgeräumt und ordentlich, nichts schien zu fehlen. Im nächsten Raum lag aufgeblättert ein dickes Buch, eine Prachtausgabe von Rückert-Gedichten mit liebevollen, farbigen Illustrationen. Mütze las den aufgeschlagenen Vers:

Du meine Seele, du mein Herz,
Du meine Wonn, o du mein Schmerz,
Du meine Welt, in der ich lebe,
Mein Himmel du, darein ich schwebe,

O du mein Grab, in das hinab
Ich ewig meinen Kummer gab.

Karl-Dieter würde begeistert sein. Mütze aber interessierten ganz andere Dinge.

»Gibt es hier noch weitere Bücher?«

»Ein paar Räume weiter, in Rückerts Arbeitszimmer.«

Sie gingen einen schmalen Gang entlang. An dessen Ende lagen zwei Messingpfosten am Boden, die mit einer verschlungenen Kordel verbunden waren, eine Schranke, die Besucher vom Betreten des Raumes hätte abhalten sollte.

»Nichts anfassen!«, sagte Mütze und betrat das Arbeitszimmer.

Ein einziges Durcheinander herrschte in dem Raum. Auf dem Boden, der aus einfachen Holzdielen bestand, lagen lauter Bücher verstreut und übereinander, hastig aus Regalen geworfen, die über einem stufenförmigen Schreibtisch und über einem etwas höheren, weiß gestrichenen Stehpult angebracht waren. Auch der aufgebrochene Sekretär im Eck schien geplündert. Auf einem Rundtischchen vor dem Fenster, das zum Garten hinausging, hingegen herrschte Ordnung. Eine langstielige Pfeife lag unversehrt dort und auch der noch prall gefüllte Tabaksbeutel. Es schien, als wäre Friedrich Rückert gerade aus dem Haus gegangen.

»Und was ist das hier? Ein Setzkasten?«

Mütze deutete auf ein riesiges, in Dutzende von offenen Fächern unterteiltes Wandregal.

»Kein Setzkasten, ein Zettelkasten«, wusste Herr Dotterweich, »Rückerts Art zu arbeiten, Ideen auf Zettel zu schreiben und dort zu sortieren.«

Das Seltsamste in dem Zimmer aber war ein Schwalbennest, das mitten an der Wand neben dem Zettelkasten klebte.

»Die Schwalben sind durch das offene Fenster ins Zimmer geflogen, um dort ihr Nest zu bauen. Rückert, der große Naturfreund, hat sich leise aus seinem Arbeitszimmer zurückgezogen, bis die Schwalben ihre Brut aufgezogen hatten und die kleinen Schwalben flügge waren. Dann erst ist er an seinen Schreibtisch zurückgekehrt.«

Das würde Karl-Dieter gefallen, dachte Mütze, während er sich weiter umsah. Nur gut, dass Mickey in einem Käfig steckte. Das hätte ihm noch gefehlt, ein Vogelnest in der eigenen Bude! Mütze trat näher an die Seitenwand heran. In den Regalen standen noch einige wenige Bücher. Ob welche fehlten? Wer konnte das beurteilen? Man würde den Ururenkel fragen. Klar war auf alle Fälle eines, da war sich Mütze so sicher wie Marco Reus als Elfmeterschütze. Der Mörder musste derselbe sein, der auch Frau Apeldoorn auf dem Gewissen hatte. Dasselbe brutale Vorgehen, dasselbe Motiv. Wieder hatte der Mörder es auf Rückert-Bücher abgesehen gehabt. Mütze trat ans Fenster. Wenn man sich auf die Zehenspitzen stellte, sah man hinter einer Buchshecke noch die ausgestreckten Beine des Gärtners.

»Ist das Museum zurzeit geschlossen?«, fragte Mütze, ohne sich umzudrehen.

»Es öffnet nur auf telefonische Anfrage«, antwortete Herr Dotterweich eilfertig.

»In welche Richtung mag der Täter entkommen sein?«

»Gut möglich, ja sehr wahrscheinlich, dass er durch die Verlängerung des Gartens verschwunden ist.«

Die Männer gingen zurück in den Garten, den Kiesweg entlang vorbei an der Leiche, öffneten eine niedrige Gartentür und gelangten in eine kleine Parkanlage, in deren Mitte sich auf einem hohen weißen Marmorpodest eine ebenfalls aus weißem Marmor gearbeitete mächtige Büste in den letzten rötlichen Strahlen sonnte. Unverkennbar Rückert. Mit besonderer Akribie waren die schulterlangen Locken gearbeitet, die der Statue etwas Weibliches gaben. Die Strenge des Gesichts und die energische Nase hingegen kontrastierten zu dem femininen Eindruck. Das Antlitz eines Mannes, bei dem sich ein scharfer Verstand und eine große Seele paarten.

Zwei Bächlein liefen hinter der Wiese zusammen, verschlungene Wege führten in unterschiedliche Richtungen. Neuses gehörte zwar politisch zu Coburg, hatte sich aber den Charakter eines selbstständigen fränkischen Dorfes bewahrt. Im Zentrum stand eine schiefergedeckte Kirche, nahe bei dem Rückerthaus. Es war ein Leichtes, von hier aus rasch und unerkannt zu entkommen, Straßen führten in alle Himmelsrichtungen. Die Männer gingen zurück in den Barockgarten, der nun schon im Schatten lag. Der rosige Schimmer war vom Gesicht des Toten gewichen, bleich waren seine Züge geworden, schwarz hingegen glänzte nun die Blutlache.

Mütze verabschiedete sich von Herrn Dotterweich und seinen gewichtigen Coburger Kollegen.

»Die Spurensicherung?«

»Ist informiert, muss gleich kommen.«

Gibt es Zufälle? Also echte Zufälle? Oder steht alles mit allem in einem unsichtbaren Zusammenhang? Nur weil wir den verbindenden Faden nicht sehen, heißt es nicht, dass es ihn nicht gibt. Oft schon hatten sich Mütze und Karl-Dieter darüber gestritten. Karl-Dieter schloss die Möglichkeit eines Zufalls kategorisch aus. Für ihn war es völlig selbstverständlich, dass jedes noch so unscheinbare Ding mit jedem anderen in kosmischer Verbindung stand. Mütze lachte ihn deswegen oft aus. Was für ein Zusammenhang soll zwischen einem Schmetterling bestehen, der durch den Erlanger Schlossgarten flattert, und dem Ausgang des nächsten Revierderbys?

Für einen Moment aber begann nun auch Mütze am Zufall zu zweifeln, und das hatte folgenden Grund: Gerade als er mit seinem Manta den nächtlichen Frankenschnellweg Richtung Heimat fuhr und sich der Ausfahrt Bamberg-Süd näherte, rief ihn Big-Chip an, um ihm mitzuteilen, dass er den Organisator des Examensgruppen-Revival-Treffens von Würzburg ermittelt hatte. Eugen Gerngroß heiße der Mann – er sei der Leiter der Bamberger Staatsbibliothek. Beinahe hätte Mütze das Steuer eingeschlagen und noch die Ausfahrt genommen. Dann jedoch überlegte er es sich anders. Es war einfach zu spät. In der Bamberger Bibliothek würde er ohnehin mit größter Wahrscheinlichkeit niemanden mehr antreffen. Das hatte Zeit bis morgen.

Für Mütze war klar wie Kloßbrühe, dass der Gärtner ein reines Zufallsopfer gewesen war. Allein die Wahl der Mordwaffe! Der Täter hatte nicht mit dem Auftauchen des Gärtners gerechnet. Wahrscheinlich hatte er sich zuvor erkundigt, dass das Museum geschlossen war. Es öffnete ja ohnehin nur auf spezielle Anfrage. In aller Seelenruhe hatte der Mann das Haus aufgebrochen, die Holztür hätte jeder angehende Einbrecher im ersten Semester geknackt. Als er mit seiner Beute auf dem gleichen Weg zurückwollte, hat ihn der Gärtner überrascht und zur Rede gestellt. Das sind die Rufe gewesen, die der gelbe Herr Dotterweich vom Balkon aus gehört hatte. Der Täter muss die Panik bekommen haben, hat sich die Schaufel geschnappt und zugestoßen. Und ihnen Leiche Numero zwei serviert. Wieder ist es um Bücher gegangen, wieder um Werke von Friedrich Rückert.

Und wenn es auch Wahnsinn ist, so hat er doch Methode, sagte sich Mütze. Von wem war der Spruch noch gleich? Von Helmut Schön?

Auch in Erlangen war die Sonne längst untergetaucht. Ein für die Jahreszeit ungewöhnlich dichter Nebel war über den Regnitzauen aufgestiegen und waberte in Richtung Stadt. Ungewöhnlich gedämpft wirkten plötzlich alle Geräusche, das Brausen der Autos über den Frankenschnellweg oder das sonst so lärmige Vorüberrattern der Güterzüge. Karl-Dieter nahm von alldem nichts wahr, und das nicht nur, weil in dem Raum, in dem er sich befand, alle Fenster fest verschlossen waren. Das Einzige, das Karl-Dieter noch hören konnte, war das Klappern der eigenen Zähne. Sie schlugen so heftig aufeinander wie noch nie in seinem Leben, ein hartes, verzweifeltes Stakkato. Karl-Dieter versuchte, den Kiefer krampfhaft zusammenzubeißen und dadurch das Geklapper zu beenden, was ihm aber nicht gelang und das Klappern nur noch schmerzhaft verstärkte. Das Schlimmste an der Misere aber war: Er war selbst schuld an seiner Lage. Warum war er nicht daheimgeblieben? Warum war er vom Sofa aufgestanden, warum hatte er *Die Weisheit des Brahmanen* beiseitegelegt, jenes Buch, in dem Friedrich Rückert seine persönlichsten Ansichten in schönste Weltpoesie zu kleiden verstanden hatte? Wie konnte er nur so idiotisch gewesen sein, zu meinen, er müsse noch hinaus, um in die dunkle Stadt zu fahren? Jetzt hatte er den Salat! Nicht nur seine Zähne klapperten, Karl-Dieter zitterte am ganzen Körper, und mit ihm die kalten Schweißperlen, die auf seiner Stirn glänzten. Was sollte das alles, was wollte dieser Typ nur von ihm?

Es war schon spät, als Mütze heimkam. Der Tisch war bereits gedeckt, die Teller standen ordentlich auf den gehäkelten Platzdeckchen, Messer und Gabel lagen akkurat daneben, wie immer absolut parallel und in identischem Abstand. Auf Karl-Dieters Platz stand die Teetasse mit den Blümchenmotiven, ein Geschenk von Tante Erna, auf Mützes Platz stand das Bierglas mit dem BVB-Motiv. Der geflochtene Brotkorb war mit einer blütenweißen Stoffserviette abgedeckt, nur Butter und Aufschnitt fehlten. Und Karl-Dieter.

Mütze sah sich ratlos um. Wo steckte Karl-Dieter nur? Kein Zettel lag auf dem Küchentisch, keinen Hinweis gab es auf den Verbleib des Freundes. Das war ungewöhnlich. Karl-Dieter legte großen Wert darauf, dass sie sich gegenseitig informierten, wo sie steckten, und wenn es nur eine kurze SMS war. Mütze war diese Marotte mit der Zeit immer mehr auf den Zeiger gegangen. Das war ja wie bei kleinen Kindern! Mann, sie waren erwachsene Kerle, da schrieb man sich nicht ständig kleine Botschaften! Erst recht keine, die mit kleinen Herzchen oder Kussmund-Smileys versehen waren. Um des lieben Friedens willen hielt sich Mütze meistens dennoch an das wechselseitige Informationsritual, nun jedoch verstieß Karl-Dieter gegen seine eigenen Maximen. Mütze griff zum Handy und wählte Karl-Dieters Nummer. Er ging nicht ran. Was hatte das zu bedeuten? Wo steckte Karl-Dieter bloß?

Vielleicht hatte sein Partner überraschend im Theater aushelfen müssen. Einmal hatte ihn in Dortmund der Regisseur darum gebeten, in die Rolle des Schülers zu schlüpfen, eine kleine Nebenrolle im Faust. Der für den Schüler eingeteilte Schauspieler war kurzfristig erkrankt, und man hatte auf die Schnelle keinen Ersatz gefunden. Da Karl-Dieter als Kulissenarbeiter bei allen Proben im Hintergrund mitwirkte, war ihm der Text bestens vertraut gewesen. Wie hatte er den Auftritt genossen! Und den Sonderapplaus zum Schluss, nachdem der Regisseur vor den Vorhang getreten war und dem Publikum erklärt hatte, wer das Stück gerettet habe. Karl-Dieter hatte auf die Bühne gemusst, so lebhaft hatten die Zuschauer geklatscht.

Vielleicht hatte es heute Abend ein ähnliches Besetzungsproblem gegeben, und Karl-Dieter hatte so überstürzt aufbrechen müssen, dass er keine Nachricht mehr hatte hinterlassen können. Oder Karl-Dieter war kurz in die Nachbarschaft und hatte sich mit Susi verquatscht. Das kam in letzter Zeit häufiger vor. Je näher der Zeitpunkt der Geburt rückte, desto intensiver tauschten sich die beiden aus, worüber auch immer. Mütze war es schleierhaft, was man als Mann ständig mit einer schwangeren Nachbarin bereden konnte.

Gerade hatte sich Mütze ein Bier aufgemacht, da hörte er ungewohnte Geräusche. Sie schienen aus dem Treppenhaus zu kommen. Es war, als würde sich jemand mit schweren Schritten die Treppe hinaufquälen, um sich dann mit äußerster Kraftanstrengung den Flur entlangzuschleppen. Heftige Atemgeräusche hörte man, als der Unbekannte mit zitternder Hand versuchte, die Tür zu öffnen. Dann taumelte der Mann in die Wohnung. Karl-Dieter!

»Um Himmels willen, Knuffi«, rief Mütze. »Was ist passiert?«

Karl-Dieter fiel erschöpft auf das Sofa nieder und rieb sich stöhnend das Gesicht.

»Mensch, Knuffi, so rede doch, was ist los?«

Karl-Dieter tat einen tiefen Seufzer, dann stöhnte er: »Nie wieder!«

»Nie wieder was?«

»Nie wieder Power-Plate!«

Mühsam erhob sich Karl-Dieter und schlurfte mit schmerzverzerrtem Gesicht zum Kühlschrank, um Butter und Aufschnitt zu holen. Folter in Guantanamo konnte nicht schlimmer sein! Sein Foltermeister hieß Sven und war von Beruf Personal Trainer. Wer glaubte, Foltermeister sähen aus wie brutale Berserker, der täuschte sich gewaltig. Sven hatte das Gesicht eines Engelchens, und seine blonden Locken spielten die reinste Unschuld vor. Sven hatte ihm erzählt, Power-Plate sei ein bewährtes Fitnessverfahren und wie geschaffen für Karl-Dieter. Die Sache wirke auf den ersten Blick vielleicht etwas ungewohnt, sei aber vollkommen harmlos. Vollkommen harmlos? Karl-Dieter stellte zitternd die Butter auf den Tisch. Diese schwachsinnige Schüttelplatte hatte ihn so grausam durchgeschüttelt, als hätte man einem zerbrechlichen Laufstegmodel einen Presslufthammer in die Hand gedrückt. Power-Plate? Folterplatte! Wie man mit diesem idiotischen Gerät zu seiner Traumfigur kommen sollte, war Karl-Dieter schleierhaft.

Sven hatte ihn zuvor gefragt, was denn seine speziellen Wünsche für den anstehenden Sommer seien, und Karl-Dieter hatte unvorsichtigerweise geantwortet: »Eine Badehosenfigur.« Da sei die Power-Plate genau das Richtige, hatte Sven gemeint und sein Sonntagslächeln aufgesetzt. Alles, was es bräuchte, wäre, sich schlappe zwei Mal pro Woche für ein paar Minütchen ganzkörpervibrieren zu lassen. Wie von allein würden die Pfunde dann dahinschmelzen, ganz ohne Anstrengung.

Ganz ohne Anstrengung! Das hatte den Ausschlag gegeben, das sind Zauberworte in Karl-Dieters Ohren gewesen. Wenn er eines hasste, dann waren es Anstrengungen. Was er aber noch mehr zu hassen lernte, das war dieses furchtbare Zähneklappern. »Locker bleiben, locker bleiben«, hatte Sven gesagt, als Karl-Dieter wie ein verängstigter Wackelpudding auf der Rüttelplatte gestanden und noch dazu hatte lachen müssen. Locker bleiben! Wie sollte man denn auf einer solchen Teufelsmaschine locker bleiben? So hatte sich Karl-Dieter immer mehr verkrampft, und je mehr er sich verkrampfte, desto schlimmer ist das Zähneschlagen geworden. Ein Wunder, dass seine teuren Jacketkronen diese Behandlung heil überstanden hatten. Nein, nie wieder Power-Plate! Und wenn sich sein Personal Trainer auf seinen hübschen Kopf stellen würde.

Ja, Karl-Dieter gestand es sich heimlich ein, er hatte vor diesem unverschämt gut aussehenden Kerl nicht wie ein Schlappschwanz dastehen wollen, deshalb hatte er sich überhaupt darauf eingelassen. Aber ein zweites Mal würde es nicht geben, da konnte dieser Sven noch so sehr sein Fitnesstrainergrinsen aufsetzen.

Karl-Dieter zog mühsam eine dicke Tube aus dem Kühlschrank: Karpfenpastete.

»Die versprochene Überraschung! Eigentlich ist ja keine Karpfenzeit mehr«, sagte Karl-Dieter erschöpft, »in den Monaten ohne r haben sie Schonzeit, also ab Mai. Aber in pastösem Zustand dürfen wir uns dennoch am Karpfen erfreuen.«

Mütze drückte sich einen halben Karpfen aus der Tube. Auch das Brot schmeckte ihm.

»Hab ich am Wochenende erst aus dem Steinofen gezogen«, sagte Karl-Dieter stolz.

Eine Gruppe von Kosbachern schürte einmal in der Woche einen öffentlichen Ofen an, jeder Nachbar war eingeladen, seinen selbst gekneteten Brotteig mitzubringen und gegen eine geringe Holzgebühr in den Ofen zu schieben. Karl-Dieter hatte sich gleich mit den Brotbäckern angefreundet und Rezepte ausgetauscht. Dort hatte er auch Susi kennengelernt, die gerade erst neunzehn Jahre alt geworden war. Karl-Dieter war froh, dass sie sich von seiner Idee einer Dunkelgeburt hatte überzeugen lassen. Am liebsten wäre er bei der Geburt mit dabei, natürlich nur, um auf Nummer sicher zu gehen. Aber diesen verwegenen Wunsch traute er sich nicht auszusprechen, selbst wenn er sich noch so gut mit Susi verstand.

Nicht nur Karl-Dieter, auch Mütze wirkte erschöpft, wenngleich nicht unzufrieden. In kurzen Worten schilderte er seinem Freund die Erlebnisse des Tages. Eine zweite Leiche, wie es schien, wiederum jemand völlig Unschuldiger. Ein armer Gärtner. Grausam, ohne jedes erkennbare Mitleid mit der Schaufel gemeuchelt. Erneut schien es der Täter auf Rückert-Schriften abgesehen zu haben. Was Mütze besonders beschäftigte: Hatte der Täter gefunden, was er suchte? Und falls nicht, was dann? Mütze leckte sich einen Karpfenklecks vom Finger. Ihm war ein Gedanke gekommen, den er gleich geklärt haben wollte. Umständlich fummelte er sein Handy aus der Tasche und drückte eine Weile auf den Tasten herum, bis er die richtige Nummer gefunden hatte. Er hatte Glück. Professor Kaunas ging gleich an den Apparat.

»Weitere Rückert-Originale? Sie meinen den Nachlass? An den unterschiedlichsten Orten, verstreut über ganz Deutschland. Eine höchst missliche Situation für die Wissenschaft, ewig weite Wege.«

Mütze dankte ihm knapp, aber herzlich. Er war sich unsicher, was zu tun war. Sollte er eine Warnung herausgeben? Alle Bibliotheken unter Polizeischutz stellen? Ein Riesenaufwand, kaum zu begründen. Er konnte sich die Einwände seines Chefs schon vorstellen. Keine konkreten Spuren, kein sicheres Motiv. Der Mörder schien es auf Rückert-Bücher abgesehen zu haben, schön und gut, vielleicht aber hatte er längst, was er wollte. Und außerdem, wie lange wollte man all die Bibliotheken überwachen? Drei Tage, drei Wochen, drei Monate? Es würde reichen, die Bibliotheksleiter zu informieren und um erhöhte Wachsamkeit zu bitten.

»Was hängt denn da?«, fragte er Karl-Dieter, während er den letzten Bissen seines Brotes hinunterschlang.

»Endlich! Ich dachte, du merkst gar nichts!«

Über der Anrichte, dort, wo sonst ein Katzenbild von Rosalinde Wachtmeister zu hängen pflegte, hing nun eine kleine Schiefertafel mit auf antik getrimmtem Schnörkelrahmen. Auf dem Tafelgrau stand in weißer Kreideschrift:

Am Abend wird man klug für den vergangenen Tag,
doch niemals klug genug für den, der kommen mag.

»Hübsch, nicht?«, meinte Karl-Dieter. »Bin ganz überrascht gewesen, was Friedrich Rückert so alles geschrieben hat. Perlen, echte Perlen!«

Mütze brummte und schnitt sich eine weitere Scheibe von dem duftenden Bauernbrot ab, um sie sich mit totem Karpfen zu beschmieren. Er wäre völlig zufrieden, wenn er aus dem heutigen Tag schlau würde. Mühsam drückte sich der Kommissar die zweite Karpfenhälfte aus der Tube. Im gebratenen Zustand war ihm der Karpfen eindeutig lieber. Aber was sollte man machen, wenn der Franke nun mal beschlossen hatte, in r-losen Monaten keinem Karpfen eine Schuppe zu verbiegen?

Tiere hatten es eindeutig besser. Für Menschen schien es keine Schonzeit zu geben. Es war schon verrückt. Monatelang passierte nichts, und jetzt gleich zwei Leichen. Und dazu ein Täter, der möglicherweise, ja höchstwahrscheinlich ein Psychopath war. Was sonst konnte sein Verhalten erklären? Auch die Brutalität des Vorgehens deutete auf einen Verrückten hin. Gleich morgen würde er Big-Chip bitten, alle Datenbanken zu durchforsten. Nach kürzlich entlassenen forensischen Patienten mit Sammelleidenschaft. Mit welcher Macht musste man zustoßen, um jemanden mit einer Gartenschaufel ins Jenseits zu befördern?

Mütze stand einem plötzlichen Gedanken folgend auf und nahm den dicken Stapel Rückert-Bücher von der Anrichte. Karl-Dieter sah es mit glänzenden Augen. Endlich fing sein Freund an, sich für Literatur zu interessieren!

»Stell dich bitte mal hin«, sagte Mütze.

»Muss das sein?«

Zögernd und unter ersichtlichen Schmerzen kam Karl-Dieter der Aufforderung nach.

»Nimm dein Messer in die Hand.«

»Aber Mütze!«

»Tu bitte, was ich dir sage. So, und nun stell dich mir in den Weg!«

Mütze trat energisch auf den Freund zu – und warf die Bücher zurück auf die Anrichte, bevor er den Arm von Karl-Dieter packte.

»Siehst du?«

»Was soll ich sehen?«

»Der Täter muss die Bücher wegwerfen, erst dadurch ist er in der Lage, den Gärtner anzugreifen.«

»Und was folgerst du daraus?«

»Weiß ich noch nicht«, sagte Mütze und ließ sich wieder auf den Stuhl fallen.

So viel hatte er sich von dem zweiten Mordfall erhofft. Und nun stand er da wie ein armer Tor und war nicht klüger wie zuvor.

»*Als* zuvor!«

»Was meinst du?«

»Es heißt, klüger *als* zuvor.«

»Klugscheißer!«

***

Wieder wurde die kleine Leselampe angeknipst, wieder fiel ihr stechender Strahl auf einen Stapel Papier, kleine quadratische Zettel. Stück für Stück wurde gründlichst inspiziert, unter knisternder Spannung wurde jede noch so unscheinbare Übersetzungsübung unter die Lupe genommen.

Hin und wieder rieb sich der nächtliche Leser die rechte Schulter, denn dort schmerzte es. Es musste von der heftigen Bewegung kommen, von dem Moment, als die Schaufel beim finalen Zustoßen auf hartnäckigen Widerstand getroffen war. Der menschliche Körper war eben keine lockere Blumenerde, war für das Eindringen einer Schaufelkante nicht geschaffen. Daraus resultierte nun das unangenehme Reißen in der Schulter. Mit einem anständigen, frisch geschärften Spaten wäre das nicht passiert, der wäre glatter eingedrungen. Konnten die Gärtner von heute nicht ein bisschen mehr Sorgfalt auf ihr Werkzeug verwenden? Und sich aus Sachen raushalten, die sie nichts angingen? Was musste sich dieser Pflanzeneumel ihm auch in den Weg stellen, statt seine Primeln zu wässern? Das hatte der Mensch jetzt davon, er hätte so schön noch weiterleben können, aber nein, er musste sich ja unbedingt einmischen.

Erneut massierte sich der seltsame Literaturfreund die Schulter. Zum Glück schien es nur eine leichte Zerrung zu sein, allenfalls ein kleiner Kapselanriss. Nichts Großes jedenfalls, kaum der Rede wert. Etwas Mobilat darauf, und fertig! Kaum hatte er sich wieder in seine Lektüre vertieft, waren die Schmerzen schon vergessen. Alles an den Texten schien ihn zu interessieren, jedes Rückert-Wort. Nicht nur die poetischen Stellen, auch die Prosa. Irgendwo musste doch der Hinweis versteckt sein, die Botschaft, die nicht in Gold aufzuwiegen war. Wort für Wort, Zeile für Zeile, nichts entging den gierigen Blicken. Und doch trat auf das Gesicht des Mannes nie ein Lächeln, nie ein Gefühl der Zufriedenheit. Weiter würde er lesen, immer weiter, wenn es sein musste, die ganze Nacht hindurch.

***

Mittwoch

Big-Chip saß bereits hinter seinem Dienstcomputer, als Mütze auf der Wache erschien. Mütze war froh, ihn zum Co-Ermittler zugeteilt bekommen zu haben. Big-Chip war Kriminalhauptkommissar so wie er, ebenfalls ein alter Hase. Ohne dass Mütze ihn darum gebeten hatte, zog Big-Chip eine Liste der kürzlich entlassenen forensischen Straftäter aus dem Drucker und legte sie Mütze vor. Das war es, was Mütze schätzte, Kollegen, die mitdachten. Bei keinem der sieben Männer, die auf der Liste standen, aber war eine seltsame Sammelleidenschaft bekannt, erst recht keine für antiquarische Bücher. Manche Leidenschaften allerdings entwickelte der Mensch erst im Laufe der Zeit, deshalb würde man das Alibi aller sieben Männer überprüfen lassen. Mütze gab sogleich einen entsprechenden Auftrag.

Auch den ersten Befundbericht der Spusi vom Rückerthaus in Neuses hatte ihm Big-Chip schon auf den Schreibtisch gelegt. Mütze überflog ihn rasch. Nichts, was irgendwie verwertbar war. Keine Fußspuren, wie auch, lag doch überall Kies auf den Wegen. Keine Blutspuren, die nicht dem Opfer zuzuordnen waren. Jede Menge Fingerabdrücke im Haus, klar, aber die konnten von Gott und der Welt stammen. Man würde die Dateien durchforsten, aber die Hoffnung auf einen Treffer war so groß wie die Wahrscheinlichkeit, im schönen Frankenland nach der Walpurgisnacht noch einen Karpfen auf den Teller zu bekommen. Auch im Keller der Universitätsbibliothek hatte man keinerlei verdächtige Spuren gefunden. Der Täter mochte verrückt sein, blöd war er nicht.

»Haben wir den Ururenkel schon erreichen können?«

»Negativ. Keine Handynummer. Irgendwo in London unterwegs. Aber mit der Witwe des Gärtners haben die Coburger Kollegen gesprochen.«

»Und?«

»Keine verdächtigen Beobachtungen, von denen ihr Mann in der letzten Zeit berichtet hätte, keine persönlichen Feinde, nichts.«

Das *Café Mengin* war ein hübsches Haus neben dem Schloss, eines der wenigen Erlanger Gebäude mit sichtbarer Fachwerkfassade im oberen Stockwerk. Zwar besaßen auch die meisten der anderen Hugenottenhäuser eine Fachwerkkonstruktion, diese war aber meist so schlicht ausgefallen, dass man sie schamhaft hinter Putz versteckte. Anders beim *Mengin*, der traditionsreichen Erlanger Tortenschmiede. Mütze ging durch das Café hindurch in den Wintergarten. Von dem gläsernen Anbau aus hatte man einen weiten Blick in den Schlossgarten, dessen alte Bäume sich immer etwas Zeit ließen, sich zu belauben. Dafür leuchtete der kurz rasierte Rasen schon saftig-satt und tauperlenschön, ockergelb schmiegte sich zur Linken die Orangerie mit ihren hohen Fenstern an das frische Grün.

»Was darf's sein, der Herr?«

»Einen Kaffee und eine Prinzregententorte. Und Ihren Kollegen, der am letzten Sonntagnachmittag Dienst hatte.«

Ein schlanker Kellner mit dezentem osteuropäischen Akzent brachte ihm das Gewünschte und blieb vor dem Tisch stehen. Ja, er habe am letzten Sonntagnachmittag Dienst gehabt, warum das wichtig sei? Mützes Bitte, sich doch zu setzen, war dem korrekt gekleideten Mann offensichtlich peinlich, er setzte sich nur auf die Kante des Stuhls, und das auch nur andeutungsweise. Mütze zeigte ihm ein Foto von Frau Apeldoorn.

»Kennen Sie die Dame?«

»Natürlich! Ein Stammgast. Bestellt immer Prinzregententorte. Ist was mit ihr?«

»War sie letzten Sonntag auch hier?«

»Letzten Sonntag? Warten Sie ... ja, doch, hat drüben am Fenster im Eck gesessen, ihrem Lieblingsplatz.«

»Alleine?«

»Alleine, immer alleine. Dann aber hat sich noch ein Herr zu ihr gesetzt.«

Mütze horchte auf.

»Kannten Sie den Mann?«

»Nie zuvor gesehen.«

»Wie sah er aus?«

»So um die fünfzig, leicht angegraut. Gepflegte Erscheinung.«

»Wie groß?«

»So groß wie Sie.«

»Was hat er bestellt?«

»Nur ein Wasser.«

»Sind sie zusammen wieder gegangen?«

»Nein, er ging zuerst.«

»Wer hat bezahlt?«

»Jeder für sich.«

»Ist Ihnen etwas an den beiden aufgefallen?«

»Hören Sie, wissen Sie, was an einem Sonntagnachmittag bei uns los ist?«

»Ein Flirt, ein Streit?«

»Tut mir leid, mehr weiß ich nicht. Vielleicht kannten sie sich gar nicht. In einem überfüllten Café rücken selbst die Erlanger zusammen.«

Die Prinzregententorte sei die Königin unter den Torten, höchst aufwendig in der Herstellung, wusste Karl-Dieter zu berichten. Benannt sei sie nach dem bayerischen Prinzregenten Luitpold. Jede der sieben Schichten stehe für einen der bayerischen Bezirke: Oberfranken, Mittelfranken, Unterfranken, Niederbayern, Oberbayern, die Oberpfalz und Schwaben. Ursprünglich habe sie sogar acht Schichten gehabt. Als Bayern die Pfalz verlor, musste auch die Prinzregententorte abspecken.

»Interessant«, murmelte Mütze zerstreut. An einem anderen Tag hätte er sich wieder einmal darüber gewundert, was Karl-Dieter alles wusste, heute aber gingen ihm ganz andere Dinge durch den Kopf. Karl-Dieter hatte Mütze am Café abgeholt, weil er ihm unbedingt noch etwas Wichtiges zeigen müsse, und Mütze hatte es nicht übers Herz gebracht, dem Freund den Wunsch abzuschlagen.

»Was ist es denn?«

»Geduld, Geduld!«

Geduld war nun wirklich das Wenigste, was Mütze im Moment hatte. Dennoch begleitete er Karl-Dieter. Die beiden Freunde gingen in den Schlossgarten hinein, um einen großen Brunnen herum, auf dem angenagte Sandsteinfiguren eine Pyramide zu bilden versuchten, weiter an Blumenrabatten vorbei zu einem quer verlaufenden Weg, an dem die Bäume dichter standen. Seitlich vom Weg verbarg sich ein gedrungenes Brunnenhäuschen, Karl-Dieter blieb mit geheimnisvollem Gesicht stehen.

»Und?«, fragte Mütze ungeduldig. Karl-Dieter sollte endlich zur Sache kommen. Er hatte heute noch viel vor, musste dringend nach Bamberg, zu diesem Gerngroß.

»Lies!«, erwiderte Karl-Dieter.

In die Brunnenwand, oberhalb eines traurigen Löwenkopfs, der lustlos einen Wasserstrahl ausspuckte, war eine Schrift gemeißelt. So sehr Mütze sich jedoch auch mühte, die blauen Buchstaben zu entziffern, so wenig gelang es ihm.

»Ist das Arabisch?«

»Nicht das Blaue! Du musst auf die Aussparungen um dein Arabisch herum achten!«

Mütze kniff die Augen zusammen. Auf die Aussparungen? Wieso das? Plötzlich sprangen ihn die Buchstaben an, und er las stockend:

Je mehr die Liebe gibt,
je mehr empfängt sie wieder
darum versiegen nie,
des echten Dichters Lieder.
Wie sich der Erdschoß nie erschöpft
an Lust und Glück,
denn alles was er gibt,
fließt auch in ihn zurück.

»Hübsch, nicht?«

»Und weiter?«

»Aus der Weisheit des *Brahmanen.*«

»Brahmane?«

»Ein Werk von Rückert. Ein Brahmane ist ein weiser Inder.«

Mütze schien nicht zu verstehen.

»Das hier ist der Rückertbrunnen«, sagte Karl-Dieter begeistert, »von dankbaren Bürgern errichtet. Und da vorne kannst du Rückert in Person bewundern.«

Karl-Dieter deutete auf eine flache Skulptur, einen Mann, der an seinem Schreibtisch saß.

»Nach einem zeitgenössischen Scherenschnitt aus Stahl geschnitten. Friedrich Rückert, der junge Gelehrte. Vielleicht schreibt er gerade an einem neuen Gedicht.«

Mütze schüttelte den Kopf. Er musste sich Mühe geben, nicht unhöflich zu werden. Mann! Er war im Dienst und hatte zwei Mordfälle zu lösen. Und da kam ihm Karl-Dieter mit Lyrik daher!

»Sei mir nicht böse, Karl-Dieter, aber tu mir den Gefallen und verschon mich mit Gedichten!«

Karl-Dieter schaute beleidigt. Mütze tat sein schroffer Satz schon wieder leid, auf der anderen Seite tickte er im Moment wirklich nicht im Entspannungsmodus und war nicht für Karl-Dieters Hobbys zu haben.

»Es gibt noch was anderes, was mich an diesem Brunnen stört«, sagte Mütze mit etwas milderer Stimme.

»Und was bitte?«

»Sein Entstehungsjahr ist ein extremes Unglücksjahr für den deutschen Fußball gewesen!«

Grinsend verabschiedete sich Mütze. Er hatte spontan beschlossen, bevor er nach Bamberg düste, Doktor Kunzelmann in der nahen Unibibliothek noch einen kurzen Besuch abzustatten. Oh, Mütze, dachte Karl-Dieter ihm kopfschüttelnd hinterherschauend. Im Stein war das Jahr der Errichtung des Brunnens eingraviert, 1904, das Jahr, in dem ein paar Gelsenkirchener Jungs den FC Schalke gegründet hatten.

Mütze durchmaß den Schlossgarten mit raschem Schritt in südlicher Richtung. Wer war der Mann, mit dem Frau Apeldoorn im Café gesessen hatte? Eine Zufallsbekanntschaft? Oder vielleicht der Täter? Eigentlich hatte sich dieser mit seinem Opfer per E-Mail für den Abend verabredet, aber wer weiß, vielleicht hatte er auf Nummer sicher gehen wollen. Oder war es doch eine schlichte Zufallsbekanntschaft gewesen? Diese Möglichkeit erschien Mütze extrem unwahrscheinlich. Welcher Mann Anfang fünfzig suchte alleine ein überfülltes Café auf, um dort ein Glas Wasser zu trinken? Noch dazu an einem Tisch mit einer alten Jungfer? Dennoch, falls es sich tatsächlich so verhalten haben sollte, konnte der Mann ein wichtiger Zeuge sein. Vielleicht hatte Frau Apeldoorn ihm etwas von ihrem bevorstehenden Rendezvous erzählt. Wie sagte noch der Volksmund? Wem das Herz voll ist, dem läuft die Lunge über. Oder so ähnlich.

Eine Schar Studenten drängte sich an Mütze vorbei, fröhliche junge Menschen, manche schoben ein Rad neben sich her. Mütze trat etwas beiseite, fingerte sein Handy hervor und telefonierte mit dem Redaktionsleiter der *Erlanger Nachrichten*. – Ein Foto? Von der Toten? Mit einem kleinen Text? Selbstverständlich, wenn's den Ermittlungen hilft! – Gerne hätte der Zeitungsmann noch Neuigkeiten zum Stand der Ermittlung erfahren, wollte wissen, ob die beiden Mordfälle zusammenhingen, doch Mütze musste ihn fürs Erste vertrösten. Was hätte er auch verraten können? Dass man weiter im tiefsten Dunkel tappte? Drei der sieben kürzlich entlassenen forensischen Straftäter hatten die Kollegen bereits kontaktieren können, alle drei besaßen ein wasserdichtes Alibi. Wie pflegte Karl-Dieter oft zu sagen? »Das Herz einer Frau, der Magen einer Sau, das Innere einer Wurscht, bleiben für immer unerfurscht.«

Doktor Kunzelmann saß in seinem Büro. Auf seinem Schreibtisch lag aufgeschlagen die Tageszeitung. Die Schlagzeile lautete: *Grausamer Mord in Neuses*. Darunter, groß abgebildet und in grelles Blitzlicht getaucht: das Rückerthaus.

»Furchtbar«, stöhnte der Bibliothekar, »wer um Gottes willen macht so etwas, Herr Kommissar?«

»Deshalb komme ich zu Ihnen. Doktor Kunzelmann, hatte Frau Apeldoorn vielleicht doch irgendeinen Bekannten? Ist Ihnen jemand in ihrer Begleitung aufgefallen, vielleicht ein grau melierter Herr Mitte fünfzig?«

Kunzelmann schüttelte bestimmt den Kopf. Nichts dergleichen, Frau Apeldoorn sei immer allein unterwegs gewesen. Wenn sie denn mal unterwegs war und nicht daheim.

»Sind Sie sicher?«

»Herr Kommissar, man merkt, dass Sie noch nicht lange bei uns sind. Erlangen ist ein Dorf, da weiß man so was.«

»Tatsächlich? Und wie war das mit der beruflichen Vernetzung? Wir haben Hinweise auf ein Kollegentreffen in Würzburg, der alte Ausbildungsjahrgang der Toten.«

»Kollegentreffen? Bedauere sehr, davon weiß ich nichts. Sind Sie sicher, dass unsere Frau Apeldoorn zu solch einem Treffen gefahren ist?«

»Warum sollte sie nicht?«, erwiderte Mütze.

»Nichts dagegen einzuwenden, verstehen Sie mich nicht falsch. Im Gegenteil, würde mich doch freuen, wenn Frau Apeldoorn mal was unternommen hätte, ich meine, außerhalb der Bibliothek. Sie ist doch sonst so überaus zurückhaltend gewesen, fast möchte man sagen isoliert. Ließ niemanden näher an sich heran.«

»Gab es denn jemanden, der näher an sie ranwollte?«

»Um Gottes willen, Herr Kommissar! So meinte ich das doch nicht. Ich meinte, sie war so scheu, ja schien fast Angst vor menschlicher Nähe zu haben.«

»Und das Kondom?«

Erneut erbleichte Doktor Kunzelmann.

»Dafür habe ich nicht die geringste Erklärung«, stotterte er, »wirklich nicht. Glauben Sie mir, die Sache lässt mir keine Ruhe. Das schreckliche Verbrechen bei uns im Haus, und dann diese Umstände. Dass Frau Apeldoorn ernsthaft vorgehabt hat ... hier in der Bibliothek, nein ... unvorstellbar!«

»Herr Doktor Kunzelmann, wie oft kommen Bücherdiebstähle vor?«

»Bücherdiebstähle? Täglich! Wollen Sie wissen, wer am eifrigsten klaut?«

»Verraten Sie es mir.«

»Die Theologen und die angehenden Juristen! Aber das sind doch ganz andere Sachen, Lehrbücher, Kommentare, alles ersetzbar. Keine wertvollen historischen Handschriften. Die halten wir schön unter Verschluss.«

Karl-Dieter war zurück zur Wohnung gefahren, wo ihn Mickey mit fröhlichem Gesang begrüßte. Zum Tierarzt? Quatsch mit Soße! Mickey war putzmunter und kerngesund.

»Nicht wahr, mein kleiner Racker, wir fühlen uns pudelwohl«, säuselte Karl-Dieter liebevoll und kraulte Mickey am Hals, dort, wo es das Vögelchen am liebsten hatte. Dann füllte er die Sprechperlen nach.

Karl-Dieters ganze Hoffnung war, dass Mickey eines Tages zu sprechen beginnen würde. Deswegen stand er oft vor dem Käfig und wiederholte immer wieder aufs Neue: »Mütze, Mütze, Mütze ...« Natürlich nur, wenn Mütze nicht dabei war. Es sollte ja eine Überraschung werden. Karl-Dieter freute sich jetzt schon diebisch darauf, wenn Mickey Mütze zum ersten Mal mit seinem Namen begrüßen würde.

Es war Mütze gewesen, der ihm Mickey geschenkt hatte, gleich nach der Spiekeroog-Reise, wo sie den Fall mit der toten Meerjungfrau gelöst hatten. Nicht als Dankeschön, weil ihm Karl-Dieter entscheidend geholfen hatte, oh nein, das natürlich nicht! Das würde Mütze niemals zugeben. Nein, Mütze hatte ihm Mickey aus einem ziemlich egoistischen Grund geschenkt. Damit er ihn nicht weiter mit seinem Kinderwunsch nervte.

Karl-Dieter hatte Mütze genau durchschaut. Oh, Mütze, wie wenig verstehst du von den Menschen! Weißt du nicht, dass ein Tier kein Ersatz für ein Baby sein kann, und wenn der Wellensittich noch so süß ist? Dass so ein Tierchen den Brutpflegetrieb eher noch verstärkt? Auf Mützes Betreiben hatte Big-Chip, der Technikfreak, eine kleine Kamera neben dem Käfig installiert und auf Karl-Dieters Handy eine persönliche Mickey-App. Damit Karl-Dieter jederzeit und an jedem Ort nachsehen konnte, wie es seinem kleinen gefiederten Freund ging.

Mütze, Mütze! Er arbeitete mit allen Tricks, aber er erreichte nichts damit. Karl-Dieters Sehnsucht nach einem Kind wuchs und wuchs. Sah er ein junges, glückliches Paar mit einem Kinderwagen, so fühlte er zugleich einen stechenden Schmerz. Auch Susi würde bald ihren Wagen vor sich herschieben. Karl-Dieter hatte sie gerne dabei begleitet, den passenden Wagen auszusuchen, und ihr dringend den *Teutonia* ans Herz gelegt, den Mercedes unter den Kinderwagen. Er kostete zwar ein paar Euro mehr, aber der höhere Rollkomfort und vor allem die zusätzliche Laufsicherheit waren das wert. Susi und ihr Mann würden bald schon glückliche Eltern sein, und Karl-Dieter gönnte es ihnen von Herzen. Warum aber blieb ihm ein solches Glück verwehrt? Bloß weil er schwul war? Wäre er denn ein schlechterer Vater? Ach was! Niemand würde sich mit mehr Liebe um ein Baby kümmern, niemand mit größerer Lust die Windeln wechseln, niemand süßere Einschlaflieder brummen. Das Leben war einfach nicht fair.

Nachdem er Mickey noch einen neuen Wetzstein zwischen die Stäbe geklemmt hatte, packte Karl-Dieter eine neue

Schiefertafel aus. »Verschon mich mit Gedichten …«, hatte Mütze gesagt, dieser literarische Dinosaurier. Dennoch oder gerade deswegen hatte Karl-Dieter beschlossen, den wunderbaren Gedanken Rückerts sichtbar in ihre Wohnung zu hängen. So schnell ließ er sich nicht entmutigen. Er wusste, was man mit Hartnäckigkeit erreichen konnte, und nur mit Hartnäckigkeit! Behutsam legte er die neue Tafel auf den Esstisch, nahm ein Stück Kreide und begann zu schreiben:

Je mehr die Liebe gibt,
je mehr empfängt sie wieder
darum versiegen nie,
des echten Dichters Lieder.
Wie sich der Erdschoß nie erschöpft
an Lust und Glück,
denn alles was er gibt,
fließt auch in ihn zurück.

Als er beim letzten Wort angekommen war, zuckte er erschrocken zusammen. Gellend hatte Mickey aufgeschrien, plötzlich und vollkommen unerwartet, ein krächzender Alarmschrei, als wenn ihn jemand abstechen wollte. Wild stürzte sich der Vogel wieder auf die Stange seiner Schaukel und begann seine wilden Saltos, wieder und wieder im Kreis herum.

»Die Riesenwelle«, stammelte Karl-Dieter tonlos und sank auf den Stuhl nieder. Er wusste, was das zu bedeuten hatte.

Mütze war sogleich begeistert von Bamberg. Endlich eine Stadt mit einem vernünftigen Parkplatz! Der ganze weite Domplatz war vollkommen frei und stand allein seinem Manta zur Verfügung. Stolz reckte der Dom seine vier spitzen Türme in den blauen Himmel. Der Bischofskirche gegenüber, den weiten Domplatz umarmend, erstreckte sich die Neue Residenz. »Eine zweiflügelige Dreiflügelanlage«, dachte Mütze mit leichtem Spott. Den linken Flügel hatten die Bamberger einfach weggelassen, wohl weil es in dieser hügeligen Stadt schwierig war, genügend ebene Fläche für Großbauwerke zu finden. Aber auch mit nur zwei Flügeln machte die mächtige Anlage einen prächtigen Eindruck. Think big! Eine edlere Hütte hätte man für eine Bibliothek kaum finden können. Feinste Barockbauweise, wohl alles in Versailles abgeguckt. So ein Fürstbischof muss wirklich ein fürstliches Leben geführt haben. Und keinen schien's gestört zu haben. Das sind noch Zeiten gewesen! Neben diesem Kasten hier war die Wohnung dieses Tebartz-van Elst in Limburg doch der reinste soziale Wohnungsbau. In dessen leer stehendem Neubau würde man kaum eine vernünftige Gemeindebücherei unterbringen können.

»Zu Herrn Dr. Gerngroß? Kommen Sie bitte mit!«

Ein hübscher Apfelhintern wackelte vor Mütze her durch lange Bibliotheksgänge. In Schauvitrinen lagen Bücher aufgeschlagen, die sich mit der Bamberger Hexenverbrennung beschäftigten. Muss übel zugegangen sein in Bamberg, dem fränkischen Rom. Es gab eine Zeit, da wehten unablässig Rauchschwaden über die sieben Hügel, man hatte gründlich aufgeräumt. Der Apfelhintern bog mit elegantem Schwung nach rechts ab in einen weiteren Gang. Mütze konnte sich an manchen Frauen und ihren Details derart erfreuen, dass Karl-Dieter manchmal der Gedanke quälte, ob Mütze nicht heimlich doch eine Spur hetero war. Mütze musste über solche Befürchtungen stets grinsen. Schönheit sei eben unteilbar, versuchte er Karl-Dieter zu erklären.

Ein schöner Hintern bleibe eben ein schöner Hintern. Den Freund jedoch konnte er mit solchen Sprüchen nur unvollkommen beruhigen.

Die Sekretärin stoppte abrupt, klopfte an einer hohen Eichentür, und als eine dumpfe Stimme »Jawohl!« rief, ließ sie Mütze mit einem holden Lächeln eintreten.

Nomen est omen, dachte sich Mütze, als der Leiter der Bamberger Staatsbibliothek sich erhob, um ihn zu begrüßen. Eugen Gerngroß war tatsächlich ein zierliches Männchen, dessen dunkler Bass in drolligem Kontrast zu seiner nicht vorhandenen Körpergröße stand.

»Was kann ich für Sie tun?«, dröhnte er.

»Ich komme wegen Frau Apeldoorn.«

»Frau Apeldoorn? Kollegin Apeldoorn aus Erlangen? Was ist mit ihr?«

Doktor Gerngroß wirkte so, als wüsste er von nichts.

»Frau Apeldoorn ist tot.«

Der Leiter der Staatsbibliothek starrte Mütze an, als wäre der Bamberger Reiter in sein Büro galoppiert. Er schien von dem Tod seiner Kollegin tatsächlich noch nichts erfahren zu haben. Konnte das sein? Die Bibliothekszunft war doch eine übersichtliche Truppe. Sprach sich da nicht alles schnell herum? Außerdem hatte es doch in der Zeitung gestanden, wenngleich ohne Nennung von Frau Apeldoorns Namen. Las man denn hier in Bamberg ein anderes Blatt als in Erlangen? Herr Gerngroß jedenfalls schüttelte weiter ungläubig den Kopf.

»Tot? Das kann nicht sein! Wir hatten uns doch erst am vorletzten Wochenende getroffen!«

»In Würzburg?«

»Genau! Woher wissen Sie das? Unser alljährliches Kollegentreffen. Was ist mit Frau Apeldoorn passiert, Herr Kommissar?«

»Haben Sie denn nichts gehört?«

»Nichts, gar nichts, Herr Kommissar, spannen Sie mich nicht auf die Folter.«

»Frau Apeldoorn ist getötet worden.«

Mit zittrigen Händen fingerte Eugen Gerngroß eine Flasche Kognak aus seiner Schreibtischschublade und goss sich hastig einen Schwenker voll.

»Wollen Sie auch einen?«

Mütze lehnte dankend ab. Der Bamberger Bibliothekar nahm einen kräftigen Schluck, dann begann er zu erzählen, stockend zunächst, dann immer flüssiger. Ja, er hätte das diesjährige Treffen organisiert. In Bamberg habe man sich schon vor drei Jahren getroffen, deshalb habe man dieses Jahr Würzburg gewählt. Er kenne da jemanden von der Winzergenossenschaft, der ihnen ein interessantes Programm rund um den Frankenwein organisiert habe. Es sei so ein schönes Wochenende gewesen, fast der ganze Jahrgang sei gekommen. Man habe zusammen in München studiert, über dreißig Jahre her, sei danach über ganz Bayern verstreut worden, habe aber nie den Kontakt verloren. Auch Frau Apeldoorn sei regelmäßig mit dabei gewesen, trotz ihrer zurückgezogenen Wesensart. Still und aufmerksam habe sie alle Programmpunkte mitgemacht, die Stadtführung, den Gang hinauf zum Käpelle, das Mainfränkische Museum. Nur bei der Weinverkostung habe sie sich auf Wasser beschränkt, Alkohol habe sie ja schon früher nicht vertragen, als man noch in München studierte.

»Herr Gerngroß, zu welchem von all Ihren Kollegen hatte Frau Apeldoorn den engsten Kontakt?«

»Den engsten Kontakt?«

Dieses Wort auf Frau Apeldoorn angewendet schien Herrn Gerngroß in Schwierigkeiten zu bringen. Es war, als hätte man einen Zoologen gefragt, was der Lieblingsvogel einer Seekuh ist.

»Wissen Sie, Herr Kommissar, bei Frau Apeldoorn war das so, sie war einfach mit dabei.«

»Aber bei solchen Klassentreffen bilden sich doch immer bestimmte Zirkel heraus, kleine Grüppchen, die sich zusammentun.«

»Ja, schon, gewiss ... Warten Sie ...«

Herr Gerngroß ging zu einer hohen Wand mit Aktenordnern, suchte kurz, stieg auf einen langbeinigen Schemel, griff sich einen Ordner und kam zum Schreibtisch zurück. Nach kurzem Blättern hatte er gefunden, wonach er suchte.

»Sehen Sie hier, das ist unser Jahrgang, der Abschluss der Bayerischen Freistaatlichen Bibliothekare aus dem Jahre 1975. Das hier ist Frau Apeldoorn.«

Mütze kannte das Foto und nickte. Es war die gleiche Aufnahme, die auch in Frau Apeldoorns Wohnung hing. Wie er vermutet hatte: Die Zweite von rechts in der hinteren Reihe war Frau Apeldoorn.

»Und?«, fragte Mütze neugierig.

Es schien, als müsste sich der Bamberger Bibliothekar wieder sammeln. Der Anblick des Fotos hatte ihn aufs Neue erschüttert. Mit einer heftigen Geste setzte er erneut das Glas an und stürzte den Rest des Kognaks hinunter.

»Wie gesagt, sie war einfach da. Für alle und keinen, wenn Sie so wollen. Und doch werden wir vielleicht niemanden mehr vermissen, als unsere liebe Kollegin Apeldoorn!«

»Getötet! Das ist ja ganz furchtbar! Ausgerechnet Frau Apeldoorn! Die keiner Fliege was zuleide tun konnte.«

»Herr Gerngroß, stellen wir die Frage mal anders: Gab es denn vielleicht jemanden aus Ihrer Klasse, der sich näher mit Frau Apeldoorn befasst hatte?«

»Befasst hatte? Herr Kommissar, offen gestanden verstehe ich Ihre Frage nicht, das hört sich ganz furchtbar an, so technisch.«

Der Staatsbibliothekar wischte sich über den Mund, saß plötzlich sehr aufrecht im Sessel und sah Mütze so tadelnd an wie der Pfarrer einen Schulbub, der sich im Religionsunterricht in der Nase gebohrt hatte.

»Wenn Sie mit Ihrer Frage gemeint haben, ob ich jemanden kenne, der sich Frau Apeldoorn vielleicht in besonderer Weise zugetan fühlte, der sich um sie bemüht hat, ja auf diese Frage könnte ich durchaus eine Antwort geben.«

Mütze merkte, wie die Wut in ihm aufstieg. Wollte ihn dieses Männchen hier auf den Arm nehmen? Wollte der Typ ihn belehren, ihn in einen linguistischen Exkurs verwickeln? Mann, es ging um einen Mordfall, und nicht nur um einen!

»Raus mit der Sprache«, sagte er in solch unwirschem Ton, dass der Herr Bibliothekar zusammenzuckte und höchst verschnupft reagierte.

»Herr Kommissar, ich muss doch sehr bitten!«

Er wollte erneut zu seinem Kognakschwenker greifen, aber Mütze kam ihm mit einer schnellen Bewegung zuvor und schnappte ihm das Glas vor der Nase weg.

»Herr Gerngroß, ich ermittle in einem Mordfall. Zur Sache jetzt: Wer von Ihnen hat Frau Apeldoorn Avancen gemacht?«

Endlich schien der Bibliothekar aufzuwachen. Erschrocken sah er Mütze an, dann blickte er erneut auf das Foto.

»Von Avancen kann man sicher nicht sprechen, aber in besonders netter Form hatte sich zuletzt Herr Kollege Plettenbeck um Frau Apeldoorn gekümmert.«

»Plettenbeck?«

»Ja, der Herr hier direkt an der Seite von Frau Apeldoorn.«

Gerngroß deutete auf den pausbäckigen Mann mit dem Honigkuchengesicht.

»Wo arbeitet Herr Plettenberg?«

»Plettenbeck!«

»Mein ich ja. Also: In welcher Bücherei ist er tätig?«

»Sie meinen, in welcher Bibliothek!«

»Herr Gerngroß!«, erwiderte Mütze, und seine Stimme wurde erneut schärfer.

»Kollege Plettenbeck ist vom Bibliotheksdienst freigestellt, er hat ein Forschungssemester von der Ludwig-Maximilians-Universität München bewilligt bekommen, er ist viel auf Reisen.«

»Wie kann man Plettenbeck erreichen?«

Gerngroß nahm einen Zettel und kritzelte eine Handynummer darauf.

»Danke!«, antwortete Mütze und knallte Herrn Gerngroß seinen Kognakschwenker so kräftig vor die Nase, dass das Glas überschwappte. Dann schnappte sich Mütze das Klassenfoto. »Danke auch hierfür!«

Als Mütze aus der Fürstbischöflichen Residenz trat, glaubte er, seinen Augen nicht zu trauen. Was machten denn die Kerle da hinten mit seinem Manta! So schnell er konnte, spurtete er über den Domplatz.

»He, hallo, aufhören!«

Zwei Männer waren damit beschäftigt, seinen Manta auf einen knallgelben Abschleppwagen zu ziehen. Wütend hielt Mütze den beiden seinen Ausweis unter die Nase. Brummend und schimpfend ließen die beiden Männer vom Abschleppdienst sein Auto wieder von der Rampe hinunterrollen. Bamberg, Parkplatzstadt? Von wegen! Haben zwar wunderbar gepflasterte Plätze, lassen aber keinen drauf.

Zur Brotzeit hatten sich Mütze und Karl-Dieter beim *Steinbach Bräu* verabredet. Ein Schwall südlich-warmer Luft blies wie ein Fön durch Erlangens schnurgerade Gassen. Zeit, die Freiluftsaison zu eröffnen. Im weiten Hof unter der alten Eiche, in deren Geäst große rote Lampions schaukelten, saß man gemütlich auf hölzernen Bänken. Karl-Dieter war schon dort und winkte dem Freund fröhlich zu, während er sein Häkelzeug unauffällig beiseiteschob.

»Was gibt denn das?«, fragte Mütze misstrauisch. »Bekomme ich schon wieder neue Socken?«

»Keine Sorge«, sagte Karl-Dieter fröhlich, »das Strampelhöschen ist nicht für dich, das Höschen bekommt Leo.«

»Leo?«

»Na, der Kleine von Susi! Er hat sich beim letzten Ultraschall endlich kooperativ gezeigt. Es wird ein Junge.«

»Gratuliere«, brummte Mütze.

Karl-Dieter wusste genau, dass Mütze es nicht abkonnte, wenn er in der Öffentlichkeit häkelte. Wie sah denn das aus? Noch dazu in einem Biergarten! Mütze verkniff sich aber eine Bemerkung. Wenn man Karl-Dieter manchmal erlebte, glaubte man nicht, was für ein hervorragender Bühnenprofi er war, schon mehrfach ausgezeichnet für seine originellen Bühnenbilder. Wie er die Illusion eines wogenden Meeres bei diesem Shakespearestück hinbekommen hatte, *Der Sturm* hatte es wohl geheißen. Einfach unglaublich! Ein Teil des Premierenpublikums war seekrank geworden, sodass man bei den folgenden Aufführungen Kotztüten hatte auslegen müssen. Genial! Mit solchen Sachen wie der Häkelei aber lief Karl-Dieter Gefahr, seinen Ruf zu ruinieren. War es das wert?

Heute aber regte sich Mütze nicht darüber auf, dafür war seine Laune einfach zu gut. Nicht nur wegen der Aussicht auf eines der schmackhaftesten Biere weit und breit und wegen des köstlichen Würstchenduftes. Endlich hatten sie so etwas wie eine Spur.

Karl-Dieter hatte nicht viel Zeit, in einer Stunde musste er im Markgrafentheater sein, man gab den *Hamlet*. Mütze stellte sich bei der Bretterbude an, wo das Essen ausgegeben wurde, und hing, während er in der Schlange wartete, weiter seinen Gedanken nach. Eine Spur, endlich eine echte Spur! Zumindest eine halbe. Vielleicht aber auch mehr als das. Das Honigkuchenpferd, also dieser Plettenbeck, hatte sich um Frau Apeldoorn bemüht. Warum aber sollte er das tun? Warum sollte er einer zweiundsechzigjährigen Kollegin den Hof machen, die so spröde war wie ein Buchenscheit nach zehn Jahren im Trockenschuppen? Warum hat Plettenbeck nicht ausgelassen mit den anderen gefeiert und sich stattdessen mit Frau Apeldoorn beschäftigt? Mit einer Frau, die ersichtlich niemanden an sich heranließ, ja die eine unsichtbare Mauer um sich aufbaute? Warum hat er sie ins Gespräch zu ziehen versucht, ja vielleicht sogar mit ihr geflirtet? Aus Mitleid? Aus Menschenliebe?

Dieser Gerngroß hatte von einem Forschungsprojekt gesprochen, auf Nachfrage jedoch nichts Näheres dazu sagen können. Mütze hatte bereits gegoogelt, aber unter dem Namen Plettenbeck nichts Passendes gefunden. Gerngroß hatte zudem erwähnt, dass Plettenbeck viel auf Reisen sei. Das war zwar an sich noch nichts Verdächtiges, aber im Kontext mit seinem Interesse an Frau Apeldoorn durchaus interessant.

Was könnte sich zugetragen haben? Vielleicht Folgendes: Plettenbeck hatte erfahren, dass sich die seltenen Rückert-Handschriften in der Alten Universitätsbibliothek in Erlangen befanden. Plettenbeck hatte gewusst, dass seine alte Studienkollegin Apeldoorn dort beschäftigt war.

Plettenbeck hatte die Gelegenheit in Würzburg genutzt, dem schüchternen Fräulein Flausen in den Kopf zu setzen. Eine Woche später hatte er ihr die E-Mail geschrieben und ihr das Rendezvous vorgeschlagen, im Todeskeller der alten Unibibliothek. Er hatte ihr einen Sekt eingegossen und gehofft, sie mit seinen Verführungskünsten zur Komplizin zu machen. Frau Apeldoorn aber hatte entsetzt geschaut, als sie begriff, worauf es ihr Verehrer in Wahrheit abgesehen hatte. Niemals würde sie da mittun! Zu stark war ihr Pflichtbewusstsein. Darauf hatte sich Plettenbeck nicht anders zu helfen gewusst, als ihr das dürre Hälschen zu zerquetschen, und sich die Rückert-Bände geschnappt. Zwar wird er in den Büchern nicht gefunden haben, wonach er suchte, durch deren Studium aber wird er eine neue Fährte aufgenommen haben: das Rückerthaus in Coburg-Neuses! Vielleicht hatte Rückert in einem der entwendeten Bände eine Notiz gemacht, dass er in Neuses etwas Wichtiges hinterlegt hatte. Plettenbeck hatte nicht lange gefackelt und war nach Neuses gefahren, hatte sich Zutritt zu dem Rückerthaus verschafft, was nicht weiter schwer gewesen sein dürfte, hatte dort etwas mitgehen lassen, was sie noch herausfinden würden, wahrscheinlich wieder ein Rückert-Buch, und hat auf der Flucht den Gärtner getötet. So könnte es gewesen sein.

Mütze wählte erneut Plettenbecks Nummer. Mehrere Male hatte er es schon vergeblich versucht, und auch jetzt ging keiner dran. Verdammter Mist, wo steckte der Kerl bloß?

»Schon Feierabend, Herr Kommissar?«, tönte es plötzlich hinter ihm. »Alle Verbrecher schon geschnappt?«

Mütze drehte sich um. Es war der Freak aus dem Internetcafé, der Neo-Hippie mit der Nickelbrille, dieser John-Lennon-Verschnitt. Frech grinste der Typ ihn an und sagte in herausforderndem Ton: »Wann krieg ich meine elektrische Kiste wieder zurück?«

»Gut, dass ich Sie treffe«, sagte Mütze in betont dienstlichem Ton, »kommen Sie doch gleich einmal kurz an meinen Tisch, dort bei der Palme.«

»Aber natürlich, sehr gerne, Herr Kommissar«, grinste der Freak, »wenn's dem Kampf gegen das Böse dient.«

Eine freundliche Vietnamesin reichte Mütze drei Bratwürste auf Kraut und den von Karl-Dieter gewünschten kleinen gemischten Salat. So beladen balancierte Mütze zu ihrem Biertisch zurück. Mit einer Spur von Neid sah Karl-Dieter zu, wie Mütze genüsslich seine Würste zu verdrücken begann. Es war himmelschreiend ungerecht, Mütze ernährte sich absolut ungesund und nahm dennoch nicht zu, während bei ihm die Waage schon ausschlug, wenn er nur vom Bratwurstduft schnupperte.

»Prost, Knuffi!«

»Prost, Mütze!«

Die Freunde stießen an. Der Maibock, der heute kredenzt wurde, war wunderbar süffig. Das *Steinbach* war eines der seltenen Brauhäuser, die ihr Malz noch selber rösteten und nicht von einer zentralen Mälzerei bezogen. Das schmeckte man. Auf dem Schornstein hoch über dem Dach waren die Störche eifrig dabei, ihren Nachwuchs zu füttern.

»Wusstest du, dass Störche streng monogam leben?«, fragte Karl-Dieter, während er gründlich auf einem Radieschen herumkaute.

Lange und gründlich kauen und das Besteck nach jedem Bissen aus der Hand legen! Die Tipps der neuen *Brigitte*-Diät befolgte Karl-Dieter eisern. Er war Mütze wegen dessen blöder Reaktion am Rückertbrunnen nicht länger böse. Überhaupt lag es ihm nicht, nachtragend zu sein. Man war zu kurz auf dieser schönen Erde, um sich über alte Kamellen zu ärgern. Einen Augenblick hatte er überlegt, dem Freund von Mickeys neuerlicher Riesenwelle zu erzählen, doch dann entschied er sich fürs Schweigen, Mütze würde sich nur wieder lustig machen, da war sich Karl-Dieter sicher. Er hörte ihn schon lästern, wie so ein dummes Tierchen denn Mordtaten wittern könne. »Geh doch zum Tierarzt!« Mütze mit seinem Rationalismus. Dabei gab es genug Dinge zwischen Himmel und Erde, die sich mit gesundem Menschenverstand allein einfach nicht erklären ließen.

»Da bin ich, Herr Kommissar!«

Der Freak schlug die Schuhe zusammen und nahm militärische Haltung an, während er eine Bratwurstsemmel in der Hand hielt, aus der rechts und links der Senf raustropfte.

»Nehmen Sie doch Platz«, sagte Mütze.

Dann griff er in die Innentasche seiner Jacke und zog das Foto heraus, das er Herrn Gerngroß in Bamberg stibitzt hatte, das Klassenfoto mit Frau Apeldoorn.

»Kommt Ihnen hierauf vielleicht jemand bekannt vor?«

Der Freak rückte seine Nickelbrille zurecht und musste lachen. »Um Gottes willen, Herr Kommissar, wo haben Sie denn diese Gestalten aufgetrieben? Sieht ja aus, als wären die Zombies zu einer Betriebsversammlung zusammengekommen.«

»Kennen Sie jemanden?«, fragte Mütze ärgerlich.

Der Freak verstummte und schien sich jetzt ernsthaft Mühe zu geben. Plötzlich deutete er auf den Mann rechts unten im Bild.

»Ist das nicht Wolfgang Schäuble im verlängerten Pubertätsstadium?«

Karl-Dieter musste glucksen, der Mensch sah tatsächlich aus wie der Herr Finanzminister in seinen Jugendjahren!

Mütze warf seinem Freund einen missbilligenden Blick zu und deutete seinerseits auf das Gesicht von Herrn Plettenbeck.

»Und was ist mit dem hier?«

»Sie meinen den Vollmond mit den Watschelohren? Nee, bedaure sehr, Herr Kommissar, nie gesehen. Aber ich gebe Ihnen recht, der Typ sieht sehr, sehr verdächtig aus. Am besten gleich verhaften. Solche Menschen gehören hinter Schloss und Riegel, vollkommen richtig, Herr Kommissar. Doch muss ich Sie nun bitten, mich zu entschuldigen. Sie sehen ja, der Senf läuft mir davon, und das wollen wir doch nicht.«

Und weg war er. Mütze fühlte einmal mehr seine Beobachtung bestätigt, dass chronischer Cannabisrauch das Hirn wegbläst. Zu blöd aber auch, dass sie kein aktuelleres Bild von Plettenbeck besaßen. Gerngroß hatte ihm keines geben können, und die Google-Bildersuche hatte auch nichts ausgespuckt. Wer weiß, wie dieser Plettenbeck heute aussah. Vierzig Jahre später. Mütze war zuletzt vor zwei Jahren auf einem Klassentreffen gewesen. Mindestens die Hälfte seiner Mitschüler hatte er nicht wiedererkannt. Entweder waren sie zu sehr in die Breite gegangen, was auch die Gesichter völlig verändert hatte, oder ihnen waren die Haare ausgefallen oder die Zähne oder gleich beides auf einmal.

»Wisst ihr schon, was der Kerl in Neuses hat mitgehen lassen?«, wollte Karl-Dieter wissen und spießte sich eine Gurkenscheibe auf.

»Fehlanzeige«, sagte Mütze, »die Einzigen, die das wissen könnten, sind der Ururenkel und seine Frau, doch die spazieren die Themse entlang, während sich der Täter ein gemütliches Lesestündchen macht.«

»Ein Psychopath, ich sag's dir«, schmatzte Karl-Dieter und bediente sich bei Mützes Brot, »so einer wie Paul, nur nicht mit Männerschuhen, sondern mit Büchern.«

»Aha! Und ich dachte, Literatur macht die Welt besser?«

»Doch nicht ihr Besitz! Das ist ja das Drama, die Leute wollen immer alles besitzen. Literatur aber lässt sich nicht besitzen, im Gegenteil, wenn es sich um gute Literatur handelt, nimmt sie uns in Besitz.«

»Dann können wir ja darangehen, deinen Bücherschrank auszuräumen.«

»Untersteh dich!«

Karl-Dieter hatte eine üppige Büchersammlung mit in ihre Beziehung gebracht. Mütze schüttelte immer wieder den Kopf darüber. Was könnte man mit dem Platz nicht alles anstellen! Karl-Dieter schaue doch nur höchst selten ein zweites Mal in ein bereits gelesenes Buch hinein. »Das verstehst du nicht«, pflegte Karl-Dieter dann zu sagen. Die Bücher seien wie Schalen seiner inneren Entwicklung. »Schalen gehören nicht ins Regal, sondern in den Bio-Eimer«, hatte Mütze darauf geantwortet, ein Scherz sicherlich, und dennoch hatte diese Bemerkung eine kleine Beziehungskrise heraufbeschworen und zu dem bitteren Vorwurf geführt, Mütze wolle seine Biografie entsorgen.

»Hamlet war auch ein Psychopath«, sagte Karl-Dieter und schnappte sich ein Stück von Mützes Bratwurst.

»Hat er auch jemanden umgebracht?«

»Einen? Drei!«

»Na, da ist mein Mörder ja noch richtig bescheiden.«

»To be or not to be, that's the question.«

»Nicht mehr für Frau Apeldoorn und den Gärtner.«

Karl-Dieter hatte aufbrechen müssen, es war für ihn höchste Eisenbahn gewesen. Die Vorstellung begann bereits in einer knappen Stunde. Ihre Art des Abschiednehmens fiel in der Öffentlichkeit grausam linkisch aus. Am liebsten hätte Karl-Dieter Mütze geküsst, Karl-Dieter aber wusste, dass Mütze das hasste, zumal mit Maske. So wurde es eine Art halbe Umarmung, die jeder sowjetische Regierungschef bei einem Treffen des Warschauer Paktes besser hinbekommen hätte.

Mütze blieb noch ein Weilchen sitzen. Hoch über den Dächern kreiste wieder einer der Störche, der sich in eleganten Schleifen näherte, um mit geschickt gespreizten Flügeln auf dem hohen Backsteinkamin des *Steinbach Bräus* zu landen. Wo gab es das noch, Störche mitten in der Stadt? Sprach das dafür, dass Erlangen eine tierliebe Stadt war, oder dafür, dass die Störche Erlangen für ein Dorf hielten? Und ob Karl-Dieter recht damit hatte, dass Störche streng monogam leben? Wer wollte das mit Sicherheit sagen? Störche sahen doch alle gleich aus. Was Mütze außerdem gestört hatte: In Karl-Dieters so scheinbar unschuldig vorgebrachter Bemerkung hatte so etwas wie ein leiser Vorwurf mitgeschwungen. Als wäre er, Mütze, ständig auf der Pirsch! Gut, die eine Geschichte mit dem Praktikanten. Aber die hatte doch nichts zu bedeuten gehabt. Und selbst wenn, war die Monogamie denn nicht längst ein Fall für die Klamottenkiste der Moralgeschichte?

Die blonde Kellnerin in dem knallroten T-Shirt wollte Mütze noch ein Bier bringen, doch Mütze winkte ab. Ein anderes Wort von Karl-Dieter klang ihm noch in den Ohren, die letzte Bemerkung des Freundes, bevor er das Häkelzeug in den Korb gepackt hatte. Hamlet hatte es auf drei Leichen gebracht. Was, wenn in ihrem Bücherräuber ebenfalls die Lust auf ein drittes Opfer keimte? Wenn er seine frisch geräuberten Rückert-Bücher ausgelesen hatte und Appetit auf neue, alte Bücher verspürte? War diesem Plettenbeck das zuzutrauen? Sah so harmlos aus mit seinem Honigkuchengesicht. Aber das hieß gar nichts. Der Mörder etwa von dem Schalker Mittelstürmer hatte ein echtes Babyface gehabt.

Mannomann, das war ein echter Thriller gewesen! Man hatte Mütze wie einen Helden gefeiert, zumal der Mörder kein BVB-Fan gewesen war, sondern jemand von der Wettmafia. Die Sache war politisch hochbrisant gewesen. Bevor Mütze den Fall klären konnte, wollten die Gelsenkirchener Stadtwerke bereits den Zugverkehr nach Dortmund komplett lahmlegen, und das Ruhrpottderby hatte man unter Ausschluss der Öffentlichkeit stattfinden lassen wollen, so sehr waren die Emotionen hochgekocht. Das Pikanteste an dem Fall aber war: Karl-Dieter war es gewesen, der damals den entscheidenden Tipp auf den Aufenthaltsort des Verdächtigen gegeben hatte. Bei der Tupperparty bei Tante Erna war ihm vom Balkon der Deckel der neuen Salatschüssel weggesprungen und in den Hof gerollt. Als Karl-Dieter ihn wieder holen wollte, hatte er einen Mann entdeckt, der in einem schmutzigen Bretterverschlag hockte, der gesuchte Mörder!

Karl-Dieter hatte Mütze lange vorgeworfen, seine Leistung nicht genügend gewürdigt zu haben. Seiner Ansicht nach wäre das damals die Supergelegenheit für ihr Outing gewesen, er und Mütze auf der Titelseite der *Ruhrnachrichten* und der *Westfälischen Rundschau*, der Kommissar und sein Freund, Arm in Arm vom Volke gefeiert. Mütze aber hatte sich gesträubt und keinerlei Lust darauf verspürt. So hatten sie die Gelegenheit verstreichen lassen, und es ist ein Salami-Outing geworden. Nach und nach war ihre Liebesgeschichte durchgesickert, und bald hatte es in Dortmund jeder gewusst. Das Tolle daran aber war gewesen: Keinen hatte es auch nur ein bisschen gestört. Keinen bis auf Mütze, der lange Zeit immer noch so getan hatte, als müsste er alles geheim halten. Der harte Bulle, der kein Schwuler sein will. Karl-Dieter hatte deshalb oft seufzen müssen. War nicht immer leicht mit Mütze!

Mütze trank sein Bier aus. Was würde er machen, wenn er der Mörder wäre? Was könnte dessen nächster Plan sein? Professor Kaunas hatte gemeint, der Rückert-Nachlass sei über ganz Deutschland verstreut, im Prinzip könnte er überall zuschlagen, wo Rückert-Originale lagern. Aber wahrscheinlicher war doch, dass er sich hierfür den nächsten erreichbaren Ort aussuchen würde. Erlangen und Neuses lagen ja auch nur ein Stündchen voneinander entfernt. Mütze zückte sein Handy und klickte auf die programmierte Nummer von Professor Kaunas. Es läutete, doch der Teilnehmer war »not available at present«.

Mütze wollte gerade aufstehen, als ihm plötzlich jemand die Augen von hinten zuhielt. Au! Wer wagte es, seine Maske anzufassen? Es war Karl-Dieter!

»Heute kein *Hamlet*«, rief er lachend.

»Wieso das?«, wollte Mütze wissen.

»Strenges Dienstgeheimnis«, antwortete Karl-Dieter und setzte sich zu ihm auf die Bierbank. »Ich verrat's dir nur, wenn du mir versprichst, absolutes Stillschweigen zu bewahren.«

»Versprochen! Ich schweige wie eine Mumie.«

»Carlson hat's erwischt«, flüsterte Karl-Dieter.

»Carlson?«

»Na, Carl Carlson, der den Hamlet spielt.«

»Und was ist an der Sache so schrecklich geheim?«, wollte Mütze wissen.

Karl-Dieter kam näher heran, und seine Stimme wurde noch leiser: »Sexunfall.«

»Sexunfall?«

»Pscht!«, machte Karl-Dieter besorgt und sah sich vorsichtig um. Ging doch keinen was an.

»Was ist passiert?«

»Carlson liegt im Krankenhaus, musste notoperiert werden, ist aber über den Berg. Hat in der Kulisse die Regieassistentin zu Spielchen verführt.«

»Zu gefährlichen Spielchen, wie mir scheint.«

»Wie man's nimmt. Carlson hat der Kleinen sein Schwert in die Hand gedrückt. Zum Höhepunkt des Aktes, also des Aktes, du verstehst schon, sollte sie es ihm zwischen die Rippen rammen.«

»Du liebe Güte!«

»War doch nur das Theaterschwert. Die Klinge fährt normalerweise sanft zurück in den Schaft. Aber die verfluchte Arretierung hat versagt.«

»Scheibenkleister!«

»Du sagst es. Es muss ziemlich gespritzt haben. Carlson musste in die Notaufnahme, und ich hab einen freien Abend.«

»So hat denn alles auch eine gute Seite«, lachte Mütze.

Erneut versuchte er Professor Kaunas zu erreichen, erneut ging nur der Anrufbeantworter ran.

»Professor Kaunas? Da wirst du kein Glück haben«, bemerkte Karl-Dieter.

»Und wieso?«

»Heute findet eine Veranstaltung des Erlanger Rückert-Kreises statt, da wird er sicher mit dabei sein.«

»Erlanger Rückert-Kreis?«

»Freunde Friedrich Rückerts, die sich in regelmäßigen Abständen treffen.«

»Woher zum Teufel weißt du das alles?«

»Musst halt mal mehr als den Sportteil lesen.«

Sie tranken aus und erhoben sich. Hätte Mütze sich noch mal umgeblickt, so wäre ihm vielleicht ein Mann aufgefallen, der an einer der hinteren Bierbänke saß und sich höchst angeregt mit dem Freak vom Internetcafé unterhielt. Obwohl ein hohes, schwebendes Dach Schatten spendete, nahm der Mann seine Kopfbedeckung nicht ab, den hellen Panamahut hatte er tief in die Stirn gezogen.

Keine zehn Minuten später standen die Freunde vor der Hugenottenkirche und suchten den Calvinsaal, in welchem die heutige Veranstaltung des Erlanger Rückert-Kreises stattfinden sollte. Sie waren zu zweit losgezogen. Karl-Dieter wollte unbedingt mit dabei sein. Er sah es wohl als Chance, endlich mal gemeinsam eine kulturelle Veranstaltung zu besuchen, obwohl ihm Mütze unmissverständlich erklärt hatte, er wolle nur eine kurze Information von Professor Kaunas und würde dann wieder gehen.

»Völlig einverstanden«, hatte Karl-Dieter gemeint, »ich bleib dann einfach noch dort.«

Etwas unschlüssig standen die beiden Freunde nun vor dem nüchternen Kirchengebäude, das von einem Straßenkarree umsäumt wurde. Die Erlanger Hugenottenkirche war das Gotteshaus mit der garantiert besten Busanbindung in ganz Deutschland. Rund um die Kirche, in allen vier Himmelsrichtungen, verteilten sich verwirrend viele Bushaltestellen.

»Vielleicht ist Calvin der Schutzheilige der Busfahrer?«, spottete Mütze.

»Calvin? Der hat alle Heiligen vom Sockel geholt!«, bemerkte Karl-Dieter.

»Zusammen mit seinem Freund Hobbes?«

»Hobbes?«

»Na, Hobbes, sein Tiger. Calvin und Hobbes, die wirst du doch kennen!«

»Mensch, Mütze, du alter Proll!«

»Wo ist jetzt dieser Calvinsaal?«

Eine charmante Dame mit Hut, die selbst zu der Veranstaltung wollte, wies ihnen den Weg. In ihrer Begleitung gingen sie durch einen Torbogen in einen Innenhof, von dort in den westlichen Gebäudeteil hinein zu dem ebenerdig gelegenen Calvinsaal. Der Veranstaltungsraum war bereits gut gefüllt, das Programm hatte schon begonnen. Schnell rutschten die beiden Freunde auf zwei freie Stühle an der Längswand. Das Publikum lauschte zwei jungen Frauen, welche mit klarer Stimme eigentümliche Gesänge in einer fremden Sprache vortrugen.

»Vedische Lieder«, flüsterte die charmante Dame, welche neben Mütze zu sitzen gekommen war.

Mütze zuckte die Schultern und sah aus wie eine Spitzmaus, wenn's hagelt.

»Vedische Lieder«, flüsterte die Dame erneut, »alte Gesänge aus Indien.«

Mütze merkte, wie Unruhe in ihm aufstieg. Die beiden Sängerinnen mochten ihre Sache wirklich gut machen, keine Frage. Mütze verspürte jedoch keine Lust, sich länger als nötig hier aufzuhalten. Er hatte schließlich zwei Mordfälle aufzuklären, noch dazu zwei von der brutalen Sorte. Wo war nur Professor Kaunas? Mütze sah sich unauffällig um und bemerkte, wie der eine oder andere Zuhörer mit leichtem Gruseln in seine Richtung blickte, um dann gleich wieder verschämt wegzuschauen. Die dusselige Maske! Mütze wünschte sich sehnlich, sie bald wieder loszuwerden. Er sah ja aus wie Zorro. Zerstreut schaute er auf einen Handzettel, auf dem die Texte und ihre Übersetzungen abgedruckt waren. Meist ging es um Weisheitslehren, eine Strophe aber besang Indien als das Land unermesslicher Reichtümer. Muss lange her sein, dachte Mütze, heute nur noch Armut.

Professor Kaunas saß ganz außen in der ersten Reihe. Mütze versuchte so unauffällig wie möglich, auf sich aufmerksam zu machen. Vielleicht gelang es ihm ja, den Professor für einen kurzen Moment vor die Tür zu bitten. Wenn ihm jemand weiterhelfen konnte, dann dieser ausgezeichnete Rückert-Experte. Wenn Professor Kaunas nicht wusste, wo weitere Rückert-Manuskripte aufzustöbern waren, dann wahrscheinlich auch kein anderer. Doch der Professor lauschte den vedischen Gesängen so aufmerksam, dass er Mütze nicht wahrzunehmen schien. Es half nichts, Mütze musste auf eine Pause warten.

Karl-Dieter hatte sich entspannt zurückgelehnt und gab sich der Musik mit Inbrunst hin, während auf sein Gesicht ein seliges Lächeln trat. Der Gesang der Künstlerinnen entfaltete einen kontemplativen Sog. Die beiden jungen Frauen sangen ihre Lieder auswendig und mit geschlossenen Augen, und auch wenn man nichts von den Texten verstand, so fühlte man doch tief in seinem Herzen, um welche Wahrheiten es hier ging.

»Uralte hinduistische Meditationen«, flüsterte wieder die benachbarte Dame und beugte sich ein wenig vor, weil sie spürte, dass Karl-Dieter wohl der Interessiertere der beiden Herren war, »verschiedene Stufen der Verinnerlichung, die tiefste Ebene wird als das unendliche, reine Glück bezeichnet.«

Karl-Dieter war tief beeindruckt. Was für ein intensiver

Gesang! Welch spirituelle Tiefe! Was für eine andere Art von Musik als die ewigen Rocksongs, die Mütze ständig anhören musste. Mütze hingegen wartete mit Ungeduld auf das Ende des hinduistischen Gejodels, wie er sich selbst gegenüber den Gesang zu bezeichnen begann, und musste unter seiner Maske gähnen, was Karl-Dieter mit einem großen Gefühl von Peinlichkeit bemerkte. Mensch, Mütze! Tu doch wenigstens mal so, als würde dich etwas interessieren. Ständig musste sich Karl-Dieter wegen seines Freundes fremdschämen.

Vor drei Wochen hatte Mütze sich breitschlagen lassen, mit ihm zu den Bamberger Symphonikern zu fahren. Ein festliches Symphoniekonzert in festlichem Rahmen. Die »Bamberger« waren ein Orchester der Spitzenklasse. Zudem hatte Karl-Dieter darauf geachtet, dass nur Beethoven und Mozart gespielt wurden, dennoch war Mütze fast eingeschlafen. Karl-Dieter hatte ihn ständig mit dem Ellenbogen schmerzlich in die Seite stoßen müssen, um einen Schnarcher zu verhindern. Peinlich, peinlich! Wieso blieb Mütze der ewig gleiche Prolet, warum entwickelte er sich überhaupt nicht weiter?

»Rückert hat viele altindische Lieder übersetzt«, flüsterte die charmante Dame lächelnd, und Karl-Dieter nickte freundlich zurück.

Als der Gesang ausklang, wurde Mütze wieder munter. Schnell sprang er auf und eilte, während das Publikum applaudierte, zu Professor Kaunas hinüber.

»Verzeihen Sie, nur eine kurze Frage. Von Coburg aus betrachtet, was ist der nächstgelegene Ort, wo Rückert-Schätze lagern?«

Durch einen lauen Maienabend zu fahren, was für ein Vergnügen! Doch Mütze hatte kein Auge für die erwachende

Natur, sah die grünen Triebe nicht, nicht die blühenden Kirschen, die alten Streuobstwiesen auf den Hängen zu seiner Rechten. Eilig peitschte er seinen Manta voran, ohne Blaulicht allerdings, denn dafür gab es keinen vernünftigen Grund. Wieder fuhr er den Frankenschnellweg nach Norden, bei Bamberg aber bog er ab und nahm die Maintalautobahn Richtung Westen. Bald begannen Weinstöcke die Hügel hinaufzuklettern, zart begrünt erst, beinah noch winterlich kahl. Doch auch dafür hatte Mütze kein Auge.

Doktor Rudolf hatte nicht überrascht geklungen. Fast hatte es so gewirkt, als hätte er Mützes Anruf erwartet. Doktor Rudolf war der Nestor der Rückert-Gesellschaft, nicht zu verwechseln mit dem Erlanger Rückert-Kreis. Die Rückert-Gesellschaft war ein illustrer Kreis von Wissenschaftlern und interessierten Laien, der sich um das Erbe Friedrich Rückerts verdient machte. Sitz der Gesellschaft war Schweinfurt, der Geburtsort Rückerts. Zwar besaß Schweinfurt keine Universität, dennoch waren hier bedeutende Archivalien aus dem Besitz Rückerts verwahrt, im Stadtarchiv, wie Mütze von Professor Kaunas erfahren hatte. Doktor Rudolf hatte von den furchtbaren Morden gehört, kein Wunder, in allen Medien war der Fall Rückert das »Dobb-deema«, wie sich Big-Chip in seinem fränkischen Idiom auszudrücken pflegte, das Top-Thema also. Täuschte sich Mütze, oder hatte Doktor Rudolfs Stimme am Telefon beunruhigt geklungen? Er schien sich fast zu freuen, dass ihn endlich die Polizei kontaktierte.

Ein Schild tauchte auf, eine dieser touristischen Werbetafeln in merkwürdigem Braun, die jetzt allüberall wie Pilze an den Autobahnrändern sprießen: *Schweinfurt – Industrie und Kunst*. Als Mütze die Abfahrt nahm, war es schon dunkel geworden. Ein großes Industrie- und Gewerbegebiet war zu durchfahren, Zahnräder, Schaltungen und Getriebe wurden hier angebaut, früher von Fichtel und Sachs, nun von den Nachfolgern. Mütze musste an sein erstes Fahrrad denken, orangefarben wie sein Manta, mit einer damals ultramodernen Dreigangnabenschaltung. Junge, Junge, da hatten die Nachbarsjungen aber gestaunt, wie er die alte Kohlenhalde hinauf ist! Hier in Schweinfurt also hatte man die Gangschaltung gebaut. Kam nicht auch Gunter Sachs, Deutschlands erster und einziger Playboy, aus dem Umkreis Schweinfurts?

Beim Kreuzen des Mains sah man zur Linken im fahlen Licht zwei mächtige Rauchwolken zum Nachthimmel steigen. Wie früher im Pott, dachte Mütze mit leichter Melancholie. Auch beim Passieren der Zufahrtsstraßen wurde Mütze an Dortmund erinnert, diese wunderbar hässlich zusammengewürfelte Nachkriegsarchitektur, zum Seufzen schön.

Eine Tankstelle tauchte aus dem Dunkel auf, eine dieser futuristischen Multifunktionsstationen. Mütze beschloss, den Manta zu tränken. Wer weiß, ob später noch eine Tanke offen war? Um die Kassenangestellte zu solch später Stunde nicht zu erschrecken, schnallte sich Mütze seine Maske ab und warf sie auf den Beifahrersitz. Später konnte er sie ja wieder aufsetzen, Doktor Rudolf hatte er vorsichtshalber bereits vor seinem Anblick gewarnt. Der Rückert-Experte hatte am Telefon schon reichlich nervös gewirkt, da wollte er ihn nicht noch unnötig erschrecken. Ob es für Rudolfs Nervosität einen konkreten Anlass gab? Außer den bekannten Vorfällen?

Mütze ging zu dem Supermarkthäuschen mit angeschlossener Tankfunktion hinüber, zahlte und fuhr weiter. Die Innenstadt war erreicht. Mütze war wie immer ohne Navi unterwegs. Er hatte Google Maps angeklickt und die zu fahrende Strecke im Schläfenlappen gespeichert. Das musste reichen. Auch bei privaten Fahrten, etwa bei Urlaubsreisen mit Karl-Dieter, benutzte er niemals ein Navi, was bei Karl-Dieter zu Kopfschütteln führte. Denn selbst dem stets so blendend orientierten Mütze passierte es gelegentlich, dass er sich verfuhr, was er natürlich niemals zugeben würde. Karl-Dieter hatte kein Problem, jemanden nach dem Weg zu fragen, Mütze aber reagierte äußerst ärgerlich, wenn Karl-Dieter auch nur den zartesten Vorschlag in dieser Richtung machte. Ein echter Mann fragt niemals nach dem Weg! In Schweinfurt fand sich Mütze problemlos zurecht und landete genau dort, wo er hinwollte, in der Judengasse, wo er seinen Wagen abstellte.

Doktor Rudolf wohnte im ersten Stock eines stattlichen Altbaus. Mütze schellte unten an der Haustür. Es dauerte ein Weilchen, dann knurrte der Türöffner, und Mütze betrat das stuckverkleidete Treppenhaus. Hochherrschaftlich wohnte man hier, selbst das Treppengeländer war von vornehmer Eleganz, brüllende Löwenköpfe bildeten die Knäufe. Die doppelflügelige Wohnungstür im ersten Stock war verschlossen. Weil er keine weitere Klingel sah, klopfte Mütze an der Tür. Eine kleine Scheibe in dem großen, matten Sprossenfenster wurde geöffnet, und das Gesicht einer misstrauischen alten Frau erschien. Mütze stellte sich vor und fragte nach Doktor Rudolf. Die Alte sagte furchtsam: »Einen Moment!« und verschloss die Scheibe zitternd wieder. Mütze wartete darauf, dass die Tür geöffnet wurde, aber nichts geschah.

Was war los? Er hatte sich doch angemeldet, warum ließ man ihn nicht ein? An der Tür stand klar und deutlich »Doktor Rudolf« in verschnörkelter Schrift auf Messing.

Wer war die Alte? Doktor Rudolfs Mutter? Seine Haushälterin? Warum holte sie Rudolf nicht? Was ließ man ihn hier stehen? Mütze lauschte. Klangen da nicht leise Stimmen aus der Wohnung? Der Kommissar klopfte ein zweites Mal, ärgerlicher. Ein undeutliches »Moment« war zu vernehmen. Mützes Instinkt sagte ihm, dass hier etwas faul war. Aber was? Und was sollte er machen?

Heftig klopfte er zum dritten Mal an die Tür, diesmal erfolgte überhaupt keine Reaktion. Mützes Geduld war nun endgültig aufgebraucht. Wollte man ihn auf den Arm nehmen? War er hundert Kilometer gefahren, um vor einer verschlossenen Tür zu stehen? Mütze zückte sein Handy und wählte Rudolfs Nummer. Er hörte, wie das Telefon in der Wohnung läutete. Niemand ging ran. Fast hätte er wieder aufgelegt, als doch noch jemand abhob. Es war die Alte.

»Jaaa?«, flüsterte sie ängstlich.

»Ich bin's, Kommissar Mütze, wären Sie so freundlich und würden mich einlassen? Oder mir bitte schön Herrn Rudolf geben?«

»Gleich, gleich«, wisperte die Alte, und schon hatte sie wieder aufgelegt.

Mütze wippte ungeduldig auf und ab. Was ging hier vor? Die Sache war doch oberfaul! Ein Gedanke durchpfiff sein Gehirn, eine aberwitzige Idee. Ob vielleicht der Mörder in der Wohnung war? Ob er Rudolf und seine Mutter bedrohte? Ob die Alte deshalb so merkwürdig reagierte?

Plötzlich hörte Mütze, wie mit einem Knall die Haustür aufgestoßen wurde und mit einem lauten »Polizei!« zwei Beamte die Treppe heraufgestürmt kamen. Instinktiv legte Mütze den Finger auf die Lippen und rannte den beiden entgegen, die aber warfen ihn mit einem gezielten Bodycheck auf die Stufen, bogen ihm die Arme auf den Rücken und ließen die Handschellen klicken.

Verdammt! Was sollte das denn? Waren die Kollegen denn völlig durchgeknallt? Einer der Polizisten ging zur Wohnungstür und klopfte. Diesmal wurde die Tür überraschend schnell geöffnet, und die Alte trat auf den Flur. Mit der zitternden rechten Hand deutete sie auf Mütze und rief: »Das ist er, das ist der Mörder!«

Es dauerte quälende Minuten, bis es Mütze gelang, das Missverständnis zu klären. Mit betretenen Mienen befreiten ihn die Polizisten wieder von den Handschellen.

»Schnell«, rief Mütze, »auf zum Stadtarchiv!«

Gemeinsam liefen sie los durch die nächtliche Stadt. Ins Auto zu steigen hätte sich nicht gelohnt, zu Fuß war man schneller. Sie rannten am nahen Rathaus vorbei, einem stattlichen Renaissancebau mit angeklebtem Sparkassenkasten, weiter über den Marktplatz, auf dessen Mitte ein mächtiger Mann auf einem großen Sockel thronte, den Hügel hinauf an einer schlafenden Kirche vorbei, schon waren sie am Ziel. Das gesamte Gebäude, ein lang gestreckter Nachkriegsbau, lag im Dunklen, kein Lichtschein drang heraus. Einen kurzen Moment blieben die drei Polizisten keuchend stehen, dann liefen sie weiter zum Eingang. Die Glastür war verschlossen. Mit aller Macht warfen sie sich dagegen und sprengten das Schloss. Drinnen zogen sie ihre Dienstwaffen und verteilten sich. Vorsichtig schritt Mütze weiter. Der Eingangsbereich zog sich in die Breite, suchend sahen sich die Männer um.

»Wo geht's zum Archiv?«, flüsterte Mütze.

Einer der Polizisten wusste Bescheid und deutete auf einen Gang zur Linken. »Erste Tür rechts!«

Mütze ging voraus und öffnete die angelehnte Stahltür.

Mit der Linken zog er sein Handy und aktivierte die Taschenlampenfunktion. Der bläuliche Lichtkegel huschte über eine Wand mit Pappkartons, die wie eine Gräberwand mit Kindersärgen wirkte. An deren Ende führte eine steile Stahltreppe in den nächsten Stock. Der Lichtkegel beleuchtete eine holzgerahmte Ahnentafel, die über dem Treppenabsatz schwebte.

Der Mann, der unter der Ahnentafel lag, hatte eine unnatürliche Haltung angenommen, fast wie ein Artist nach einem Rückwärtssalto. Man konnte ihm eine gewisse Eleganz nicht absprechen, was jedoch nichts daran änderte, dass auch dieser Mann nie wieder bei Aldi einkaufen würde. Einer der Polizisten leuchtete ihm ins Gesicht. Doktor Rudolf!

Vom Täter fehlte jede Spur. Sie durchkämmten das ganze Gebäude, nichts. Der Kerl musste unerkannt entkommen sein. Zum dritten Mal. Ob etwas aus dem Archiv fehlte, würde man morgen sehen. Mütze war völlig klar, wo man zu suchen hatte. In der Abteilung Rückert. Wo sonst? So ein Mist! Wäre er doch nur nicht tanken gegangen! So hatte er wertvolle Zeit verloren. Vielleicht hätte er ihn noch erwischt.

Die Mutter von Doktor Rudolf saß zitternd auf dem Stilsofa. So schonend wie möglich hatte ihr Mütze den Tod ihres Sohnes beizubringen versucht. Sie wirkte wie versteinert, ihr Blick ging ins Leere.

»Frau Rudolf, ich weiß, es ist hart für Sie, aber wir müssen den Mörder Ihres Sohnes finden. Sie sind unsere einzige Zeugin. Bitte sagen Sie uns, wie der Mann ausgesehen hat.«

Langsam hob Frau Rudolf den Kopf und sah Mütze an, sah ihm direkt in die Augen.

»Er trug eine Maske.«

Nal und Damajanti ist ein wunderbares Buch. Jedenfalls nach Karl-Dieters Geschmack. Es ist eine Erzählung aus dem alten Indien, eine Legende, eine Liebesgeschichte, von Friedrich Rückert genial ins Deutsche übersetzt, ja geradezu genialisch. Was Karl-Dieter nur an Liebesgeschichten gefalle, wunderte sich Mütze immer wieder. Es gebe doch nichts Langweiligeres als diese Heteroschnulzen. Wie Karl-Dieter als anständiger Schwuler so etwas nur lesen könne. Da schwinge doch nichts mit. Auch diese Herz-Schmerz-Rosamunde-Pilcher-Steilküsten-Soaps am Sonntagabend seien einfach unerträglich.

Karl-Dieter schüttelte nur den Kopf über solch kleinkarierte Einwände. Mütze verstand eben nichts von Liebe. Liebe war unteilbar. Ob zwischen Mann und Frau, Frau und Frau oder Mann und Mann, die wesentlichen Dinge seien doch stets dieselben. Karl-Dieter seufzte verzückt. Das Sich-Verlieben, das Sich-Finden, die Zweifel, die Eifersucht, die Trennung und dann die Versöhnung, das Happy End! Da war es doch schnurzpiepegal, welches Geschlecht die Protagonisten hatten. Selbst bei *Sissi* konnte Karl-Dieter Rotz und Wasser heulen. Ohne sich dafür zu schämen. Er brauchte ja kein harter Bulle zu sein, er durfte zum Glück noch Gefühle zeigen. Armer Mütze, ständig musste er sich verbiegen.

Als er nach Hause gekommen war, hatte Karl-Dieter noch eine kleine Stippvisite bei Susi gemacht. Sie musste jetzt viel liegen, hatte der Arzt gesagt, nicht, dass eine Frühgeburt drohe, aber die letzten Ultraschallbilder hatten doch zur Vorsicht Anlass gegeben. Karl-Dieter hatte Susi eine große Schüssel mit frisch zubereitetem Feldsalat vorbeigebracht. Dieser sei reich an Folsäure und darum für Schwangere äußerst gesund. Folsäure sorge dafür, dass Babys nicht mit offenem Rücken zur Welt kämen. Feldsalat sei ein altes Hausmittelchen, schon die Brüder Grimm hätten dies gewusst. Nicht zufällig habe die Mutter von Rapunzel während der Schwangerschaft einen wahren Heißhunger nach dem Feldsalat der alten Hexe gehabt. Rapunzel sei ein alter Name für die Feldpflanze. Wäre der Vater nicht heimlich Salat stehlen gegangen, hätte Rapunzel einen offenen Rücken bekommen. Susi war wieder sehr gerührt von Karl-Dieters Anteilnahme gewesen und hatte beschlossen, ihren Mann zu fragen, ob sie Karl-Dieter nicht bitten könne, Taufpate zu sein. Es würde sicher keinen besseren Paten auf dieser Welt geben als ihn. Mit einem strahlenden Lächeln hatte sie ihn verabschiedet.

Karl-Dieter roch an dem alten Buch, das ihm die charmante Dame mit Hut beim Abschied im Calvinsaal noch mitgegeben hatte. Wie nett hatte er sich noch mit vielen der Anwesenden unterhalten, als der letzte vedische Gesang verklungen war. So viele kluge und gebildete Damen sah man sonst allenfalls im Theater. Eine von ihnen hatte ihm mit viel Schalk in den Augen einen Aufnahmeantrag für den Rückert-Kreis in die Hand gedrückt, und er hatte ihn spontan ausgefüllt. Und dann hatte die charmante Dame mit Hut ihn mit *Nal und Damajanti* überrascht. Wie wunderbar konnten doch alte Bücher riechen! Karl-Dieter schloss die Augen, drückte seine Nase dicht an den Einband und nahm noch mal einen tiefen Zug. Dann las er weiter.

Nal und Damajanti war wirklich eine unglaublich rührende Geschichte, bei der ihm ständig die Tränen kamen. Nal war ein indischer Fürstensohn, Damajanti die unendlich schöne Tochter des reichen Herrschers eines Nachbarreiches. Sie verliebten sich ineinander, ohne sich je zuvor gesehen zu haben, allein aufgrund der bewundernden Erzählungen ihrer Freunde und wegen einer sprechenden Gans, die den Liebesboten machte. Mit welchen Worten die Gans den schönen Jüngling beschrieb!

Damajanti! Im Nischadatal
Ist der Landesherr König Nal,
Ein Bild aus überirdischem Reich,
Seiner Gestalt sind nicht die Menschen gleich.
Er ist ein Liebesgedanke,
Getreten in Körperschranke.

Ein Liebesgedanke, getreten in Körperschranke! Konnte man es schöner ausdrücken, poetischer? Karl-Dieter war überzeugt, wäre die Gans zu ihm geflogen, er hätte sich gleichfalls in den schönen, fremden Jüngling verliebt. Wie hätte es Damajanti anders ergehen können?

Als Mütze nach Hause kam, war Karl-Dieter über der Lektüre auf dem Sofa eingeschlafen, *Nal und Damajanti* lag aufgeschlagen auf dem Teppichboden. Vom eingeschalteten Licht geweckt, erhob sich Karl-Dieter blinzelnd. Mütze schien schlecht drauf zu sein. Er ging zum Kühlschrank und nahm einen tiefen Schluck aus dem großen grünen Bierkrug, was eigentlich streng verboten war. Karl-Dieter legte Wert auf eine gewisse Etikette. Aus dem Krug zu trinken! Sie waren doch keine Prolls aus Castrop-Rauxel.

»Was ist los?«

»Frag nicht!«

Mütze lehnte an der geöffneten Kühlschranktür, fahl fiel das Licht auf sein übernächtigtes Gesicht. Zwischen Hamlet und dem Bücherpsychopathen stand es nun drei zu drei. Und es war zu befürchten, dass der Büchermörder Hamlet noch überholen würde, wenn Mütze nicht rasch was einfiel. Er sah schon die Schlagzeilen des nächsten Tages vor sich. Und natürlich würde er von Sweetheart zum Rapport bestellt werden. Sweetheart nannten sie heimlich ihre

Staatsanwältin, eine eiskalte Domina mit Engelsgesicht. Mütze gruselte es, wenn er daran dachte. Im schlimmsten Fall würde man ihm den Fall entziehen, eine Sonderkommission gründen und irgendeinen aufgeblasenen Kollegen aus der Landeshauptstadt mit den Ermittlungen betrauen, vielleicht sogar Batic und Leitmayr, die alten Angeber. Vielleicht würde sich sogar der Innenminister persönlich einschalten, er wohnte ja in Erlangen. Mütze nahm einen weiteren Schluck aus dem Krug.

»Es hat einen neuen Mord gegeben, stimmt's?«, sagte Karl-Dieter.

»Woher weißt du das?«

»Mickey hat wieder seine Riesenwelle gemacht!«

Fast hätte Mütze gelacht, aber jetzt war ihm nicht zum Lachen zumute, höchstens zu einem sehr, sehr bitteren. Woher hatte der Täter das mit der Maske gewusst? Woher wusste der Täter, dass er auf dem Weg zu Doktor Rudolf gewesen war? Niemandem hatte er das erzählt, nur Rudolf selbst. Und das mit der Maske hatte er dem Nestor der Rückert-Gesellschaft am Telefon auch nur gesagt, um ihn später nicht zu erschrecken. Aber warum sollte Doktor Rudolf das weitererzählt haben? Warum sollte er dem Mörder gesagt haben, bitte setzen Sie sich eine Maske auf, gerne zeige ich Ihnen die Rückert-Schätze des Stadtarchivs, und anschließend gönne ich Ihnen das Vergnügen, mich umzubringen?

Rudolfs alte Mutter hatte noch berichtet, ihr Sohn habe später am Abend noch ein zweites Telefonat geführt, mit wem, das könne sie nicht sagen. Dann habe es geklingelt und an der Tür geklopft. Der Mann habe sich als Kommissar Mütze ausgegeben, er trug ja auch die angekündigte Schutzmaske. Der Maskenmann habe ihren Sohn dringend darum gebeten, ihm das Archiv zu zeigen, man müsse

Vorsichtsmaßnahmen treffen, der Mörder sei wieder unterwegs. Dann seien sie losgezogen. Und kurz darauf habe es dann erneut geklingelt. Den Rest kenne der Kommissar ja.

Karl-Dieter nahm Mütze den Krug aus der Hand und holte das BVB-Glas aus dem Regal, dessen Logo durch tausend Spülmaschinengänge schon völlig verblichen war. Dann goss er das Glas randvoll.

»Ich begreife nicht, sie hat dich für den Mörder gehalten?«

»So ist es.«

Die Alte hatte hastig die Polizei angerufen, weil sie glauben musste, der Mann vor ihrer Wohnungstür sei der Mörder, und das Unglück hatte seinen Lauf genommen. Übereifrig waren die Schweinfurter Kollegen losgestürmt und hatten ihn im Treppenhaus überwältigt. Hoffentlich stand wenigstens davon nichts in der Zeitung! Der Täter wird sich totlachen! Mit einem simplen Trick hatte er sie aufs Glatteis geführt. Mütze merkte, wie ein gewaltiger Zorn in ihm wuchs. Über vieles konnte er sich aufregen, aber veräppelt zu werden war das Schlimmste.

»Ich hab dir doch immer gesagt, trage die Maske nur zuverlässig«, sagte Karl-Dieter mit besorgtem Vorwurf in der Stimme und stellte Mütze ein Schälchen Erdnüsse hin.

Mütze schüttelte den Kopf. Das hätte doch auch nichts geändert. Die Alte hätte auch beim Anblick eines zweiten Maskenmannes die Panik gekriegt. Woher nur wusste der Mörder das mit der Maske? Das Telefonat, das Rudolf mit einem Unbekannten noch geführt hatte, es war die einzige plausible Erklärung. Ob dieser Unbekannte der Täter war? Oder ein Helfershelfer? Jemand, der sich das Vertrauen Rudolfs erschlichen hatte, um die Information umgehend an den Mörder weiterzuleiten? Hoffentlich gelang es ihren Technikern herauszufinden, mit wem Dr. Rudolf telefoniert hatte.

»Wie ist Rudolf denn ums Leben gekommen?«, fragte Karl-Dieter und knabberte aufgeregt auf den Erdnüssen herum.

»Treppensturz«, sagte Mütze. »Er starb vermutlich an seinem aufgeplatzten Schädel.«

»Und ist wieder was weggekommen?«

»Anzunehmen.«

»Und was ist mit diesem Plettenbeck, habt ihr den schon erreichen können?«

»Geht nicht an sein Handy.«

»Olé, BVB, olé, olé ...«

Schimpfend begann Mickey in seinem Käfig hin und her zu flattern. Er mochte den Handygesang überhaupt nicht. Wahrscheinlich ist er in seiner tiefsten Seele ein heimlicher Bayernfan, hatte Mütze mal behauptet, oder schlimmer noch, ein Fan von Herne-West. Wie jeder überzeugte Dortmunder vermied es Mütze, den Namen des ewigen Revierkonkurrenten auszusprechen. Das Wort »Schalke« nahm man nicht in den Mund. Mütze stoppte den Gesang, indem er die Empfangstaste drückte. Big-Chip war in der Leitung, seine Stimme klang ungewohnt erregt.

»Sag das noch mal!«, entfuhr es Mütze.

»In Weigelshofen, jeder Zweifel ausgeschlossen. Und dort gibt es nur den *Pfister*, das ist der einzige Gasthof am Ort.«

»Wie hast du das rausgefunden, du Teufelskerl?«

»Das willst du nicht wissen.«

Zehn Minuten später hörte man ein Auto mit quietschenden Reifen vorfahren. Mütze verabschiedete sich rasch von Karl-Dieter, er solle nur schon schlafen gehen, es könne spät werden. Dann lief Mütze hinaus ins Dunkle.

Big-Chip fuhr einen Audi TT, so einen Sportwagen, der abging, wie ne Rakete. Im Nu waren sie auf dem Frankenschnellweg und düsten in die Nacht. Natürlich wusste Mütze, wie Big-Chip den Aufenthaltsort von Plettenbeck ausfindig gemacht hatte. Big-Chip hatte Plettenbecks Handystandort ermittelt. So ein Ding war für Big-Chip mit seinem Computerinstinkt eine Kleinigkeit. Das Problem nur war: Dafür hätten sie sich über Sweetheart eine Genehmigung besorgen müssen. Es war nicht erlaubt, das Handy eines unbescholtenen Bürgers zu orten, außer dieser war entführt worden oder eines Verbrechens dringend verdächtig. Nichts von dem aber traf auf Plettenbeck zu. Jedenfalls nicht aus Sicht der Staatsanwaltschaft. Plettenbeck galt allenfalls als möglicher Zeuge, und Zeugen zu orten, indem man ihre Handynummer missbrauchte, war datenschutzrechtlich nicht statthaft.

»Da musste ich den Dienstweg halt ein bisschen umgehen«, grinste Big-Chip.

»Eben«, grinste Mütze zurück, »warum geht der Knabe auch nicht ans Telefon?«

Plettenbeck war ihre einzige Hoffnung. Wen konnten sie auch sonst schon aus dem Ärmel zaubern? Drei Tote in drei Tagen, drei Mordfälle, die so eindeutig zusammenhingen wie drei Münchner Weißwürste im Kessel. Und sie gründelten weiter wie zwei blinde Karpfen durch den Schlamm. Wenn jemand verdächtig war, dann Plettenbeck, und das gleich aus mehreren Gründen.

Erstens: Plettenbeck war ein Büchernarr. Zweitens: Plettenbeck hatte mit Frau Apeldoorn kurz vor ihrem Tod geflirtet. Drittens und viertens: Plettenbeck war ungebunden, hatte alle Zeit der Welt. Fünftens: Plettenbeck ging nicht ans Handy. Und – sechstens – nun wussten sie auch noch, dass er ganz in der Nähe aller Tatorte in einem einsamen Gasthof wohnte. Sechs Indizien für eine Täterschaft. Wenn das nicht reichte!

Big-Chip kannte den Weg nach Weigelshofen bestens. Beim *Pfister* war er schon oft zu Gast gewesen. Der *Pfister* war einer der vielen Brauereigasthöfe, mit denen die Fränkische Schweiz zum Glück noch reich gesegnet war. Und was für einer! Aus dem Hahn des *Pfisters* sprudelte nicht nur ein ausgezeichneter Gerstensaft, er war noch dazu völlig ökologisch. Lange bevor andere auf den Bio-Zug gesprungen waren, hatte der *Pfister* schon sein Bier nur mit unbelasteten Zutaten gebraut, ein echter Öko-Pionier. An schönen Sommerwochenenden konnte man das Bier auf einem Keller hoch über dem Ort verkosten, auf dem *Schwarzen Keller*, einer traumhaften Oase mit einmaligem Rundblick. Hügelkette staffelte sich an Hügelkette, weit hinaus bis zum blauen Horizont. Nirgendwo weit und breit gebe es einen solchen Sonnenuntergang, meinte Big-Chip. Das Kellerbier schmecke aber auch in der netten Gaststube unten im Ort, wo man zudem vorzüglich speisen könne.

»Du musst mal das Karpfenfilet in Bierteig probieren, a Draam, sag ich dir!«

Nördlich von Forchheim sauste Big-Chip von der Autobahn. Nun ging es eine Weile an nächtlichen Feldern vorbei, auf denen Blumen auf Selbstpflücker warteten, dann an neuen Hallen eines Logistikunternehmens. Auf der Höhe einer alten Schleuse des Ludwigskanals bog der Flitzer rechts ab und fuhr über eine neu errichtete Eisenbahnbrücke. Ein letzter ICE rauschte eilig darunter durch, musste wohl noch München erreichen. Sie passierten den Ortsrand von Eggolsheim, zirkelten durch einen Kreisverkehr, den sie bei zwölf Uhr wieder verließen, schrammten an ein paar letzten Häusern vorbei, dann wurde es duster. Eine kurvige Landstraße ohne Straßenbeleuchtung führte durch ein weites Tal. Wenige Minuten später rollten sie in Weigelshofen ein.

Der *Pfister* befand sich direkt in der Ortsmitte. In der Gaststube war es schon dunkel, nur aus der Küche drang noch etwas Licht. Die beiden Kommissare stiegen aus, und Mütze klopfte vorsichtig an die Scheibe. Eine dunkelhaarige, noch recht junge Frau mit umgebundener Schürze machte ihnen auf. Sie erschrak ein wenig, als sie die Polizeiausweise sah, und ließ die Männer ein.

»Herr Plettenbeck? Ja freilich, Herr Plettenbeck ist Gast bei uns. Zimmer Nummer acht im Hinterhaus. Soll ich ihn holen?«

»Danke. Wir gehen lieber selbst.«

Sie ließen sich von der Wirtin noch den Weg durch den Hof zeigen, dann betraten sie den Anbau. Das Zimmer Nummer acht befand sich rechter Hand im Erdgeschoss. Im Haus war alles still. Kein Mensch war zu sehen. Nur eine schwarze Katze huschte geräuschlos die Treppe hinunter und verschwand in der Dunkelheit. Leise gingen die Männer bis zu der Tür des Zimmers, in dem Plettenbeck wohnte. Unter der schmiedeeisernen Acht war ein kleines Guckloch angebracht, ungewöhnlich für ein Hotelzimmer. Der schwache Lichtschein hinter dem kleinen Guckloch verriet, dass Plettenberg da sein musste.

Mütze nickte Big-Chip zu. Es war das erste Mal, dass sie gemeinsam einen Mordverdächtigen aufspürten, aber Mütze hatte ein gutes Gefühl. Er wusste, auf Big-Chip konnte er sich verlassen. Hundertprozentig. Wie auf jeden echten Franken. Sie machten keine großen Worte, aber wenn's drauf ankam, konnte man auf sie zählen. Mütze griff an seinen Gürtel. Seine Knarre steckte dort, wo sie hingehörte. Dann klopfte Mütze an die Zimmertür.

»Herr Plettenbeck?«

Angespannt lauschten die Kommissare. Da! Da war doch was! Ein Geräusch wie von hastigen Schritten. Und hatte sich nicht für einen Moment der Lichtschein, der aus dem Guckloch kam, verdunkelt? Mütze klopfte erneut, fester als das erste Mal.

»Herr Plettenbeck? Öffnen Sie bitte!«

Wieder lauschten sie an der Tür. Ein leises Quietschen war zu hören, dazu ein Geräusch, wie wenn jemand eine Schranktür aufreißt und gegen die Wand schlagen lässt. Mütze donnerte nun gegen die Tür.

»Herr Plettenbeck! Aufmachen! Polizei!«

Wieder tat sich nichts. Wollte dieser Plettenbeck sie für dumm verkaufen? Hatte er sich im Kleiderschrank versteckt und machte sich nun in die Hose? Mütze nickte Big-Chip zu, Big-Chip hatte verstanden. Beide griffen sie nach ihren Dienstwaffen. Dann drückte Mütze schwungvoll die Klinke hinunter. Vergebens, die Tür war verschlossen. Warum machte der Kerl nicht auf? Dafür konnte es nur eine Erklärung geben. Mütze nahm Anlauf und trat dann entschlossen zu, genau auf Höhe des Schlosses. Mit einem Knall sprang die Zimmertür auf, und Mütze und Big-Chip stürmten ins Zimmer.

Das Fenster stand sperrangelweit auf, die Gardinen wehten im Nachtwind. Plettenbeck war verschwunden. Rasch sahen sich die beiden Kommissare an. Kurz entschlossen sprangen sie hinterher und purzelten einen Moment später über den weichen Rasen.

Kaum hatten sie sich wieder aufgerappelt, sahen sie sich fieberhaft um. Weit konnte Plettenbeck nicht sein. Sie standen auf einer weiten Wiese, kleine funzelige Solarlichter flackerten bläulich und säumten das Grundstück, auf dem sich eine einsame Schaukel und eine Rutsche langweilten. Hinter der Rasenfläche schien es zu den Feldern zu gehen, ein Maschendrahtzaun trennte das Hotelgelände von der umgebenden Prärie. Wo aber war Plettenbeck? Der Zaun war so hoch, dass er kaum darübergesprungen sein konnte.

»Er ist ums Haus herum, zurück in den Hof«, rief Mütze und sprintete los.

Sie sahen gerade noch die Rücklichter des Wagens, der in hohem Tempo auf die Straße schoss und dort scharf nach rechts abbog. Wie auf ein Kommando spurteten die beiden Kommissare hinterher. Wenige Augenblicke später saßen auch sie im Auto und hängten sich an seine Fersen.

»Warte nur, du Früchtchen«, knurrte Big-Chip und gab dem Audi Gummi, »dich haben wir gleich!«

Mütze schoss für einen Augenblick der Gedanke durch den Kopf, mit dem Handy Verstärkung anzufordern, kam aber sofort wieder davon ab. Hier draußen? In diesen einsamen Gegenden? Bis die Kollegen vor Ort waren, würde die Sonne bereits aufgehen. Nein, sie würden sich den Kerl alleine schnappen müssen, und sie würden ihn sich schnappen! Auf Big-Chip und seinen Audi war Verlass. Gut, dass sie nicht den Manta genommen hatten. So schnittig der Wagen auch aussah, er versprach mehr, als der Motor hielt.

Man konnte die Spusi nicht hoch genug preisen, dass sie im Abfalleimer vor dem Haus von Frau Apeldoorn den Fahrschein nach Würzburg gefunden hatte. Mütze war ihnen zutiefst dankbar. Wenn Plettenbeck im Kittchen saß, würde er die Männer zu einem Bierchen einladen. Warum nicht nach Weigelshofen? Ohne die Fahrkarte wären sie nicht auf das

Klassentreffen gekommen, ohne das Klassentreffen nicht auf Gerngroß, ohne Gerngroß nicht auf Plettenbeck. Schöne, saubere Ermittlungsarbeit, fast wie im Lehrbuch! Das Einzige, was noch fehlte, war das Motiv. Viel hatten sie von Plettenbecks Hotelzimmer nicht erkennen können, dafür war alles zu schnell gegangen. Was Mütze aber aus den Augenwinkeln aufgefallen war: Überall hatte Papier herumgelegen, in wildem Durcheinander, lose Zettel vor allem, die gesammelte Beute vermutlich. Warum in aller Welt hatte es Plettenbeck jedoch gerade auf diesen Rückert abgesehen? War der Bibliothekar tatsächlich ein Fetischist, so wie dieser Paul, der Herrenschuhschnüffler? Aber Paul hatte keinen umgelegt, um an seine Schuhe zu kommen. Plettenbecks Weg hingegen war mit Leichen gepflastert, Plettenbeck war ein eiskalter Mörder.

Ob Plettenbeck bewaffnet war? Ob er eine Knarre hatte? Bislang hatte er ausschließlich auf handwerklich-rustikale Weise gemordet, mal mit den eigenen Händen, mal mit einer zufällig sich anbietenden Gartenschaufel. Aber das durfte sie nicht in falscher Sicherheit wiegen. Es konnte gut sein, dass Plettenbeck aufgerüstet hatte. Vorsicht war die Mutter der Porzellankiste! Ein flüchtender, in die Enge getriebener Täter war wie ein waidwundes Tier. Er wusste, dass er nichts mehr zu verlieren hatte, konnte mit voller Brutalität zuschlagen. Lebenslänglich war lebenslänglich! Auf zwei kleine Bullen kam es da nicht weiter an.

»Er will hoch zur Burg Feuerstein«, knurrte Big-Chip.

Die Burg Feuerstein sah aus wie ein Relikt aus dem schönsten fränkischen Mittelalter, war aber eine Naziburg, in deren dicken Mauern getarnt einst elektrische Waffenbauteile für den Endsieg zusammengebastelt worden waren. Clevere Tarnung. Über die Fränkische Schweiz verteilt lagen unzählige Burgen und Ruinen, da wird ein Burgimitat nicht weiter aufgefallen sein. Die Burg lag auf einem steilen Berg, den Plettenbeck nun hinaufdüste. Er hatte einen Vorsprung von einigen Hundert Metern, der Abstand aber verringerte sich kontinuierlich. Big-Chip schien es direkt Spaß zu machen, dass er vorführen konnte, wie viele Pferdchen in seinem Audi steckten. Rasant ging es die engen Serpentinen hinauf, vor jeder Steilkurve verloren sie kurz den Sichtkontakt zu dem Flüchtenden, pünktlich zum Kurvenausgang aber leuchteten die zunehmend verzweifelteren Rücklichter wieder auf. So erreichten sie die Kuppe des Berges, auf der sich die Burg Feuerstein erhob. Trotz der Dunkelheit war sie zu erkennen, ein mächtiges, rustikales Gemäuer, das sich schwarz gegen den dunklen Himmel abhob.

Sie hatten zum Wagen von Plettenbeck aufgeschlossen. Big-Chip nutzte eine lange Gefällestrecke, um mit einem Satz an ihm vorbeizuziehen. Mit rasantem Schwung setzte er sich vor Plettenbeck, und nun folgte, was folgen musste: Big-Chip versuchte, den Mörder auszubremsen. Man hörte Reifen quietschen, von welchem Auto auch immer, Lichtkegel schwirrten hin und her, ließen eine Kuhweide aufleuchten, dann brach Plettenbecks Auto aus, zersplitterte einen Zaun, schoss über einen Graben und drehte sich dreimal um die eigene Achse, bevor es mitten auf der Weide zu stehen kam. Big-Chip legte auf der Straße eine saubere Vollbremsung hin. Mit gezückten Pistolen sprangen beide Kommissare aus dem Auto und über den Zaun.

»Rauskommen und Hände hoch!«

»Tun Sie mir nichts«, rief der Mann, der aus dem Auto gestolpert kam.

Sein Honigkuchengesicht bibberte vor Schrecken, ängstlich reckte er die Arme in die Höhe. »Ich habe nichts, was Sie brauchen könnten!«

»Noch mal von vorne«, sagte Mütze, während die übermüdete Wirtin drei weitere Seidla Kellerbier an ihren Tisch brachte.

»Mehr weiß ich den Herren nicht zu sagen«, sagte Plettenbeck mit heiserer Stimme.

Er wirkte erschöpft, zugleich aber unendlich erleichtert.

»Sie können sich ja gar nicht vorstellen, wie ich erschrocken bin, als ich Sie vor meiner Zimmertür habe stehen sehen. Ich dachte doch, ich meine, ich musste doch denken, dass Sie …«

»Dass ich was?«

»Na, dass Sie das sind, der Mörder!«

»Wie sind Sie denn auf den Blödsinn gekommen?«

»Na, wegen der Maske. Weil ich doch gerade Radio gehört hatte, den Oberfrankenfunk, da haben sie den Mord gemeldet, den in Schweinfurt, und haben gesagt, gesucht würde nach einem Mann mit einer schwarzen Maske und dass man aufpassen solle, der Mann sei gefährlich.«

Still verfluchte Mütze die dämliche Gesichtsprothese. Nichts als Scherereien hatte ihm die Maske bislang eingebracht. Zugleich verfluchte er die Leute von der polizeilichen Pressestelle. Was sollte der Unfug, nach einem Mann mit Maske suchen zu lassen? Als wäre der Mörder, der die unglaubliche Frechheit besessen hatte, sich als sein Doppelgänger auszugeben, so blöd gewesen, nach der Tat weiter mit der Maske herumzulaufen. So hatte Plettenbeck allen Ernstes geglaubt, der Mörder stehe vor seiner Tür und wetze sein Messer für das nächste Opfer. Deshalb war er in Panik getürmt. Hatte geglaubt, er wäre der Nächste. Was für ein idiotischer Irrtum! Nicht auszudenken, wenn die Verfolgungsjagd an einer Mauer geendet hätte. Die Schlagzeile konnte er sich lebhaft vorstellen: »Vierter Toter im Fall Rückert – Erlanger Polizei hetzt Unschuldigen zu Tode«

oder, schlimmer noch: »Masken-Mützes neues Opfer«. Mit einem Bild von ihm daneben.

Das hätte noch gefehlt, das wäre ihr letzter Vorhang gewesen. Ende Gelände. Man hätte die Reißleine gezogen und ihn und Big-Chip in den Innendienst versetzt, Briefe stempeln, Nase popeln. Schluss, aus, Amen. Und er hätte noch nicht mal ernsthaft dagegen protestieren können. Und alles wegen der blöden Maske! Wenn er nicht ohne das Ding noch schlimmer ausgesehen hätte, er hätte sie auf der Stelle entsorgt. Endgültig.

Als sie zusammen zum *Pfister* zurückgekehrt waren, hatte Plettenbeck ihnen bereitwillig sein Zimmer gezeigt. Das viele Papier und die Aufzeichnungen hatten die Kommissare zunächst wieder misstrauisch gestimmt. Hatte Plettenbeck doch etwas mit den Morden zu tun? Aber Plettenbeck konnte für alles eine plausible Erklärung liefern. Alles hinge mit seinem wissenschaftlichen Projekt zusammen. Im *Pfister* habe er sich einquartiert, weil Weigelshofen so praktisch liege. Von hier aus könne er alle Gemeinden der Fränkischen Schweiz bequem erreichen. Seine Forschungsarbeit beschäftige sich nämlich mit dem Leseverhalten der Menschen in dieser umgrenzten Region. Hierzu suche er all die kleinen Gemeindebibliotheken auf und mache sich Listen, welche Bücher wie oft und wie lange ausgeliehen wurden, wie alt die Nutzer waren und von welchem Geschlecht. Stolz hatte Plettenbeck daraufhin eine lange Papierrolle ausgerollt, auf der fein säuberlich Hunderte von Buchtiteln verzeichnet waren, alle mit Strichlisten versehen. Big-Chip und Mütze hatten sich dennoch genau umgeschaut, jedoch nicht die geringste Spur irgendeiner Rückert-Handschrift entdecken können. Nicht den kleinsten Schnipsel.

»Und warum sind Sie nicht an Ihr Handy gegangen, Herr Plettenbeck?«

»An mein Handy? Ja wissen Sie nicht, dass man sein Handy in Büchereien auf stumm schalten muss? Das stört doch sonst die Leser.«

Na klar! Das störte doch die Leser! Mütze hatte seit gefühlten hundertfünfzig Jahren keinen Schritt mehr in eine Bücherei gesetzt, wie sollte er das wissen? Auch zu Frau Apeldoorn hatten sie Plettenbeck natürlich vernommen. Er wirkte genauso überrascht und bestürzt wie zuvor schon sein Kollege Gerngroß von der Bamberger Staatsbibliothek, schien es gar nicht fassen zu können, dass sie tot sein sollte. Durch seine Arbeit hier draußen sei er vom Rest der Welt ziemlich isoliert, Zeitungen lese er im Augenblick keine, er sei bis über beide Ohren mit seinem Projekt beschäftigt, es sei eine echte Knochenarbeit. Jede Gemeindebibliothek habe ihr eigenes Verleihsystem, bis man sich da eingearbeitet hätte. Dazu dieses beschämende Ergebnis! Deutschland sei doch eine Kulturnation! Bei diesen Worten hatte Plettenbeck auf einen Buchtitel gedeutet, bei dem seine Strichliste gar nicht mehr aufzuhören schien: »*Fifty Shades of Grey*! Selbst die Gemeindebibliothek von Obertrubach hat sich zehn Exemplare angeschafft, um dem Andrang Herr zu werden. Als gäbe es nichts anderes!«

Mütze schüttelte den Kopf. Solche Sorgen wenn er hätte! Nochmals fragte er wegen Frau Apeldoorn nach, ob sie nicht etwas Privates erzählt habe, beim Klassentreffen in Würzburg, etwas von einer neuen Bekanntschaft vielleicht, einem anstehenden Treffen oder dergleichen. Plettenbeck wusste nichts zu berichten. Ja, zugegeben, er habe sich ganz nett mit Frau Apeldoorn unterhalten, aber doch nur über die guten alten Zeiten während der gemeinsamen Ausbildung. Dass die Preußischen Instruktionen nicht mehr gelten, hätten sie beide als überaus großen Verlust empfunden.

Ständig diese Neuerungen, dieses EDV-Getue. Aber man habe auch viel zu lachen gehabt. Beim Weinabend bei der Winzergenossenschaft sei man gemeinsam alle alten Münchner Staatsbibliothekare durchgegangen und hätte sich über deren Schrullen köstlich amüsiert. Was man sich halt so alles erzählt, wenn man zu einem Klassentreffen zusammenkommt. Nein, auch von Rückert-Handschriften habe Frau Apeldoorn nichts erzählt, ganz sicher nicht. Weder von Rückert-Handschriften noch von Rückert-Gedichten noch von irgendetwas anderem, was aus der Feder Friedrich Rückerts stamme.

»Haben denn die Morde was mit Friedrich Rückert zu tun?«, fragte Plettenbeck neugierig.

Als Mütze nach Hause kam, war es schon spät. So leise wie möglich ging der Kommissar die Treppe zu ihrer Wohnung hinauf. Karl-Dieter würde sicher schon im Bett liegen, er wollte den Freund nicht stören. Behutsam steckte Mütze den Schlüssel ins Schloss der Wohnungstür und sperrte auf. Als er die Tür öffnete, drangen ungewohnte Geräusche an sein Ohr. Was war das? Ein leises Wispern war zu hören, kurz darauf ein abgrundtiefes Stöhnen. Die Geräusche schienen aus dem Wohnzimmer zu kommen. Oder täuschte er sich? Durch die Milchglasscheibe der Wohnzimmertür drang der Schein eines kleinen Lichtes, ein warmes Flackern, vielleicht eine Kerze. War Karl-Dieter noch wach? Stammten die Geräusche von ihm? Oder etwa vom Fernseher? Wieder erklang das seltsame Stöhnen, das bald darauf durch ein schnelles, rhythmisches, fast hektisches Atmen abgelöst wurde. Mütze blieb irritiert stehen. Sah sich Karl-Dieter etwa einen Porno an? Unmöglich, nicht Karl-Dieter! Karl-Dieter war ein Homme de culture. Erneut stöhnte es, lauter noch als zuvor. Lust oder Pein? So meilenweit diese Gefühle auch auseinanderlagen, so ähnlich hörten sie sich an, waren kaum zu unterscheiden. Karl-Dieter! Was ist mit dir? Bist du in Not? Und bist du allein? Oder hatte sich jemand heimlich in ihre Wohnung geschlichen? Äußerst vorsichtig, Schritt für Schritt, tastete sich Mütze näher ans Wohnzimmer heran und griff dabei unwillkürlich nach seiner Waffe. Was für ein Tag! Erst die bescheuerte Verfolgungsjagd in der Prärie, und nun das hier. Durch die Milchglasscheibe ließ sich nichts erkennen, auch nicht durch das Schlüsselloch. Immer klarer aber wurde Mütze eins: Die Geräusche stammten nicht allein von einer Person, da war noch eine zweite Person in ihrem Wohnzimmer!

Mütze zauderte nicht länger. Die rechte Hand fest am Griff seiner Knarre, stieß Mütze die Wohnungstür mit der Linken auf. Ungläubig starrte er ins Zimmer. Was für ein Anblick! Mitten auf dem Teppich lag der Länge nach ausgestreckt Karl-Dieter – und direkt daneben, Karl-Dieter fast berührend, Susi, ihre Nachbarin, den kugelrunden Bauch zur Deckenlampe gestreckt! Erschrocken starrten die beiden Mütze an.

»Mensch, Mütze, was soll denn das!«, rief Karl-Dieter, als die erste Schrecksekunde vorbei war.

»Was soll denn das?«, äffte ihn Mütze nach. »Was soll denn *das*?«

»Mensch, Mütze, du kommst vollkommen ungelegen, wir sind mitten in den Presswehen!«

Susi verabschiedete sich überstürzt, obwohl Karl-Dieter sie noch zum Bleiben überreden wollte. Ihr Mann war auf Montage. Ganz allein in dem neuen Haus, hatte sie plötzlich große Angst vor der bevorstehenden Geburt bekommen und sich nicht anders zu helfen gewusst, als nach nebenan zu Karl-Dieter zu gehen. Karl-Dieter hatte sie sogleich herzlich zu sich eingeladen, hatte ihr einen heißen Tee gekocht und sie mit seiner sanften, warmherzigen Art zu beruhigen gewusst.

»Und dann sind wir zusammen noch mal die Atemübungen durchgegangen«, sagte Karl-Dieter, »die einfachsten Dinge aus der Geburtsvorbereitung.«

Die Geburtsvorbereitung! Alles klar! Mütze schüttelte den Kopf. Dazu fiel ihm nichts mehr ein. Es gab Tage, an denen musste man sich Gedanken machen, ob es nicht an der Zeit war, im Telefonbuch nach einem Psychiater zu blättern. Und zwar nach einem für die harten Fälle. Trotz allem rutschte Mütze noch ein mildes Grinsen übers Gesicht.

»Na, dann gute Nacht, du alter Geburtshelfer!«

»Gute Nacht, Mütze.«

Karl-Dieter konnte nicht einschlafen. Unruhig wälzte er sich hin und her. Auch in ihrer neuen Wohnung in Kosbach schlief er auf der gewohnten rechten Bettseite. Mütze hatte beim Umzug gemeint, ob es nicht besser wäre, ihr altes französisches Bett auf den Sperrmüll zu werfen und sich ein bequemes, großes Doppelbett zu besorgen, Typ Kingsize. Entsetzt hatte Karl-Dieter protestiert. Ihr französisches Bett entsorgen? Das Bett, das sie sich damals zu Beginn ihrer Partnerschaft gemeinsam bei IKEA in Unna gekauft hatten? Mit dem sie so viele Erinnerungen verbanden? Auf den Sperrmüll? Niemals! Was machte denn die kleine Kuhle in der Mitte schon? Eine neue Matratze könne man sich ja bei Gelegenheit mal besorgen, aber das ganze Bett wegzuschmeißen, das kam nicht in die Tüte. Mütze hatte schließlich nachgegeben. Er hatte nicht den Mut besessen,

Karl-Dieter darauf hinzuweisen, dass dieser nicht mehr so schlank war wie vor fünfzehn Jahren und dass es langsam eng wurde. Was sein Gewicht betraf, konnte Karl-Dieter furchtbar empfindlich sein.

Es war nicht wegen Susi, weshalb er sich Sorgen machte. Susi würde das alles schon gut hinkriegen, da war sich Karl-Dieter sicher, das war doch nur die übliche Nervosität einer Erstgebärenden. Nein, nicht um Susi machte er sich Sorgen, Sorgen machte er sich um Mütze. Lange nur Diebstähle von verrosteten Drahteseln, und jetzt gleich drei Morde auf einmal. Der Erfolgsdruck war enorm, die Öffentlichkeit verlangte Aufklärung. Nun endlich die ersehnte erste heiße Spur, und dann so ein Desaster! Mütze hatte ihm beim Zähneputzen noch in knappen Worten von der nächtlichen Verfolgungsjagd erzählt, und Karl-Dieter hatte einen Mordsschrecken bekommen. Solch ein gefährlicher Einsatz, und alles für die Katz!

Karl-Dieter wusste, in was für einer Lage Mütze war. Er tat ihm furchtbar leid, wie gerne hätte er dem Freund geholfen. Aber er wusste, dass Mütze nichts mehr hasste, als wenn er sich in die Ermittlungen einmischte. Dabei hatte Karl-Dieter ihm schon mindestens zweimal bei der Aufklärung schwieriger Fälle geholfen. Zuletzt auf Spiekeroog, wo Mütze den Tod der Meerjungfrau aufzuklären hatte. Hätte Karl-Dieter nicht zusammen mit dem ABC-Geschwader eine Falle ausgetüftelt, wer weiß, ob der Täter nicht noch frei herumliefe? Ach ja, das ABC-Geschwader. Das hatte er Mütze noch gar nicht verraten. Die drei alten Damen aus Bottrop wollten nach Berchtesgaden auf Kur und sie vorher noch besuchen. Nur eine Stippvisite, hatten sie lachend gesagt. Nun, bis dahin waren ja noch zwei Wochen Zeit, er würde es Mütze zu einem geeigneteren Zeitpunkt schonend mitteilen. Vielleicht gelang es ihm ja, Mütze bei der Mördersuche zu helfen, ohne dass er davon etwas mitbekam.

***

Ein unangenehmes Geräusch. Dieses scheußliche Knacksen, wenn das Genick bricht. Man kann sich das nicht vorstellen, man muss es erlebt haben. Wenn er eines hasste, dann solche Ohrpeiniger. Schlimmer nur war es, wenn jemand in einer bestimmten Weise über Styropor rieb. Oder wenn Kreide an der Tafel quietschte. Einfach schrecklich. Verglichen damit ist das satte Schmatzen der Schaufel richtig angenehm gewesen, als sie in den Hals des lästigen Gärtners eindrang. Geräusche können ja so unterschiedlich sein. Der nächtliche Leser musste sich kurz schütteln.

Der Tod des Archivars war nicht Teil seines Plans gewesen. Ihm ging es doch nicht darum, Menschen das Licht auszupusten, ihm ging es doch um ganz was anderes. Schon der Tod von Frau Apeldoorn ist gewissermaßen ein Unfall gewesen. Warum war ihm die Alte auch kreischend hinterhergerannt, als er sich die gesuchten Bände geschnappt hatte? Müssen manche Frauen immer gleich so ein Drama machen? Nur weil sie nicht bekamen, was sie sich erhofft hatten? Selbst schuld!

Auch die Sache mit dem Gärtner ist doch nur ein unbeabsichtigtes Malheur gewesen, ebenfalls nichts anderes als ein Unfall. Von einem Unfall konnte man auch bei der letzten Aktion sprechen. Wer konnte denn ahnen, dass sich der Archivar bei so einem kleinen Treppensturz gleich das Genick brechen würde? Ein kleiner Beinbruch hätte doch völlig gereicht, ihm einen kleinen Vorsprung zu verschaffen. Die Maske garantierte ihm ja, dass man kein Phantombild anfertigen lassen konnte. Auf die Idee mit der Maske war er besonders stolz. Das sollte ihm mal jemand nachmachen!

Nun aber war er wieder froh, seine Ruhe zu haben, nicht gestört zu werden bei der Arbeit. Die Leselampe glühte wieder vor Hitze. Der Stapel mit den bereits durchstudierten Blättern wuchs, aber größer noch war der andere Stapel, der ungelesene. Das Material, das er diesmal erbeutet hatte, war gewaltig. Aber nun hatte er ein gutes Gefühl, ein sehr gutes sogar, diesmal war er sicher, zu finden, wonach er suchte. Auf manche indische Arbeit war er schon gestoßen. Was für ein Triumph, wenn er endlich das entscheidende Manuskript in Händen halten würde, die entscheidende Spur! Dann hatte er sein Glück gemacht, dann war sie vorbei, die Armseligkeit des Lebens. Dann würde eine neue Zeit beginnen.

Doch noch hatten die Götter den Schweiß vor den Erfolg gesetzt. Wie schnell war er mit den Zetteln aus dem Zettelkasten fertig geworden! Diese Sammlung aber hier war etwas anderes. Eng beschriebenes Papier, oft mühselig zu entziffern. Harte Arbeit war hier zu leisten und jeder andere hätte wohl längst ein Pause eingelegt. Er aber dachte gar nicht daran, auch wenn seine Augen schon tränten. Weiter, immer weiter! Blatt für Blatt studierte er mit nicht nachlassender Aufmerksamkeit. Nicht auszudenken, wenn er den entscheidenden Hinweis übersah!

***

Donnerstag

Mütze war froh, als er mit Big-Chip endlich allein im Büro war. Es war gekommen wie befürchtet. Und noch viel schlimmer. Die Sache wurde jetzt groß aufgezogen, ganz groß. Selbst der bayerische Ministerpräsident hatte sich öffentlich zu Wort gemeldet, seine tiefe Bestürzung zum Ausdruck gebracht, sein Mitgefühl mit den Angehörigen. Und er hatte zugleich den Ermittlungsbehörden sein vollstes Vertrauen ausgesprochen. Die schlimmste aller Drohungen! Vom »Schrank«, wie sie ihn nannten, das Vertrauen ausgesprochen zu bekommen, bedeutete, dass der Strick für den Galgen schon geknüpft wurde. Kein schneller Ermittlungserfolg, eine weitere Leiche gar, und Mütze würde sich über unbegrenzten Sonderurlaub freuen dürfen. Oder künftig in den tiefsten Tiefen des Bayerischen Waldes Wilderer jagen. Auch wenn er mit Hochdruck arbeitete und ihm kein Fehler nachzuweisen war, das Einzige, was zählte, waren Erfolge.

Was konnte denn leichter sein, als einen Psychopathen zu fangen? So dachten die Leute. Dabei waren Psychopathen keinesfalls blöd. Im Gegenteil, es gab ganz ausgekochte Typen darunter. Und der Kerl hier war einer der ausgekochtesten. Er besaß eine messerscharfe Intelligenz, hatte Nerven wie Drahtseile und schien keinerlei Hemmschwelle zu kennen. Systematisch beseitigte er jeden noch so unschuldigen Zeugen. Nur die alte Frau Rudolf hatte er leben lassen. Aber was hatte sie schon zur Aufklärung beitragen können?

Big-Chip berichtete von seinen Recherchen. Seine nüchterne, unaufgeregte Art war Balsam für Mützes angegriffene Nerven. Zunächst zeigte ihm Big-Chip den Lokalteil der *Erlanger Nachrichten*. Wie versprochen hatten sie ein Foto von Frau Apeldoorn gebracht, verbunden mit der Bitte an eventuelle Zeugen, sich zu melden. Dann berichtete Big-Chip, die Liste mit den kürzlich freigelassenen forensischen Patienten abgearbeitet zu haben. Kompletter Schuss in den Ofen. Alle hatten sie ein Alibi. Außerdem habe er sich noch mit aufsehenerregenden Bücherdiebstählen befasst. Ein Siebenundzwanzigjähriger habe im großen Stil hochwertige Bücher aus Bibliotheken in Bayern und Baden-Württemberg gestohlen und verkauft. Auf die Schliche seien ihm Kollegen aus Ansbach gekommen, als dreißig Exemplare aus der dortigen Bibliothek verschwanden. Über das Internet sei es gelungen, einige Bücher wiederzubeschaffen. Insgesamt habe er Bücher im Wert von rund zwanzigtausend Euro erbeutet. Das sei aber nichts gegenüber dem Schaden, den ein Darmstädter Bücherdieb angerichtet habe. Der brachte es auf über vierundzwanzigtausend Bücher, meist naturwissenschaftliche Werke, historische Schriften aus dem achtzehnten Jahrhundert, aber auch ein äußerst wertvolles lateinisches Buch aus dem Mittelalter. Seinen ganzen Keller habe er mit gestohlenen Büchern zugemüllt. Geschnappt wurde er von einem aufmerksamen Bibliothekar im nordhessischen Arolsen, wo er sich in der Fürstlich Waldeckschen Hofbibliothek bediente. Der Mann habe sich als promovierter Geologe entpuppt, als Mitarbeiter des hessischen Wissenschaftsministeriums und braver Familienvater. Um finanzielle Interessen sei es ihm nicht gegangen, er habe die Bücher daheim gehortet, ein Büchernarr. Beide Bücherdiebe aber hätten das beste aller Alibis: Sie säßen noch im Knast.

»Unser Mann gehört eindeutig zu der Sorte des Wissenschaftlers«, sagte Mütze.

»Ohne Zweifel. Weißt du, welche Bücher der Geologe geklaut hat? Ausschließlich geologische Fachliteratur!«

So einen Mann suchten sie. Jemanden mit einem ganz bestimmten, sehr eingeschränkten Interesse, jemanden, der nur ausgewählte Bücher stahl, nicht einmal die wertvollsten. Im Gegenteil, jemanden, der kostbarste handgefertigte Klosterbibeln mit den künstlerischsten Illustrationen achtlos stehen ließ, jemanden, der nur an Rückert einen Narren gefressen hatte, den ausschließlich Rückert-Sachen interessierten, Handschriften vor allem, unveröffentlichte Originaltexte. Jemanden, der nicht stahl und mordete, um mit den Büchern Geld zu machen, sondern der die Sachen daheim hortete, so wie dieser Mann aus Darmstadt. Genau wie der Geologe führte auch ihr Täter ein Doppelleben, war gut situiert, Familienvater vielleicht, ging einem angesehenen Beruf nach. Und heimlich seiner unheimlichen Leidenschaft. Ein Psychopath der intelligenten Sorte. Wie aber konnte man ihm auf die Schliche kommen?

In der Konferenz hatten sie sich nun doch dazu durchgerungen, alle Bibliotheken, in denen sich Teile des Rückert-Nachlasses befinden, unter besonderen Schutz zu stellen. Bayern war abgegrast, aber in Münster und Berlin befand sich noch etliches. Friedrich Rückert muss ein höchst eifriger Mann gewesen sein, sein Werk war kaum zu überblicken. Wer zum Teufel aber war der Mensch, der für Rückerts Schriften über Leichen ging? Mütze kratzte sich am Kopf. Im Grunde sollte das nicht so schwer herauszufinden sein. Wenn Geologiebücher von einem Geologen gestohlen wurden, wer stahl dann Rückert-Bücher? Das war doch ein einfacher Dreisatz! Mütze beschloss, die Rückert-Community intensiv zu durchleuchten. Professor Kaunas musste ihm dabei helfen.

»Was macht die Telefonrecherche? Wissen wir schon, mit wem Doktor Rudolf noch telefoniert hat?«

»Negativ«, bedauerte Big-Chip, »Rudolfs Steinzeittelefon besitzt leider keine Speicherfunktion, und alle Daten des Teleunternehmens wurden bereits gelöscht.«

Und das in Bayern! Mütze hatte angenommen, hier würde man es mit den Regelungen zur Vorratsdatenspeicherung nicht so genau nehmen. Daten schützte man sorgfältigst, aber leider nicht die Opfer! Wen störte es denn, wenn seine Telefonverbindungen irgendwo gespeichert waren? Zumindest ein paar Tage lang? Mütze war überzeugt, würde man eine Umfrage machen, ein Großteil der Bevölkerung würde dazu sein Einverständnis geben, wenn dadurch mehr Schurken ermittelt werden konnten. Nun standen sie ohnmächtig da. Auch diese Spur führte ins Nichts. War es ein Unschuldiger, würde er sich vielleicht melden, jedoch würde man von ihm kaum etwas Entscheidendes erfahren. Und war es der Täter oder einer seiner Helfer, würde er ihnen eine lange Nase machen.

Mütze spürte, wie sein Kamm erneut zu schwellen begann. Das mit der Maske war das Schlimmste! Unter seinem Namen, mit seiner Identität einen Mord zu begehen, das hatte noch keiner gewagt. Das war ruchlos, ehrabschneidend! Wütend hatte Mütze gleich gestern Nacht noch die blödsinnige Maske in den Abfall geworfen. Nie wieder würde er das Teil anziehen, mochte Karl-Dieter noch so besorgt tun. Lieber lief er mit angeknacksten Gesichtsbeinen herum, mit allen Farben des Orients um die Nase. Nur keine Maske mehr! Mütze quälte diese Frage, sie ließ ihn nicht mehr los: Woher um alles in der Welt hatte der Täter das mit der Maske gewusst?

»Ich muss los!«, rief er mit einem Blick auf die Uhr.

»Wohin?«

»Zum Friedhof.«

Der Neustädter Friedhof liegt hinter den Bahngleisen, nicht weit vom Erlanger Hauptbahnhof entfernt. Eine wenig nützliche Lage, dachte Mütze mit einem Anflug von Zynismus. Oder hatte man einen Toten schon mal Bahn fahren sehen? Als Mütze den weitläufigen Gottesacker betrat, hatte sich der Trauerzug bereits Richtung Grab in Bewegung gesetzt. Ein wahrhaft kümmerlicher Anblick, das Häufchen von Trauergästen. Mütze zählte sieben, acht Personen, nicht mehr. Je kleiner eine Beerdigung war, desto trauriger war sie. Hinter dem Sargträger und dem Herrn Pfarrer erkannte Mütze die alte Mutter von Frau Apeldoorn, welche von einem ebenfalls gebrechlich wirkenden älteren Herrn gestützt wurde.

Mütze sah sich um. Der Kellner vom *Café Mengin* wartete wie verabredet im Schatten der Friedhofskapelle. Mütze grüßte ihn knapp und winkte ihn herbei, dann schlossen sie sich dem Trauerzug an. Zu allem Überfluss begann es nun auch noch zu regnen, ein kräftiger, klatschender Mairegen ging nieder. Doktor Kunzelmann, der am Schluss des kleinen Zuges ging, öffnete seinen Schirm. Dann begrüßte er Mütze und bot ihm Schutz an. Sargträger und Pfarrer hatten es plötzlich eilig. Rasch ließ man den Sarg in die frisch ausgehobene Grube hinab, während die kleine Trauergemeinde so etwas wie einen Halbkreis formte. Mütze sah den Kellner an, der ließ seinen Blick über den Halbkreis gleiten und zuckte nur mit den Schultern. Der grau melierte Gast vom *Café Mengin*, einer der Letzten, der die Tote lebend gesehen hatte, war nicht unter den Trauergästen.

»Brauchen Sie mich noch?«, fragte der Kellner.

Mütze schüttelte den Kopf. Prasselnd ging ein weiterer Guss nieder, der Kellner klappte seinen Mantelkragen hoch und lief eilig davon, Mütze blieb weiter unter Kunzelmanns

Schirm stehen. Ein paar still gemurmelte Worte, zwei Schaufeln triefender Erde, und die Zeremonie war bereits wieder vorüber. Eilig verliefen sich die Leute. Ohne erkennbare Regung kehrte auch das alte Mütterchen um, gestützt auf den Arm ihres Begleiters. Mütze und Kunzelmann nahmen einen anderen Weg. Der Regen hörte so schnell wieder auf, wie er begonnen hatte, Kunzelmann schüttelte seinen Schirm aus.

»Wer waren die anderen Trauergäste?«, fragte Mütze.

»Alles Kollegen aus der Bibliothek.«

»Sonst niemand?«

»Die Mutter mit einem Nachbarn.«

Sie gingen weiter, bis Kunzelmann unvermittelt unter einer hohen Birke stehen blieb, von deren zartem Frühlingsgrün das Wasser tropfte.

»Die Rückert-Birke«, sagte der Bibliothekar.

Mütze sah ihn fragend an.

»Diesen Baum hat Friedrich Rückert eigenhändig gepflanzt.«

Mütze betrachtete den mächtigen Stamm, der so dick war, dass er die kleine Grabplatte senkrecht stellte: »Hier ruhen zwei geliebte Kinder, Ernst Rückert, geb. 4. Jan. 1829, gest. 16. Jan. 1834, Luise Rückert, geb. 25. Juni 1830, gest. 31. Dez. 1833«.

»Gerade mal fünf und drei Jahre alt«, sagte Mütze nach kurzem Grübeln.

»Rückerts damals jüngste Kinder. Er hat die Kleinen über alles geliebt.«

»Woran sind sie gestorben?«

»Vermutlich an Scharlach. Die Medizin war damals noch nicht so weit. Rückert war so niedergeschlagen, dass er ein halbes Jahr nichts anderes zu schreiben vermochte als Gedichte über seine beiden Kleinen, die Kindertotenlieder.«

Am Stamm war ein Gedicht zu lesen, in eine Holztafel gebrannt:

Die von mir das Leben hatten,
Haben es zu früh verloren.
Soll die Mutter ihrem Gatten
Haben sie umsonst geboren?
Nein, ich hab' es mir geschworen,
Euer Leben fort zu dichten,
Dass mir nichts es kann vernichten.

Ein trotziges Wort, fand Mütze. Es klang, als wolle Rückert dem Tod den Sieg nicht gönnen, als wolle er ihn zum Zweikampf fordern. Vielleicht würde er, wenn für so etwas mal wieder Zeit war, mit Karl-Dieter hierherkommen, um ihm das Grab zu zeigen. Vielleicht würde das traurige Grab Karl-Dieter von seinem unsinnigen Kinderwunsch befreien. Immer wieder fing Karl-Dieter damit an, auch hier in Erlangen. Mütze konnte es nicht mehr hören. Karl-Dieter wusste doch, dass er nichts davon hielt. Was um alles in der Welt sollten sie mit einem Kind? Man sah doch, wohin das führte! Wie froh wäre Rückert gewesen, wenn ihm dieser Schmerz erspart geblieben wäre. Auch wenn sie nicht gestorben wären, Kinder brachten doch nur Kummer und Sorgen. Sie blieben doch nicht ewig kleine, süße Babys. Sie wuchsen heran, kamen in die Pubertät und tanzten einem auf der Nase herum. Eine alte Dortmunder Hebamme pflegte nach jeder Geburt zu den frischgebackenen Eltern zu sagen: »Gratuliere! Soeben ist Ihnen Ihr schärfster Kritiker geboren worden!« So war es doch. Niemand konnte unbarmherziger über einen urteilen als das eigene Kind, niemand kannte die eigenen Schwächen besser. Warum sollte man sich das antun? Vielleicht würde es besser werden, wenn Nachbarin Susi ihr Kind zur Welt gebracht hatte. Dann konnte Karl-Dieter seinen Brutpflegetrieb ausleben und würde ihn mit unsinnigen Wünschen in Ruhe lassen. Er selbst, da war sich Mütze sicher, wäre garantiert der schlechteste Vater der Welt.

Die Sonne brach hinter den dunklen Wolken hervor. Mütze sah zur Krone der Birke empor, welche nun golden zu glänzen begann. Der Baum gefiel ihm. Dürfte heute keiner mehr pflanzen. Friedhofsordnung, Behördenunsinn. Was gibt es Tröstlicheres, als unter einem Baum zu liegen?

»Olé, BVB, olé, olé ...«

Es waren die Schweinfurter Kollegen. Stolz berichteten sie, sie hätten über die Mitarbeiter des Archivs herausfinden können, welche Dinge fehlten. Zwei prall gefüllte blaue Archivmappen, mit einer Kordel sauber verschnürt. Lauter Originalmanuskripte, ausschließlich Handschriften von Rückert. Mütze hatte es befürchtet. – Und weitere Spuren? – Bislang leider nichts, aber man würde natürlich weitersuchen.

Natürlich! Natürlich würde man weitersuchen. Was blieb ihnen auch anderes übrig? Und wenn man wieder nichts fand? Wenn der Täter erneut wie ein Phantom aufgetaucht und wieder verschwunden war, wie ein Geist, der keine Spuren hinterlässt? Was dann? Wie sollte es dann weitergehen? Mütze hatte Big-Chip eingeschärft, darauf hinzuwirken, die Überwachung der anderen Bibliotheken so unauffällig wie möglich durchführen zu lassen. Auf keinen Fall öffentlich erkennbare Polizeipräsenz! Videokameras an allen Ecken und in allen Gängen, speziell natürlich in den Sälen mit den Rückert-Werken. Aber keine Uniformierten vor den Eingangstüren. Selbstverständlich mussten die

Bibliotheksmitarbeiter geschützt werden, aber alles musste so unauffällig wie möglich geschehen. Wenn noch eine realistische Chance bestand, den Mörder zu schnappen, dann nur so. Natürlich gab es da noch den Kollegen Zufall. Aber auf den war gewöhnlich wenig Verlass. Immer wenn man ihn am dringendsten brauchte, machte der Typ Urlaub. Wer sich auf Kommissar Zufall verließ, der war schon verlassen, das war leider Mützes Erfahrung.

Mütze verabschiedete sich von Kunzelmann: »Danke für alles. Und halten Sie sich bitte weiter zur Verfügung.«

Kunzelmann nickte. »Sie finden den Mörder doch?«

»Ich gebe mir Mühe.«

»Eine Wahnsinnstat«, murmelte der Erlanger Chefbibliothekar noch, »warum ausgerechnet Frau Apeldoorn? Was für ein Verlust! Wer beherrscht sie heute noch, die Preußischen Instruktionen?«

Mütze trat hinter die kleine Friedhofskirche und wählte Professor Kaunas' Handynummer. Es dauerte ein wenig, bis der Professor an den Apparat ging, im Hintergrund war ein schreckliches Stöhnen zu hören, dazu ein hartes, metallisches Schlagen.

»Professor Kaunas?«

»Herr Kommissar?«, keuchte es.

»Alles in Ordnung?«, fragte Mütze besorgt.

»Alles in Ordnung«, schnaufte Professor Kaunas, »ich bin im Fitnessstudio.«

Eine halbe Sunde später trafen sie sich in einem Café an der Röthelheimallee, einer gesichtslosen, autobahnähnlichen Multifunktionsstraße mit neu errichteten Geschäften, Büros und Wohnungen. Seit man im Barock beschlossen hatte, die Gerade und den rechten Winkel in Erlangen regieren zu lassen, hielten sich die Städteplaner sklavisch daran, selbst in den neuen Stadtteilen außerhalb des Kerns. Niemand wollte das Sakrileg begehen, Erlangen verwinkelte, romantische Ecken zu spendieren. Auch der *Beck* befand sich in einem der Neubauten. An der langen Theke warteten geduldig Menschen, die weiße Plastikkarten um den Hals oder am Gürtel trugen. »Hundemarken«, nannte Big-Chip die Dinger spöttisch, die Siemens-Mitarbeiter tragen mussten. Mütze und Kaunas setzten sich an einen Tisch vor den bodentiefen Fenstern. Der Professor wirkte noch etwas erhitzt.

»Nur in einem gesunden Körper wohnt ein gesunder Geist«, bemerkte Mütze. Auch er verstand schließlich etwas von klassischer Bildung!

»Ach was. Etwas Gymnastik für den alten Rücken, nichts weiter«, erwiderte der Professor in seiner natürlichen Bescheidenheit.

»Professor Kaunas, erzählen Sie mir bitte etwas über die Rückert-Gesellschaft.«

Der Professor reagierte sichtlich irritiert, wusste offensichtlich nicht, was er mit dieser Bitte anfangen sollte. Der Kommissar würde doch nicht glauben, dass jemand aus der Gesellschaft ...? Das seien alles ehrenwerte Leute, Wissenschaftler und engagierte Laien, die nur eines verbände: die Liebe zu Friedrich Rückert und seinem Werk.

»Und doch könnte auch unter dem Deckmäntelchen des Wissenschaftlers ein Verbrecher stecken«, sagte Mütze mit ernstem Gesicht. »Glauben Sie mir! Im Keller eines völlig unbescholtenen Doktors der Geologie hat man Tausende gestohlene Bücher entdeckt.«

Kaunas schüttelte den Kopf. Für alle Mitglieder der Gesellschaft, die ihm persönlich bekannt seien, lege er die

Hand ins Feuer. Natürlich gebe es auch Mitglieder, die er nicht persönlich kenne, aber über keinen habe er je flüstern hören, er hätte es auf Rückerts Handschriften abgesehen. Wenn es so einen Fall gebe, wisse allenfalls der Vorsitzende davon, Doktor Rudolf. Aber den könne man ja nicht mehr fragen. Ein Drama sei das, eine furchtbare Geschichte! Nun auch noch Schweinfurt.

»Kannten Sie Doktor Rudolf?«

»Natürlich!«, rief der Professor aus. »Ein unglaublich engagierter Mann! Und dann solch ein Ende. Ein entsetzliches Verbrechen und ein nicht zu ersetzender Verlust für die Rückert-Gesellschaft.«

»Bevor ich zu Doktor Rudolfs Wohnung kam, hat er noch telefoniert. Wen könnte er nachts wohl noch angerufen haben?«

»Entschuldigen Sie, Herr Kommissar, aber wie soll ich das wissen? Ich kenne doch das Privatleben von Doktor Rudolf nicht.«

»Wer ist sonst noch in der Rückert-Gesellschaft aktiv?«

»Die unterschiedlichsten Menschen.«

Grob könne man den wissenschaftlichen Teil der Gesellschaft in zwei Gruppen aufteilen. Die einen würden sich Rückert von der sprachwissenschaftlichen Seite nähern, die Orientalisten vor allem, andere würden sich besonders zu Rückerts Poesie hingezogen fühlen. Es habe eine Zeit gegeben, da sei Rückert äußerst populär gewesen. Nach Goethe und Heine sei er der meistvertonte deutsche Dichter, kein Zufall, denn Rückerts Gedichte seien melodische, singbare Verse, schon Goethe habe sie den Komponisten ans Herz gelegt, insbesondere die *Östlichen Rosen*. Kaunas schloss die Augen und zitierte:

»Was steht denn auf den hundert Blättern
Der Rose all?
Was sagt denn tausendfaches Schmettern
Der Nachtigall?
Auf allen Blättern steht, was stehet
Auf einem Blatt;
Aus jedem Lied weht, was geweht,
Im ersten hat:
Dass Schönheit in sich selbst beschrieben
Hat einen Kreis,
Und keinen andern auch das Lieben
Zu finden weiß.
Drum kreist um sich mit hundert Blättern
Die Rose all,
Und um sie tausendfaches Schmettern
Der Nachtigall.«

»Und was fasziniert die anderen, die Orientalisten?«

»Unter anderem Rückerts grandiose Art, neben der reinen Übersetzung des Inhalts auch den orientalischen Klang wiederzugeben.«

Ein äußerst schwieriges Unterfangen sei das in einer fremden Sprache, fuhr der Professor fort, und doch sei es Rückert meisterlich gelungen. Vielleicht gründe das Geheimnis Rückerts als Übersetzer auf dessen Überzeugung, dass alle Sprachen dieser Welt auf eine Ursprache zurückzuführen seien. Alle modernen Sprachen seien Kinder und Kindeskinder dieser frühesten Menschheitssprache und deshalb miteinander verwandt. Erneut schloss der Professor konzentriert die Augen, erneut begann er zu zitieren:

»Die Poesie in allen ihren Zungen
Ist dem Geweihten eine Sprache nur,
Die Sprache, die im Paradies erklungen,
Eh' sie verwildert auf der wilden Flur.
Doch wo sie nun auch sei hervorgedrungen,
Von ihrem Ursprung trägt sie noch die Spur;
Und ob sie dumpf im Wüstenglutwind stöhne,
Es sind auch hier des Paradieses Töne.«

Man müsse sich vergegenwärtigen, unter welchen Bedingungen Rückert als Übersetzer habe arbeiten müssen. Wolle man heute eine Sprache erlernen, kein Problem. Ein Gang in eine gut sortierte Buchhandlung, und man bekäme nicht nur ein Lehrbuch, sondern gleich ein ganzes Paket mit DVDs und CDs, sodass man auch gleich die korrekte Aussprache erlerne. Damals aber, in der ersten Hälfte des neunzehnten Jahrhunderts, hätte man in Europa erst damit begonnen, exotische Sprachen zur Kenntnis zu nehmen. Von frühen Missionaren gab es erste Bibelübersetzungen in den jeweiligen Landessprachen, wenn man Glück hatte auch erste, meist noch äußerst lückenhafte Wörterbücher. Mit diesem kargen Material machte sich Rückert daran, Schriften aus dem Persischen oder einer indischen Sprache zu übersetzen, selbst aus dem Chinesischen über den Umweg des Lateins. Oft musste er vorhandene Nachschlagewerke zunächst mühsam mit der Hand abschreiben. Es gab ja noch keine Kopierer.

»Hat er denn die fremden Länder nicht selbst bereist?«

»Rückert?« Der Professor musste lächeln. »Weiter als bis nach Rom ist er nicht gekommen. Und ob er nach Asien gereist wäre, wenn sich die Gelegenheit ergeben hätte, ist höchst zweifelhaft. In Rom und selbst in Berlin hatte er immer Heimweh nach dem schönen Frankenland, seinem Paradies.«

»Und von wem bekam er dann die Originaltexte, aus denen er übersetzte?«

»In Erlangen hat er die Universitätsbibliothek benutzt, da gab es schon das eine oder andere. Hilfreich war ihm aber auch ein Freund aus Studentenzeiten, ein Arzt, Friedrich von Stockmar. Stockmar war mit dem Coburger Adelsgeschlecht befreundet. Als sich Königin Victoria von England in ihren hübschen Coburger Cousin Albert verliebte und ihn zu sich nach London holte, ging Stockmar als sein Berater mit auf die Insel. Die Briten hatten sich ja erfolgreich darangemacht, die ganze Welt zu beherrschen. Aus den Kolonien brachten sie nicht nur Tee und Pfeffer mit, sondern auch Kulturgüter. So wuchs auch die königliche Bibliothek, und Stockmar schickte so manches von Rückert gewünschte Buch in die Heimat. Vitamin B war auch damals schon Gold wert.«

Mütze schaute verstohlen auf die Uhr. So interessant das alles sein mochte, es brachte ihn nicht weiter.

»Und welchen Zweck verfolgt nun die Rückert-Gesellschaft?«

»Verschiedene. An Rückert zu erinnern, aber auch das riesige Rückert-Œuvre weiter zu untersuchen. Verdienstvolle Forscher sitzen seit Jahren darüber, Rückerts gesammelte Werke herauszugeben, zehn Bände sind bereits fertig, aber der verbliebene Rest ist noch gewaltig. Leider und viel zu früh ist Hans Wollschläger gestorben, ein Schriftsteller, der auf diesem Gebiet Großes geleistet hat.«

»Nun wird Rückerts Werk etwas kleiner ausfallen.«

»Sie meinen die Diebstähle? Ein unschätzbarer Verlust!«

Mütze hatte Professor Kaunas noch gebeten, ihm eine Liste der Forscher zusammenzustellen, die an den gesammelten Werken arbeiteten. Vielleicht kam man so an jemanden heran, der etwas von einem Rückert-Psychopathen wusste. Dann hatte er sich von Professor Kaunas verabschiedet. Er spürte, dass er Bewegung brauchte, Bewegung und frische Luft. Noch nie sei ein vernünftiger Gedanke im Sitzen entstanden. Wer hat das noch gesagt? Nietzsche? Oder Nurmi?

Mütze fuhr hinauf zum Burgberg. Ein seltsames großes Kuchenstück ragte dort in den Himmel, Arbeiter hatten damit begonnen, ein Riesenrad aufzubauen. Für die Bergkirchweih, das größte Besäufnis Frankens, wie es Big-Chip zu nennen pflegte. Während der Kerwa herrsche Urlaubsverbot für die gesamte Erlanger Polizeidirektion, dann gelte es, Maßkrugschlägereien aufzuklären.

Mütze ging nicht in Richtung Riesenrad, sondern zu einem versteckten Park weiter östlich, wo große, archaische Figuren ihre Hände in den Himmel reckten. Kein Mensch war hier unterwegs. Mütze war das gerade recht. Die gestrige Nacht steckte ihm noch in den Knochen. Mann, das war knapp gewesen! Wenn bei der Verfolgungsjagd was schiefgegangen wäre, wenn dieser Plettenbeck gegen die Wand der alten Burg geknallt wäre. Nicht auszudenken! Glück im Unglück. Aber es half nichts, länger einen Gedanken an gestern Nacht zu verschwenden. Er musste nach vorne blicken. Das Bild vom Täter wurde nun langsam klarer. Ein Mann, der es auf Rückert-Originale abgesehen hatte, und nur auf diese. Ein Mann, der sich keinerlei Mühe gab, diese Leidenschaft zu vertuschen, der niemals etwas anderes mitnahm, keine noch so wertvolle Bibel, keine antiken Folianten. Ein Mann, der es eilig zu haben schien, verdammt eilig. Mütze blieb vor einem länglichen Boot stehen, in dem einer der

Riesenmenschen seine Arme ausbreitete. Unterstellt, Frau Apeldoorns Tod sei ein »Arbeitsunfall« gewesen und nicht beabsichtigt. Jeder andere hätte einen Mordsschrecken bekommen und wäre auf Tauchstation gegangen. Nicht so der Rückert-Mörder. Sonntag hatte er der armen Bibliothekarin das Licht ausgeblasen, bereits am Dienstag den Gärtner in Neuses erstochen und nur einen Tag später Rudolf die Treppe hinabgestoßen, nur um an seine Beute zu gelangen. Wozu diese Hektik? Hatte der Täter Angst, man würde den Rückert-Nachlass besser sichern? Ihn in Tresore stecken? Hatte er Angst, zu spät zu kommen?

Mütze stieg den Berg weiter hinauf, hier standen verstreute Obstbäume, deren weiße Blüten unzählige Bienen und Hummeln anlockten. Die kriminelle Energie des Mannes war gewaltig. Noch dazu ging er völlig skrupellos und zugleich äußerst raffiniert zu Werke. Die Sache mit der Maske! Woher wusste der Täter, dass er eine Maske trug? In der Zeitung war kein Bild von ihm erschienen. Es gab nur zwei Möglichkeiten: Jemand musste dem Mann davon erzählt haben. Oder sie waren sich bereits begegnet. Aber wann und wo? Er trug die Maske doch erst seit Samstagabend.

»Was meinst du, wie viele Menschen dich schon mit der Maske gesehen haben?«, sagte Karl-Dieter, als sie beim Altstädter Schießhaus saßen, bei *La strada*, dem großen Italiener am Burgberg, nicht weit von dem Riesenradkuchenstück. Mütze hatte sich eine Pizza »mit allem« bestellt, Karl-Dieter eine Spargelplatte ohne Beilagen. Dazu tranken sie Pellegrino, obwohl Karl-Dieter die ökologische Unsitte der italienischen Wirte nicht mochte, ihr Wasser über die Alpen zu karren. Als ob es in Deutschland kein Mineralwasser gäbe. Auch bekam man beim Italiener niemals guten Frankenwein, nur den billigen italienischen Kopfschmerzfusel, ihre guten Weine schienen die Italiener für sich selbst aufzusparen.

»Ein Mann mit einer solchen Maske zieht zwangsläufig die Blicke auf sich«, sagte Karl-Dieter. Bei diesen Worten griff er in seine Tasche und zog Mützes Maske heraus. »Bitte zieh sie wieder an! Du weißt, was der Doktor gesagt hat!«

Mütze ergriff der Ekel.

»Sag, dass das nicht wahr ist! Du hast das scheußliche Teil doch nicht wirklich aus dem Abfall gefischt?«

»Stell dich nicht so an, ich hab sie natürlich gründlich gereinigt und desinfiziert, was denkst du denn? Bitte zieh sie an, ganz Erlangen kennt dich doch schon damit.«

»Später«, knurrte Mütze.

Mütze war nicht in der Stimmung zu streiten. Außerdem musste er noch über Karl-Dieters letzte Bemerkung nachdenken. Ganz Erlangen sollte ihn mit der Maske kennen? Schon klar, mit solch einem brutalen Terminatorgesicht fiel man auf. Dennoch war etwas an Karl-Dieters Argumentation faul.

»Man kennt vielleicht die Maske, aber nicht denjenigen, der dahintersteckt.«

Das war's, das machte den Unterschied. Die Maske war schrecklich entstellend, seine eigene Großmutter würde ihn nicht erkennen. Gesetzt den Fall, der Mörder ist ihm zufällig über den Weg gelaufen, der Kerl hätte ihn nicht zuordnen können. Dass er Mütze und Maske dennoch zusammenbrachte, konnte doch nur eines bedeuten: der Mörder musste ihn in der Funktion des Kommissars erlebt haben. Und zwar erst vor Kurzem, seitdem er die Maske trug, seit exakt Samstagnachmittag. Mütze beschloss, eine Liste aller Personen anzufertigen, mit denen er sich nach dem Benefizspiel unterhalten hatte. Und sie zu fragen, ob sie jemandem von der Maske erzählt hatten. So vage dieser Ansatz war, er könnte zum Täter führen. Ansonsten gab es nur zwei weitere Möglichkeiten.

»Welche?«, fragte Karl-Dieter und stibitzte sich drei Oliven von Mützes Pizza.

»Entweder hat jemand mein Handy abgehört.«

»Wann? Wieso?«

»Na, als ich Doktor Rudolf anrief und ihm meinen Besuch ankündigte. Und die Maske.«

»Und die zweite Möglichkeit?«

»Rudolf hat's seinem Mörder selbst verraten.«

Beide Möglichkeiten waren unwahrscheinlich. Zwar hatte Rudolf noch ein weiteres Telefonat geführt. Die Zeit aber dürfte für den Täter kaum gereicht haben, um sich noch eine Maske zu basteln. Und dass jemand sein Handy abhörte, war so wahrscheinlich wie ein Weihnachten mit Karl-Dieter ohne Christbaum. Er war doch nicht Angela Merkel und der Täter nicht die NSA. Mütze säbelte lustlos an seiner Pizza herum. Karl-Dieter schnappte sich ein Stück. Wäre doch schade, sie kalt werden zu lassen. Seinen Spargel hatte er bereits verputzt. Mit einem guten Schuss Olivenöl und reichlich Weißbrot eine Köstlichkeit. Karl-Dieter wollte Mütze aufmuntern, setzte sich betont aufrecht hin und begann zu deklamieren: »Schlägt dir die Hoffnung fehl, nie fehle dir das Hoffen. Ein Tor ist zugetan, doch tausend sind noch offen!«

Mütze starrte ihn an wie ein Omnibus.

»Rückert«, sagte Karl-Dieter und nahm sich einen Knochen Pizzarand, den Mütze immer liegen ließ, »unglaublich, was dieser Mann für Weisheiten draufhatte.«

»... tausend andere offen«, lachte Mütze mit einer Spur von Häme. »Das ist ja gerade das Problem, es gibt einfach zu viele Türen!«

Karl-Dieter räusperte sich. Er hatte noch etwas, was ihm unter den Nägeln brannte. Vorsichtig zog er einen Zettel hervor, den er jedoch gleich mit der anderen Hand bedeckte.

»Was hast du da?«, fragte Mütze.

Karl-Dieter druckste herum.

»Nun zeig schon her, wenn's nicht schon wieder eine Adoptionsanzeige ist!«

Beleidigt wollte Karl-Dieter den Zettel wieder einstecken, doch Mütze entschuldigte sich rasch. War ja nun wirklich nicht nötig, sich jetzt auch noch zu streiten.

»Es ist wegen Mickey«, sagte Karl-Dieter.

»Wegen Mickey? Bist du endlich mit ihm beim Tierarzt gewesen?«

»Mickey fehlt nichts, er ist kerngesund.«

»Was ist es dann«, lachte Mütze, »hat dein Piepmatz ein Ei gelegt?«

Wieder wollte Karl-Dieter den Zettel zurückziehen, besann sich dann aber eines Besseren.

»Ich zeige dir den Zettel nur, wenn du mir versprichst, nicht zu lachen!«

»Großes Indianerehrenwort!«, sagte Mütze und hob die Hand feierlich wie ein alter Häuptling.

Karl-Dieter zog die Hand vom Zettel und schob ihn Mütze hin. Fein säuberlich hatte er untereinander vier Zeilen mit dem Kugelschreiber notiert:

Mickeys erste Riesenwelle: Tod des Dortmunder Ersatztorwarts.
Mickeys zweite Riesenwelle: Frau Apeldoorn wird erwürgt.
Mickeys dritte Riesenwelle: der erstochene Gärtner.
Mickeys vierte Riesenwelle: der Mord in Schweinfurt.

»Ist doch komisch, findest du nicht?«, sagte Karl-Dieter.

»Hm«, brummte Mütze.

»Mickey hat den siebten Sinn. Er spürt es, wenn ein Mord passiert.«

Mütze sah Karl-Dieter belustigt an und hätte beinah sein Versprechen, nicht zu lachen, wieder vergessen.

»Was glaubst du, wie viele Morde passieren an einem durchschnittlichen Tag?«, fragte er.

»Keine Ahnung.«

»Zigtausende weltweit! Wenn Mickey wirklich Morde schnuppern könnte, käme er aus dem Rotieren gar nicht mehr heraus. Dann müsste er kotzen, so übel wäre ihm.«

Während sich Mütze schon verabschiedet hatte, aß Karl-Dieter noch die Pizzareste auf. So war er erzogen. Er konnte nicht mit ansehen, wie wertvolle Nahrungsmittel weggeworfen wurden. Hinzu kam der Frust wegen des Zettels. Mickeys Prophezeihungen einfach so abzutun. Klar, auf jeden Mord weltweit konnte Mickey nicht reagieren. Aber was bedeutete das schon! Dass er die Morde in seiner unmittelbaren Gegend erspürte, stand jedenfalls fest. Das konnte kein Zufall sein, da war sich Karl-Dieter sicher. Mit welcher Panik Mickey sich stets auf die Stange stürzte, wie er flatternd und kreischend die Welle machte! Das hatte seinen Grund, da konnte Mütze noch so überheblich tun. Tiere besaßen eben noch echten Instinkt. Der Mensch hingegen war so abgestumpft, dass er keine Sensibilität für feine Botschaften mehr besaß. Auch der Mensch hatte noch so etwas wie Instinkt, da war sich Karl-Dieter sicher. Er hatte es nur verstanden, seine innere Stimme zum Verstummen zu bringen. Der moderne Mensch traute nur noch dem, was er mit seinen Sinnen wahrnahm, oder besser, was er mit seinen

Sinnen wahrzunehmen glaubte, so trügerisch es oft auch war. Auch deshalb wünschte er sich vielleicht so sehnlich ein Kind. Kinder waren anders. Kinder waren noch ehrliche Instinktwesen, wie viel könnte die Welt von ihnen profitieren! Die Welt aber wollte das offensichtlich nicht und steckte die Kleinen so schnell wie möglich in Kitas und Schulen, um sie so schnell wie möglich zu Erwachsenen zu machen, und Erwachsenwerden bedeutete, den Sinn für alles Natürliche zu verlieren.

Karl-Dieter schnappte sich zwei Ketchup-Tütchen und drückte sie auf dem Teller aus, um darin den letzten trockenen Pizzarand durchzuziehen. Kauend fiel sein Blick auf den Stuhl, auf dem Mütze eben noch gesessen hatte. Die Maske! Das durfte doch nicht wahr sein! Mütze hatte doch versprochen, den Gesichtsschutz wieder aufzusetzen. Schon wollte Karl-Dieter dem Freund hinterherrennen, als der Manta auch schon hupend die Bergstraße hinunterschepperte.

Big-Chip saß in ihrem gemeinsamen Büro und telefonierte. Vor sich hatte er einen kleinen roten Wimpel stehen, Big-Chip war ein Fan des 1. FC Nürnberg, ein »Glubberer«. Deshalb sei er auch so ein guter Polizist, hatte er lachend gesagt, als er den neuen Kollegen vor einem halben Jahr begrüßt hatte. Ein guter »Glubberer« sei nämlich unbegrenzt leidensfähig, neige nicht zu Träumereien und gebe dennoch nie die Hoffung auf. Nach jedem der seltenen Clubsiege wickelte sich Big-Chip einen Fan-Schal um den Hals und rückte den roten Wimpel stolz in die Mitte ihres gemeinsamen Schreibtischs. Mütze war's recht. Solange kein Schalke-Wimpel auf dem Tisch wehte.

»Habe alle erreicht«, sagte Big-Chip und rekelte sich auf seinem Drehstuhl. »Sind überall auf dem Posten, sowohl in

Münster als auch in Berlin. Vorsichtshalber lassen wir auch das Marbacher Literaturarchiv überwachen. Dort ist zwar von Rückert nichts zu finden, das aber weiß der Täter vielleicht nicht.«

Mütze nickte. Dies war ein weiterer Grund, warum er Big-Chip schätzte. Big-Chip dachte oft den entscheidenden Schritt voraus.

»Was gibt's sonst Neues?«

»Nichts von der Spusi. Weder aus Neuses noch aus Schweinfurt. Wir haben es mit einem Profi zu tun.«

»Du meinst mit einem Auftragstäter?«

»Möglich. Dass ein anämischer Büchernarr eine solche Blutspur hinterlässt, glaub ich nicht.«

Mütze knöpfte seine Schimanski-Jacke auf. Nicht dass Schimanski, das alte Ruhrpottfossil, sein Vorbild war, die vielen Taschen aber waren einfach praktisch. Er hatte die Möglichkeit eines bestellten Täters auch schon erwogen, gleich jedoch wieder verworfen. Das hier war eine andere Nummer. Ein Auftragstäter ging anders vor. Drei Morde, drei Todesarten, völlig untypisch. Ein Profikiller benutzte üblicherweise eine kleine handliche Schusswaffe: »Piff, paff, aus die Maus!« Und außerdem: Wie soll ein bezahlter Schurke auf die Schnelle diese speziellen Bücher finden? Ein Auftragskiller, der sich in Bibliotheken und Archiven auskennt? Extrem unwahrscheinlich. Nein, der Büchernarr war zugleich der Mörder. Und es war ein Einzeltäter, ein einsamer Wolf. Da war sich Mütze sicher, absolut sicher.

»Wo steckt der Ururenkel?«

»Wohl immer noch in England. Unsere Hoffnung ist, dass er von den Morden erfährt und sich bald meldet.«

»Wie soll er in London von den Morden erfahren?«

»Die ganze Welt berichtet von unserem Mörder! Weißt

du, wie viele Journalisten bei uns anrufen? Kamerateams laufen schon ums Gebäude.«

Ach du Schande! Das hatte noch gefehlt! Nicht auch noch die Presse!

»Ich muss noch mal nach Schweinfurt. Kommst du mit?«, sagte Mütze.

»Okay. Aber lass uns hinten rausgehen.«

Karl-Dieter trat einen Schritt zurück und betrachtete zufrieden sein Werk. Mütze würde staunen! Munter wischte er sich den Kreidestaub von den Händen. Die Rückert-Bücher, die er sich aus der Stadtbibliothek besorgt hatte, sind ein echter Glücksfall gewesen. Besonders die Texte, die ihn in die Welt des Orients entführten, verschlang der Bücherwurm mit Leidenschaft. Der Geruch der fremden Länder, ihre Bräuche, Liebesgeschichten, die Schätze, der unermessliche Reichtum an Gold, Perlen und Schmuck ... wie in einem Märchen aus *Tausendundeiner Nacht*! Und Rückerts Art zu schreiben gab diese Stimmung lebendig wieder. Aus allen Zeilen klang die Poesie und Fabulierfreude der östlichen Welten. Sein Rückert-Lieblingsbuch aber war das Büchlein, das ihm die charmante Dame vom Rückert-Kreis geschenkt hatte: *Nal und Damajanti*.

Heute fand im Theater keine Vorstellung statt, und Karl-Dieter beschloss, es sich gemütlich zu machen. Er füllte sich ein kleines Schüsselchen mit extra-sparsam geölten Erdnüssen. In den schmackhaften Dingern waren zwar ein paar gemeine Kalorien versteckt, dafür aber auch wichtige Nervenvitamine, und an Vitaminen soll man nicht sparen. Dann streckte sich Karl-Dieter auf dem geblümten Sofa aus, um weiterzulesen. Mütze fand das Blümchenmuster grauenhaft, er hatte sich eine klassische dunkle Ledercouch gewünscht. Aber Karl-Dieter hatte über die Jahre eine raffinierte Methode entwickelt, sich am Ende durchzusetzen. Er musste einfach nur warten, bis Mütze einen Fall aufgeklärt hatte. Tags darauf überredete er ihn zu einer gemeinsamen Shoppingtour, bei der er alles von ihm bekommen konnte, so gut war sein Freund dann drauf.

Karl-Dieter nannte ihn am liebsten »meinen Mann«, aber nur heimlich und gegenüber ausgesuchten Freunden. Mütze liebte diese doch so wundervolle Bezeichnung überhaupt nicht, ja er hasste sie geradezu. Karl-Dieter seufzte. Manchmal war es wirklich nicht leicht mit ihm. In manchen Dingen war der Herr Kommissar so etwas von vorgestern. Am schlimmsten aber war, dass Mütze sich beharrlich weigerte, auf seinen Kinderwunsch einzugehen. Was gab es denn Schöneres als ein gemeinsames Kind? Beruflich war Karl-Dieter bereit, völlig zurückzustecken, würde sich den ganzen Tag nur um ihren Kleinen kümmern. Für Mütze würde sich nichts ändern, überhaupt nichts. Er würde weiter gemütlich seine Mörder jagen können, während Karl-Dieter ihrem Mausebärchen das Fläschchen wärmte. Mütze hatte gemeint, er könne es nicht ertragen, nach einem harten Arbeitstag nach Hause zu kommen und Kindergeschrei zu hören. Ja du meine Güte! Wenn ihr Süßer seine Drei-Monats-Kolik hatte oder die ersten Zähnchen bekam, würde er mit ihm eben Teita-Teita gehen. Wie herrlich konnte man in Kosbach herumstromern! Er würde mit ihrem Kleinen zu den Karpfenweihern spazieren, sich auf eine sonnige Bank setzen und ihm Geschichten vom kleinen Wassermann erzählen. Auch die schönen Wälder ringsumher würde er ihm zeigen, die alten Martern am Wegesrand und die Frösche an den Ufern. Und wenn ihr Duzi-Duzi in der Nacht noch keine Ruhe geben würde, würde er sich mit ihm ins Kinderzimmer legen, damit der gestresste Herr Kriminalhauptkommissar in Ruhe schnarchen konnte. Nichts würde sich für Mütze ändern, überhaupt nichts!

Eben war er noch bei Susi gewesen. Es ging ihr besser, und sie durfte wieder aufstehen. Bis zum Geburtstermin war es nicht mehr lang, wobei Karl-Dieter Susi lachend verraten hatte, dass sich die wenigsten Babys an den errechneten Geburtstermin halten würden. Schon in seinen Anfängen sei der Mensch ein Individualist, der sich ungern etwas vorschreiben lassen würde. Karl-Dieters geheime Hoffnung war, dass sich Mütze ebenfalls in das Baby von Susi verlieben würde. Dann würde alles viel leichter gehen.

Karl-Dieter zog sich die dunkelblaue Decke über die Beine. Daheim trug er gerne ein einfaches T-Shirt und dazu schicke schwarze Seidenstrumpfhosen mit Netzmuster. Nicht wegen der Optik oder aus sonstigen Gründen, sondern weil Seidenstrumpfhosen so herrlich bequem waren. Man fühlte sich in so einer Seidenstrumpfhose einfach superwohl. Schade nur, dass Mütze ihm auch diese kleine Freude nicht gönnte und jedes Mal ärgerlich wurde. So zog er die Strumpfhose eben nur an, wenn Mütze unterwegs war.

Karl-Dieter schnappte sich wieder *Nal und Damajanti*.

Wie der geflügelte Liebesbote
Also ansprach die Freudenrote,
Antwortete sie liebesblass:
»Sag nur auch dem Nala das.«

Liebesblass! Die Freudenrote! Was für herrliche Wortschöpfungen! Dem Glück der beiden Liebenden schien nichts im Wege stehen zu können, doch dunkle Wolken sollten sich bald über den sich rötenden Liebeshimmel schieben. Der

Vater von Damajanti hatte in ganz Indien kundgetan, dass er seine Tochter verheiraten wolle. Zahlreiche edle Jünglinge machten sich auf den Weg, und so auch Nal. Froh gestimmt und zuversichtlich ging er seines Weges. Welcher Konkurrent konnte ihm schon gefährlich werden? Doch dann geschah das Unerwartete, das Schreckliche: Vier hohe Götter hatten sich gleichfalls in die schöne Menschentochter verliebt und wollten um ihre Hand anhalten. Sie trafen auf den froh gemuten Nal, der schon von seinem nahen Glück träumte, und fragten ihn:

»He, he! Nischader! Heerebrecher!
Nal Punjafloka, Wahrheitsprecher!
Willst du uns einen Dienst erweisen,
Willst du für uns als Bote reisen?«

Und der unvorsichtige Bräutigam gab sein Wort, ohne zu wissen, worum es eigentlich ging! Jetzt steckte er in der Falle, denn als er hörte, um welchen Dienst die Götter ihn baten, dass sie ebenfalls seine Damajanti heiraten wollten, erschrak er bis ins Mark. Er offenbarte sich und berichtete, selbst um Damajanti zu freien, doch die egoistischen Götter entbanden ihn nicht von seinem einmal gegebenen Wort. So musste Nal losziehen, um für Fremde den Werber zu machen bei der Frau, die er doch selbst über alles liebte.

Karl-Dieter wälzte sich vom Sofa, um sich einen Tee zu machen und sich einen winzigen Keks zu gönnen, allerhöchstens noch einen zweiten. Erdnüsse, und wenn sie noch so schonend geröstet waren, aber gab es jetzt keine mehr. Beim Abnehmen hieß es standhaft bleiben. Als sich Karl-Dieter wieder aufs Sofa werfen wollte, hörte er ein röhrendes Motorgeräusch im Hof. Der Manta! Eilig riss er sich eine Jeans aus dem Schrank und schlüpfte hinein. Da stand Mütze auch schon in der Wohnung. Er zog eine Flasche Sekt aus der Tasche.

»Oh, gibt es etwas zu feiern?«, fragte Karl-Dieter.

»Leider nein«, antwortete Mütze, »aber schau dir mal die Flasche an!«

Karl-Dieter setzte seine Lesebrille auf und betrachtete das Etikett.

»Rückert-Sekt.«

»Aus Schweinfurt.«

»Prima! Machen wir auf, wenn du den Fall gelöst hast.«

»Bezweifle, dass man ihn dann noch wird trinken können.«

Karl-Dieter sah ihn mit großen Augen an. So pessimistisch hatte er Mütze lange nicht erlebt. Bis zum Sonntag hatte er noch über die ach so braven Franken geschimpft und über Erlangen. Sie hätten genauso gut auf eine Hallig ziehen können. Nun hatte er seine Toten und war noch mieser drauf. Aber Karl-Dieter verstand natürlich, in welcher Lage der Freund war. Gerade weil es seine ersten fränkischen Mordfälle waren. Das erhöhte den Druck kolossal. Jeder wollte wissen, was der Neue so konnte. Hinzu kam, dass die Aufklärungsquote für Morde hier im Süden außerordentlich war.

»Die fränkische Latte liegt hoch«, seufzte Mütze.

Karl-Dieter musste unfreiwillig husten und konnte sich nur schwer ein Grinsen verkneifen. Aber für Humor war jetzt kein Platz. Unterzucker war nichts für Mütze, da wurde seine Laune nur noch schlechter. Höchste Zeit, den Tisch fürs Abendessen zu decken. Karl-Dieter stellte den Rückert-Sekt in den Kühlschrank und die Käseplatte und die Butter auf den Tisch. Dazu gab's noch was von dem selbst gebackenen Holzofenbrot. Noch ein Glas Wein dazu, was brauchte es mehr?

Zunächst war Mütze wortkarg, dann begann er von Schweinfurt zu erzählen. Mit Big-Chip zusammen war er noch einmal exakt denselben Weg gegangen wie gestern, von Rudolfs Wohnung hinüber zum Marktplatz. Die riesige Gestalt auf der Mitte des Platzes habe sich dabei als Rückert-Denkmal entpuppt, Schweinfurts größter Sohn. Die Statue habe ihm seine Heimatstadt spendiert.

»Hoch oben sitzt er auf dem Stuhl wie auf einem Thron«, sagte Mütze mit ironischem Lächeln, »ein echter Dichterfürst eben. Die Schweinfurter scheinen ihn bis heute zu verehren, zumindest die alten Mütterchen. Jedenfalls ziert ein Häkelstrumpf eines der Stuhlbeine.«

Doch leider, leider habe ihm auch der bronzene Rückert nicht verraten können, wer sich an seinen Schriften vergriffen hat. Die Schweinfurter Archivmitarbeiterin hatte sie in der Bibliothek erwartet und durch das Haus geführt. Wieder hatte sich der Täter auf wenige Schriften beschränkt, wieder ausschließlich auf bislang unveröffentlichte Manuskripte. Wenigstens sei jedoch der Wissenschaft kein Schaden entstanden, hatte die Bibliothekarin gemeint, erst eine Woche zuvor war eine ihrer Mitarbeiterinnen damit fertig geworden, die beiden gestohlenen Konvolute einzuscannen.

Mütze rieb sich trotz seiner üblen Hämatome das Gesicht. Drei Morde in vier Tagen, dreimal wurden Rückert-Handschriften entwendet. Jetzt war wohl auch dem Letzten klar, dass sie einen verrückten Büchernarr suchen mussten.

»Dennoch, bei aller Brutalität, eines muss man dem Typen lassen«, meinte Karl-Dieter und garnierte seinem Freund das Käsebrot mit einem Petersiliensträußchen.

»Und was bitte?«

»Der Kerl hat Geschmack.«

»Geschmack?« Mütze schob das Petersiliensträußchen auf den Tellerrand und biss in die Käsestulle hinein.

»Rückert hat erlesene Sachen geschrieben.«

»Erlesene Sachen, na wunderbar«, schmatzte Mütze, »zumindest einer, der Verständnis für den Täter hat!«

Karl-Dieter beschloss, nicht weiter darauf einzugehen, es hatte doch keinen Zweck. Mütze verstand eben nichts von Literatur. Dann aber juckte es ihn doch.

»Stell dir mal vor, der Täter hätte Goldbarren gestohlen.«

»Ja und?«

»Würdest du ihn dann ebenfalls für verrückt erklären?«

»Natürlich nicht.«

»Siehst du, in solch einer Welt leben wir. Hat es jemand auf materielle Güter abgesehen, ist er für uns normal im Kopf, strebt jemand nach Literatur, nach ideellen Werten, erklären wir ihn für verrückt.«

Die Diskussion, die sich jetzt entspann, hatten sie schon gefühlte hunderttausend Mal geführt. Es ging um die Frage, was normal war. War Normalität das Häufige? Das Wahrscheinliche und Naheliegende? Oder war es ganz etwas anderes, war es einfach nur eine der zahlreichen Varianten menschlichen Denkens und Fühlens? War es normal, wenn ein Mensch einen herzförmigen Schönheitsfleck auf der Wange trug? Oder ein weißer Kater einen roten Schwanz besaß? Es war selten, zugegeben, aber war es deshalb gleich anomal? So diskutierten sie hin und her, ohne dass sie sich beim Ergebnis näherkamen. Warum sie überhaupt diskutierten? Sie wussten es selbst nicht. Vielleicht war es nur, um sich über den eigenen Standpunkt klarer zu werden. Irgendwann war es Mütze leid, und er verabschiedete sich, um ins Bett zu gehen. Als er das Licht des Schlafzimmers anschaltete, lag neben seinem gefalteten Pyjama die Maske auf dem liebevoll gemachten Bett. Mütze zog die Stirn kraus und schüttelte den Kopf. Aber konnte er Karl-Dieter ernstlich böse sein?

Karl-Dieter machte noch die Küche fertig und schaute etwas betrübt auf die neue Schiefertafel, die er abgewischt und mit extradünner Kreide auf das Sorgfältigste neu beschrieben hatte. Mit Sonntagsschrift. Leise las er sich die sehnsuchtsvollen, so fernwehsüßen Begriffe selbst noch einmal vor:

Afghanisch, Albanisch, Altkirchenslawisch, Arabisch, Armenisch, Äthiopisch, Avestisch, Azeri, Berberisch, Biblisch-Aramäisch, Englisch, Estnisch, Finnisch, Französisch, Gotisch, Griechisch, Hawaiisch, Hebräisch, Hindustanisch, Italienisch, Kannada, Koptisch, Kurdisch, Latein, Lettisch, Litauisch, Malaiisch, Malayalam, Maltesisch, Neugriechisch, Neupersisch, Pali, Portugiesisch, Prakrit, Russisch, Samaritanisch, Sanskrit, Schwedisch, Spanisch, Syrisch, Tamil, Telugu, Tschagataisch, Türkisch.

Mit all diesen Sprachen hatte sich Friedrich Rückert wissenschaftlich beschäftigt, hatte aus ihnen übersetzt, und zwar so kunstvoll, wie es nur ein wahrer Dichter vermochte. Vierundvierzig Sprachen! In Schönschrift auf die neue Tafel übertragen. Und Mütze hatte nichts bemerkt. Während er in der Welt da draußen jede noch so kleine Sache wahrnahm, verlor er seinen Instinkt, sobald er zur Tür hereinkam. Karl-Dieter war überzeugt, er könnte einen toten Elchkopf über ihr Bett nageln, Mütze würde ihn nicht bemerken. Wie bei einem alten Ehepaar, dachte Karl-Dieter betrübt. Aber in seine Betrübnis hinein mischte sich zugleich ein tröstliches, ja sogar recht stolzes Gefühl. *Wie ein altes Ehepaar!* – Das klang doch eigentlich gar nicht mal so schlecht!

Dann zog sich Karl-Dieter seine Flipflops aus und setzte sich aufs Blümchensofa. Er war zwar selbst schon hundemüde, wollte aber unbedingt noch erfahren, wie es mit Nal und Damajanti weiterging. Die Götter hatten den verliebten Fürstensohn Nal ja zu ihrem Liebeswerber bei seiner Damajanti bestimmt und dadurch in schreckliche Konflikte gestürzt. Den Wunsch der Götter nicht zu erfüllen bedeutete das Todesurteil. Erfüllte Nal aber den Wunsch der Götter, war sein Leben nichts mehr wert, denn was war ein Leben ohne Liebe? Karl-Dieter verdrehte schwärmerisch die Augen. Auch sein Leben wäre ohne Liebe nichts wert, wäre eine leere Hülle, eine Glocke ohne Klöppel, ein Sonntag ohne Schäufele. Wie würde der verliebte Nal den Konfikt lösen? Was würde er seiner angebeteten Damajanti sagen, die er ja zum ersten Mal sah?

Die Liebe des Liebeskranken wuchs
Wie er sah ihren schlanken Wuchs;
Aber er tat, um sein Wort zu halten,
Gewalt an seiner Sehnsucht Gewalten.

»Gewalt an seiner Sehnsucht Gewalten« – Karl-Dieter war hin und weg. Und nun die Hymnen von Damajantis Gespielinnen auf die Reize des eintretenden Fürstensohns!

Welch Schönheit! Welche Gestaltung!
Welche Hoheit! O welche Haltung!
Ist es ein paradiesischer? Ein geistlicher? Ein riesischer?
So vermochten im Staunen

Sie nur heimlich zu raunen,
Von seinem Glanze geblendet,
Den Blick zur Seite gewendet.

Geschickt, erst die Freundinnen zu Wort kommen zu lassen! So wächst die Spannung auf die Reaktion ihrer schönen Herrin.

Damajanti, den Helden schauend,
Sprach, an heimlicher Glut zertauend:
»Wer bist du, allwohlgetaner,
Allreizumfangener, luftumfahner,
In Herzen Verlangenswegebahner!«

Verlangenswegebahner! Karl-Dieter kuschelte sich vergnügt in die Decke. Ach, wenn Mütze doch mal so ein schönes Wort benutzen würde! Mützes Verlangenswegebahner, war das nicht er? Aber weiter, weiter, was wird Nal auf diese Begrüßung nun erwidern?

»Wiss, ich bin Nal, o wangenrote,
Hieher genaht als Götterbote.
Die Götter kommen gegangen,
Und wünschen dich zu erlangen,
Indra, Agni, Warun und Iam,
Deren einen wähle zum Bräutigam.«

Wie grausam hart müssen diese Worte über seine Lippen gekommen sein! Angesichts der wunderschönen Damajanti! Unmenschliches, Übermenschliches wurde hier vollbracht. Diese Götter, diese ewigen Egoisten und Schicksalsspieler! Ob in Griechenland, Rom oder eben im alten Indien. Es war immer das Gleiche. Karl-Dieter empfand einen solchen Hass auf sie. Immer mussten sie sich einmischen, nie konnten sie ein Menschenherz in Ruhe lassen. Wie würde es nun weitergehen? Wie würde Damajanti reagieren?

Den Fortgang würde er sich für morgen aufsparen. Kein größeres Lesevergnügen gab es für Karl-Dieter, als an einer besonders spannenden Stelle zu unterbrechen. Dazu gehörte eine gewaltige Portion Selbstdisziplin. Aber Karl-Dieter liebte seine persönlichen Cliffhanger. So konnte er, wenn er sich in sein Bett kuschelte, in seiner Fantasie den Fortgang der Geschichte weiterspinnen.

Karl-Dieter stand auf, trat an Mickeys Käfig und gab ihm einen Luftkuss. Daraufhin faltete er die Gute-Nacht-Decke auseinander und legte sie vorsichtig über den Vogelkäfig, flüsterte noch mal »Mütze, Mütze, Mütze!« und »Gute Nacht, kleiner Spatz!«. Dann ging er ins Bad und machte sich für die Nacht fertig. Während Mütze immer in höchstens fünf Minuten fertig war, brauchte Karl-Dieter für sein Reinigungsritual mindestens eine halbe Stunde. Er war jetzt in einem Alter, in dem die Haut besonderer Pflege bedurfte. Nicht nur war die Tagescreme wieder zu entfernen, drei verschiedene Schichten waren für die Nacht aufzutragen, um die empfindliche Feuchtigkeitsbalance herzustellen. Auf die Feuchtigkeitsbalance allein kam es an. Was konnte man dabei nicht alles für Fehler machen!

Karl-Dieter begann, die zweite Creme, die besonders teure, vorsichtig zu verreiben. Niemals hätte er sich von irgendwem diktieren lassen, wen er zum Partner nimmt, und wenn es die Götter persönlich befohlen hätten. Hoffentlich blieb auch Damajanti standhaft. »Im Leben und Lieben muss man Opfer bringen«, hieß es, niemals aber konnte das Opfer darin bestehen, dem Leben zuliebe die

Liebe zu verraten, dachte Karl-Dieter, als er sich die dritte und abschließende Nachtcreme mit raschen Fingerbewegungen auftrommelte. Er musste wieder an die arme Frau Apeldoorn denken. Karl-Dieter war überzeugt, dass sie das erotische Abenteuer nur auf sich genommen hatte, um endlich einen Menschen an sich zu binden. Bestimmt wäre es ihr viel lieber gewesen, eine rein platonische Beziehung zu führen, einen Partner zu finden, mit dem man die Zeit teilte, Museen besuchte oder ins Theater ging. Berührungen, zärtliche Gesten schon, aber doch keinen Sex, nicht, wenn man mit zweiundsechzig Jahren noch Jungfrau war. »In der Liebe muss man Opfer bringen.« Die arme Frau Apeldoorn hatte diesen Satz vielleicht zu wörtlich genommen, ihn zu konsequent befolgen wollen. Wäre sie doch nur ihrem Instinkt gefolgt, sie würde noch leben!

Karl-Dieter hatte schon mit unendlich vielen Pflegeprodukten experimentiert, nun glaubte er endlich, die passende Kombination gefunden zu haben. War nicht billig, das hübsch verpackte Zeugs, aber jedes Fältchen, das man damit verhinderte, war den Aufwand wert. Und außerdem genoss Karl-Dieter es, sich in aller Ruhe einzumassieren. Egal wie der Tag verlaufen war, mit den drei Schichten Nachtcreme auf dem Gesicht war alles wieder gut. Als Letztes schlüpfte Karl-Dieter in seinen Lieblingspyjama, den flauschigen mit den springenden rosa Einhörnern, und löschte das Licht.

Es war mitten in der Nacht, als Mütze im Bett auffuhr. Ein unheimliches Stöhnen hatte ihn geweckt, ein gequältes, schreckliches Seufzen wie von jemandem, der sich in einer aussichtslosen Lage befand, ein Mensch in höchster Not. – »Karl-Dieter! Was ist denn los, um Gottes willen! Warum weckst du mich? Was ist passiert?«

»Ich hatte einen Traum«, rief Karl-Dieter schweißgebadet.

»Alles gut«, tröstete Mütze ihn und drehte sich auf die andere Seite, um weiterzuschlafen. Doch Karl-Dieter gab keine Ruhe. Erregt hatte er sich im Bett aufgerichtet und seine Nachttischlampe angeknipst.

»Es könnte anders gewesen sein, ganz, ganz anders!«

»Schlaf weiter«, gähnte Mütze.

»Vielleicht suchen wir den Falschen.«

»Was redest du da?«

»Vielleicht war es gar kein Psychopath!«

»Erzähl's mir morgen beim Frühstück.«

Mütze hasste es, wenn sich Karl-Dieter in seine Ermittlungen einmischte. Noch dazu mitten in der Nacht. Half er ihm etwa beim Kulissenschieben? Eben. Schuster bleib bei deinen Leisten!

»Wenn ich's doch geträumt habe!«

»Träum was anderes. Gute Nacht!«

***

Selbst der letzte Nachtschwärmer war längst zu Bett gegangen, als die kleine Leselampe immer noch brannte. Seite für Seite wurde in dem hellen, gleißenden Lichtkegel inspiziert, voll gieriger Konzentration, ohne nennenswerte Unterbrechungen, mit nicht nachlassender Aufmerksamkeit. Diesmal war besonders viel Material zu sichten, die beiden verschnürten Archivmappen waren prall gefüllt gewesen, ein Sammelsurium von handschriftlichen Texten. Über die letzten Tage hatte er sich mehr und mehr in Rückerts Handschrift eingelesen, selten war er sich noch bei einer Textstelle unsicher, einem Buchstaben etwa, der etwas aus der Reihe tanzte. So hatte sein Lesetempo stetig zugenommen, las er die handschriftlichen Aufzeichnungen schon fast wie eine Tageszeitung. Dennoch, bei allem Eifer überhastete er nichts. Übersetzungen, Gedichte und Briefe, nichts wurde ungelesen beiseitegelegt, noch der kleinste, unscheinbarste Zettel wurde genauestens studiert. Zeile für Zeile, Wort für Wort. Er würde weitermachen, immer weitermachen, bis er gefunden hatte, wonach er suchte, bis er sie hatte: die Spur, die sein Leben verändern würde.

***

Freitag

»Und?«, fragte Mütze in versöhnlichem Ton, während ihm Karl-Dieter seinen Audi-Toast brachte.

»Und was?«

»Was hast du gestern Nacht geträumt?«

Karl-Dieter stutzte. Gestern Nacht? Ja, richtig, er hatte einen Albtraum gehabt, dunkel erinnerte er sich jetzt daran. Aber, komisch, so nervenaufreibend der Traum auch gewesen sein mochte, Karl-Dieter brachte den Inhalt nicht mehr zusammen. So ging es ihm öfter. An die meisten seiner Träume konnte er sich nicht erinnern, spätestens nach dem Zähneputzen waren sie davongeweht.

»Ich weiß es nicht mehr«, sagte er bedauernd.

»Schade«, sagte Mütze, »du hattest nämlich den Fall gelöst.«

»Ehrlich?«, fragte Karl-Dieter. Schemenhaft schien eine Erinnerung in ihm aufzusteigen, doch er konnte sie nicht festhalten. Was hatte er nur geträumt? Es muss von großer Wichtigkeit gewesen sein, nun war alles weg.

»Macht nichts«, grinste Mütze und betrachtete plötzlich interessiert die neue Schiefertafel, auf der die vielen Sprachen standen.

»Da fehlt noch was!«, sagte er nach einer Weile.

»Was meinst du?«, fragte Karl-Dieter, während er Mütze seinen Morgenkaffee eingoss.

Mütze deutete auf die Tafel.

»Chinesisch. Rückert hat sich auch mit chinesischer Literatur beschäftigt!«

Professor Krautwurst war ein Frühaufsteher. Er blickte Mütze einen Moment lang fragend an, begrüßte ihn dann jedoch um so herzlicher, nachdem er ihn erkannt hatte.

»Wo haben Sie denn Ihre Maske gelassen?«

Interessiert betrachtete der quirlige Rechtsmediziner Mützes verbeultes Gesicht und fragte ihn, ob er sich der Wissenschaft zur Verfügung stelle. Nur für ein kleines Experiment, es ginge auch ganz schnell. Darauf nahm der Weißkittel einen etwas seltsam aussehenden Fotoapparat und einen kleinen Glasspatel, den er Mütze kräftig auf sein Gesichtshämatom drückte. Mütze durchzuckte ein heftiger Schmerz, was der Professor jedoch fröhlich ignorierte. Er machte drei-, viermal klick mit der Kamera, dann klappte er einen seitlich angebrachten Monitor heraus und las die Daten ab.

»Klare Kiste. Der Unfall muss am letzten Samstag passiert sein, frühestens gegen elf Uhr, spätestens gegen zwanzig Uhr. Außer, Sie leiden unter einer seltenen Gerinnungsstörung.«

Mütze war beeindruckt. Der Zeitraum stimmte exakt. Gegen siebzehn Uhr war ihm der harte Schädel ihres Torwarts ins Gesicht geknallt und hatte ihm Joch- und Nasenbein in viele kleine Segmente zerlegt. Wie der Professor den Zeitpunkt so genau bestimmen konnte?

»Farbänderungen«, antwortete Krautwurst, »die Zersetzung des ausgetretenen Blutes verläuft nach genauen Regeln. Das liegt am Hämoglobin und seiner enzymatischen Zersetzung. Doch ich stehle Ihre kostbare Zeit, Sie kommen sicher wegen der neuen Kundschaft.«

Mit flatterndem Mantel sprang der begeisterte Wissenschaftler vor Mütze die Treppe hinunter in den Sektionsraum. Klirrend sprangen die Neonlampen an und beleuchteten zwei fahrbare Metalltische, auf denen hübsch nebeneinander zwei frische Leichen lagen, Doktor Rudolf und der Gärtner.

»Welchem der Herren sollen wir den Vorzug erteilen?«, fragte der Professor und sah Mütze händereibend an.

»Ich denke, wir halten uns an die Reihenfolge des Eingangs«, schlug Mütze vor.

»Gut, also der Gärtner zuerst. Die Todesursache liegt klar auf der Hand«, sagte Krautwurst, und Mütze war es, als schwänge eine leichte Enttäuschung in des Professors Stimme mit. Mit solch einer unkomplizierten Sache eine solche Koryphäe zu behelligen!

»Die Gartenschaufel hat die linke Halsschlagader glatt durchtrennt, der Tod muss innerhalb von Sekunden eingetreten sein.«

Mütze nickte.

»Der Täter verfügt über nicht unbeträchtliche Kräfte. Schauen Sie sich das Tatwerkzeug an«, fuhr der Professor fort und hielt Mütze die Gartenschaufel unter die Nase, die neben der Bahre auf einem weiteren Metalltisch lag.

»Immerhin eine ungewöhnliche Mordwaffe. Aufgrund des breit auslaufenden Metalls nur bedingt als Stichwaffe geeignet. Man muss viel Druck erzeugen, um sie in menschliches Gewebe zu versenken, zumal der Hals des Gärtners durchaus kräftig zu nennen ist.«

Er griff zu einem breiten Spatel und trat näher an die Leiche heran. Mit einem saftigen Schmatzen öffnete sich die Wunde.

»Tief, sehr tief, sehen Sie? Der Täter muss Rechtshänder sein«, sagte der Professor und zog den blutigen Spatel wieder heraus. »Der Stich wurde von oben nach unten ausgeführt, das ergibt sich aus dem Verlauf des Wundkanals. Der

Täter ist also entweder recht groß, oder der Gärtner hatte sich in dem Moment des Zustoßens gebückt.«

Hierauf warf der Rechtsmediziner dem Gärtner schwungvoll ein weißes Tuch über und ging zu Doktor Rudolf hinüber, dem Nestor der Rückert-Gesellschaft, dessen Kopf etwas schief auf dem Hals zu sitzen schien, was ihm eine kecke Note verlieh.

»Genickbruch«, sagte der Professor, »sehen Sie her.«

Darauf packte er die Leiche bei den Schultern und wackelte rhythmisch daran, woraufhin der Kopf des Toten unnatürlich elastisch hin und her zu schlenkern begann.

»Genickbruch an typischer Stelle. Zwischen dem zweiten und dem dritten Halswirbel. Ebenfalls ein Sekundentod. Die Wunde an der Kopfschwarte hier oben hat den Tod nicht herbeigeführt. Zunächst nahm ich an, der Täter habe dem Opfer eins drübergezogen. Die Obduktion ergab jedoch zweifelsfrei, dass die Wunde vom Sturz auf die Treppenstufen stammt, wodurch wiederum der Kopf mit solcher Wucht verbogen wurde, dass der Hals nicht hinterherkam. Hastenichtgesehen, und das Genick war gebrochen.«

Der Professor griff zu einer kleinen, hölzernen Gliederpuppe, die auf einem Metallstab steckte, eine Puppe, wie sie auch Künstler als Modell verwenden. In Zeitlupe verdeutlichte er Mütze den Ablauf des Sturzes, ließ den hölzernen Doktor Rudolf ins Stolpern geraten und benutzte zur Demonstration der finalen Treppenstufe ersatzweise das Fensterbrett.

»... und knacks!«, sagte er und überstreckte den Puppenkopf weit nach hinten.

Mütze dankte für die eindrucksvolle Demonstration und verabschiedete sich. Krautwurst war wirklich ein Meister seines Fachs. Wenn er sich jemals obduzieren lassen müsste, dann nur von ihm, das stand fest. An der Tür aber drehte sich Mütze noch einmal um.

»Eine Frage hätte ich noch. Haben Sie das mit meiner Maske vielleicht zufällig jemandem weitererzählt?«

»Nur meiner Frau«, lachte der Professor. »Warum?«

Bei der Inspektion schien jeder so zu tun, als ob er bis zum Hals in Arbeit steckte. Nur flüchtig und wie nebenbei grüßten die Kollegen der erweiterten Mordkommission ihren Chef. Mütze spürte, wie sein Blutdruck auf fünf atü kletterte. Was konnte er dafür, dass der Täter so unverschämt war, in seine Rolle zu schlüpfen? War er daran schuld? Wohltuend normal verhielt sich hingegen Big-Chip. Das Fehlen der Maske, die Mütze im Auto gelassen hatte, kommentierte er mit keinem Wort. Stattdessen gab er kurz und knapp Bericht. Leider noch keinerlei Zeugen, die sich auf das Foto der Toten in den *Erlanger Nachrichten* gemeldet hätten. Auch aus Münster, Berlin und Marbach nichts Neues. Alle Überwachungskameras seien aber installiert, zusätzlich Beamte in den Gebäuden versteckt. Alles ganz diskret, keinem Besucher würde etwas auffallen.

Mütze nickte. Big-Chip schob ihm ein Fax rüber. Von Professor Kaunas. Die Liste der wissenschaftlichen Mitarbeiter des Projekts »Rückert-Gesamtausgabe«, sieben Namen.

»Soll ich's an die Kollegen verteilen?«, fragte Big-Chip.

»Sei so gut.«

Sie gingen in den Konferenzraum hinüber, der ungewöhnlich gut gefüllt war. Auch die junge Staatsanwältin saß schon dort. Mütze mochte Sweetheart nicht besonders, aber er musste zugeben, dass sie ihre Arbeit sehr professionell zu erledigen pflegte. Und sie sah gut aus. Jetzt aber hatte sie einen scharfen Zug um die Lippen bekommen, der ihr gar nicht gut zu Gesicht stand. Pressearbeit bekam ihr nicht. Weil sie sich im beschaulichen und in der Regel so friedlichen Erlangen keine eigene Pressesprecherin zu leisten brauchten, musste die Staatsanwältin nun selber ran. Verteidigung war nicht ihr Ding. Attraktiv, ja richtig sexy wurde sie, wenn sie sich in Angriffsposition befand. Wurde sie in die Defensive gedrängt, tat dies ihrem Äußeren nicht gut. Zügig ging Mütze die wichtigsten Punkte durch und verteilte die Aufgaben. Die Kooperation mit Coburg und Schweinfurt erwies sich dabei als ausgezeichnet. Ein wichtiger Punkt war noch zu klären. Die Sache mit der Maske. Eindringlich forderte Mütze jeden im Raum auf, darüber nachzudenken, wem er etwas von seiner Gesichtsmaske erzählt haben könnte. Jede noch so nebensächlich erscheinende Spur könnte sich als wichtig erweisen.

»Denn eines ist klar, der Mörder hat gewusst, dass ich eine Maske trage.«

Betretenes Schweigen herrschte im Raum. Alle starrten auf ihre Füße. Was war nur los? Fühlten sich die Kollegen angegriffen? Was für ein Blödsinn! Er käme doch niemals auf die Idee, einen von ihnen des unbedachten Schwätzens zu verdächtigen! Mütze versuchte es auf die sanfte Tour. Keiner solle Hemmungen haben, etwas zu berichten. Niemandem würde er es übel nehmen, wenn er das mit der Maske weitererzählt hätte. Warum auch? Konnte ja keiner ahnen, was der Mörder mit diesem Wissen anstellen würde. Wahrscheinlich habe es der Kerl aus ganz anderer Quelle erfahren, nicht aus Polizeikreisen, dennoch erwarte er von jedem ein kurzes Statement. Auch wenn niemand aus ihrem Kreis etwas von der Maske erzählt habe, sei dieses Faktum wichtig, weil sich dadurch der Kreis möglicher Verdächtiger einenge.

»Olé, BVB, olé, olé …«

Mütze hatte gesagt, was gesagt werden musste. Schnell beendete er die Konferenz und fischte sein Handy aus der Tasche. Es war Karl-Dieter. Was wollte denn Knuffi jetzt? Mütze hatte ihm doch eingeschärft, ihn während des Dienstes wirklich nur in dringenden Fällen anzurufen. Karl-Dieter antwortete, dies sei ein dringender Fall. Er könne sich wieder erinnern, an den Traum, ja, an alle Einzelheiten! Er müsse sich so bald wie möglich mit ihm treffen, es sei wirklich wichtig, vielleicht die entscheidende Wende. – Am Telefon? Nein, am Telefon ginge das nicht. Mütze schnaufte durch, und sie verabredeten sich zu einem kurzen Treffen. Doch bevor Mütze losfahren konnte, kam die Staatsanwältin auf ihn zu, einen bebrillten Mann mit schwarzem Schlabbersakko im Gepäck.

»Kollege Wildflecken aus München, Walter Wildflecken. Polizeipsychologie, Profiler. Er unterstützt ab jetzt die Mordkommission. Ich habe ihm gesagt, er erhält von uns jede denkbare Unterstützung. Jede.«

Mütze nickte. Natürlich, ein Profiler. So ging man diese Sachen heutzutage an. Wenn's mehr als ein Mord war, wenn zwei oder drei Tote zu beklagen waren, wenn man einen Serientäter suchte, kam der Profiler. Das war so sicher wie das Amen in der Kirche. Für Mütze war klar, was er von Profilern hielt: nichts. Was machten Profiler denn schon? Sie fassten doch nur zusammen, was man ohnehin schon wusste oder ahnte. Und nach der ach so wissenschaftlichen Analyse bekam man dann gesagt, dass man jemanden suchen musste, dessen Merkmale auf etwa zwei Milliönchen Menschen zutrafen. Was für eine Hilfe! Damit wurden die weiteren Ermittlungen natürlich zu einem Kinderspiel! Mütze, ganz Profi, ließ sich aber nichts anmerken, drückte dem Profiler aus München flüchtig die Hand und beteuerte mit ausdrücklicher Freundlichkeit, wie sehr er sich auf die Zusammenarbeit freue. Nur gerade im Moment habe er leider keine Zeit, dafür habe der Herr Kollege bestimmt Verständnis.

»Die Ermittlungen, Sie verstehen. Aber Kollege Big-Chip ist sicher gerne für Sie da.«

Big-Chip sah ihn an, als hätte der Club drei zu null gegen Fürth vorne gelegen und das Spiel dann noch verloren. Mütze musste grinsen und verabschiedete sich so rasch er konnte.

Sie trafen sich am Rückertbrunnen. Mütze hatte ohnehin in die Innenstadt gemusst, weil er den Freak vom Internetcafé nochmals befragen wollte, und für Karl-Dieter war es vom Theater nur ein Katzensprung zum Brunnen. Mütze wusste selbst nicht, warum er sich auf das Treffen eingelassen hatte. Was war denn schon von einem Traum zu halten? Karl-Dieter aber hatte es so dringend gemacht, da hatte er ihn nicht abwimmeln wollen. So ging es Mütze oft, und jedes Mal schwor er sich, sich beim nächsten Mal nicht mehr darauf einzulassen. Die beiden Freunde – oder Partner, wie Mütze sagen würde – setzten sich auf eine Bank gegenüber dem lauschigen Brünnlein. Karl-Dieter verkniff sich eine Bemerkung wegen der fehlenden Maske. In manchen Punkten war Mütze eben unbelehrbar. Stattdessen fing er sogleich an, seinen Traum zu erzählen. Beim Betreten der Bühne sei er ihm plötzlich wieder eingefallen. Er hatte schon nicht mehr damit gerechnet, hatte ihn längst verschüttet geglaubt. Irgendein Detail, irgendein Sinneseindruck hatte ihn wiederaufflackern lassen, und zwar in voller Klarheit der Bilder und allen Einzelheiten. Er habe alles stehen und liegen gelassen und sogleich Mütze angerufen.

»Und?«, fragte Mütze.

»Es war eine Liebestat!«

»Wie bitte?«

»Mir träumte, es war eine Liebestat. Der Mörder hatte sich in die Bibliothekarin verliebt und sich mit ihr verabredet. Es kam zum Rendezvous im dunklen Keller eines alten Schlosses, das nur für die alte Universitätsbibliothek stehen kann, Träume verändern oft die Umstände. Als ihr Verehrer aber zärtlich werden wollte, hat Frau Apeldoorn – die in meinem Traum anders hieß und vermutlich auch anders aussah, aber das tut nichts zur Sache – hat sie ihn plötzlich zurückgewiesen. Darauf hat der zurückgewiesene Liebhaber die Fassung verloren und zugedrückt.«

»Klar«, sagte Mütze sarkastisch, »und der Gärtner? Und Rudolf? Ebenfalls Liebestaten? Ein bisexueller Serientäter, der sich blitzartig verliebt und seinen neuen Flammen jedes Mal sofort das Licht ausbläst. Und sich darauf mit der Lektüre frisch geklauter Handschriften tröstet. Gratuliere, wir haben den Täter! Da wird unsere Staatsanwältin gleich wieder viel hübscher ausschauen!«

Karl-Dieter schüttelte heftig den Kopf. Auch darüber habe er nachgedacht, das sei aber nur ein scheinbarer Widerspruch. Das sei ja gerade die perfide Taktik des Liebesmörders, dass nun alle einen Büchernarr suchen würden. Dadurch habe er es geschafft, auf geniale Weise von seiner Tat und seinen tatsächlichen Motiven abzulenken. Nur die Bibliothekarin sei das eigentliche, tragische Opfer. Die beiden Folgetaten seien Vertuschungstaten, falsche Fährten.

Mütze lächelte ihn warmherzig an. Oh, Karl-Dieter! Durch und durch Romantiker, muss er natürlich auch romantisch träumen. Das arme späte Mädchen, das bei seinem ersten Rendezvous kalte Füße kriegt und deshalb ermordet wird. Was für eine Moritat! Mütze schlug Karl-Dieter auf die Schulter.

»Ich werd darüber nachdenken«, sagte er und verabschiedete sich.

»Seh'n wir uns am Abend?«, fragte Karl-Dieter.

»Ich ruf dich an.«

Mütze ging durch den Schlossgarten in südlicher Richtung, hinüber zur Fahrstraße. Imposant erhob sich das wuchtige Kollegienhaus am Rande des Parks, ein Palast größer noch als das Schloss, welches den westlichen Teil des Schlossgartens abschloss. Hoch oben war das Motto der Friedrich-Alexander-Universität angebracht: »Veritati, Humanitati, Virtuti«. – Veritati und Humanitati – der Wahrheit und der Menschlichkeit. Könnte man auch über dem Polizeipräsidium anbringen. Mütze war nicht wenig stolz auf die Reste seiner klassischen Bildung. Latein hatte er geliebt, zumindest die elegante und zugleich knifflige Technik der Übersetzung. Jawohl, auch er als harter Kriminaler kannte seinen Cicero. Was zum Teufel aber bedeutete Virtuti? Steckte darin der gleiche Kern wie in virtuellen Welten? Bedeutete es »dem Schein«? Das ergab doch keinen Sinn. Er würde Karl-Dieter danach fragen. Mensch, Karl-Dieter! Was für eine abstruse Story hatte er sich da nur wieder ausgedacht. Ein Mord aus verschmähter Liebe und zwei Vertuschungstaten. So ein Käse! Karl-Dieter las einfach zu viele Romane vor dem Einschlafen, das verwirrte nur die Sinne. Dennoch, unterhaltsamer als die zu erwartende Analyse des Profilers waren Karl-Dieters Ideen allemal.

Der Freak vom Internetcafé grinste beim Anblick von Mützes grün-blau marmoriertem Gesicht noch frecher als über die Maske und kraulte sich genüsslich seinen Rauschebart, aus dem es verdächtig süßlich roch. Nein, auch im

Nachhinein könne er sich nicht an einen Kunden erinnern, der nicht ganz knusper gewesen sei. Nein, es sei auch in den Tagen danach keiner aufgetaucht, der ihm in diesem Zusammenhang vertraut oder seltsam vorgekommen wäre. Ihn interessiere ohnehin ganz was anderes. Ihn interessiere, wann die Polizei endlich seinen beschlagnahmten Computer wieder rausrücke. Er lebe schließlich davon.

»Haben Sie jemandem von meiner Maske erzählt?«, fragte Mütze genervt.

»Von der Maske?« Der Freak bekam einen Lachanfall. »Hätte ich das tun sollen, Herr Kommissar? Aber wenn Sie wollen, lässt sich das gerne nachholen, man ist der Polizei ja gerne behilflich.«

Vor der Tür zückte Mütze den Zettel mit der handgeschriebenen Namensliste und setzte sowohl hinter dem Freak als auch hinter Krautwurst einen ärgerlichen Haken. Hinter »Krautwurst« kritzelte er noch »Ehefrau«. Dann fing sein Handy an zu singen. Jemand nuschelte so schnell und so undeutlich ins Telefon, dass Mütze ihn nicht verstand.

»Hallo? Hallo? Wer ist denn da? Hallo? – Mist!«

Der Mann hatte wieder aufgelegt. Mütze drückte auf »Verbindung wiederherstellen«, aber die Leitung blieb tot. Wer zum Teufel ist das gewesen? Irgendwie war ihm die Stimme bekannt vorgekommen. Mütze ließ die Nummer auf seinem Display erscheinen. Ein Festnetzanschluss in Erlangen. Mütze rief Big-Chip an.

»Kein Problem«, sagte Big-Chip, »lass die Nummer nur rüberwachsen und bleib in der Leitung.«

Keine halbe Minute später war Big-Chip wieder dran.

»Die Nummer gehört dem *Café Mengin*!«

Der Kellner! Natürlich! Das ist der Kellner gewesen! Sofort rannte Mütze los. War ja nicht weit, nur das kurze Stück durch den Schlossgarten und an dem seltsamen Pyramidenbrunnen vorbei. Was hatte der Kellner von ihm gewollt? Warum war er so aufgeregt gewesen? Das konnte nur *einen* Grund haben!

Genauso war es. Der Kellner schien schon dringend auf Mütze zu warten. Er stand draußen vor der Tür, direkt neben dem Eingang und kam Mütze mit schnellen Schritten entgegen.

»Da hinten läuft er! Er hat wieder nur ein Glas Wasser getrunken und ist gleich wieder weg.«

Der Kellner deutete Richtung Schlossplatz. Mütze konnte gerade noch einen grau melierten Herrn Mitte fünfzig erkennen, der zügig davonschritt.

»Danke!«, sagte Mütze und war schon hinterher.

Sein Instinkt sagte ihm, dass es besser war, den Mann zunächst zu beschatten. Vielleicht war es ja nur ein Zeuge, jemand, der Frau Apeldoorn das letzte Mal lebend gesehen hatte, eine Zufallsbekanntschaft. Vielleicht. Vielleicht aber war es zugleich derjenige, der Frau Apeldoorn das erste Mal als Tote gesehen hatte. Und vielleicht war er so dumm, sich selbst zu verraten.

Mütze war nicht wenig stolz darauf, wie gut er Personen verfolgen konnte. Ihm gelang es wie keinem Zweiten, die richtige Distanz zwischen Nähe und Abstand zu halten, die Zielperson nicht entkommen zu lassen und zugleich für diese völlig unsichtbar zu bleiben. Natürlich fiel so eine Beschattung in einer belebten Stadt wie Erlangen viel leichter, aber auch dort musste man behutsam vorgehen und durfte nicht nachlässig werden. Zumal wenn davon auszugehen war, dass man es mit dem Täter zu tun haben könnte, denn

Täter entwickelten nach ihren Taten ein ungutes Misstrauen, neigten oft dazu, sich abrupt umzusehen. Also Vorsicht und nicht zu nah heran!

Warum aber war der Mann, wenn er denn der Mörder war, wieder ins *Café Mengin* gekommen? Ergab das einen Sinn? Er musste doch damit rechnen, mit der Toten zusammen gesehen worden zu sein. Dennoch, ein Mörder kommt nicht nur regelmäßig an den Tatort zurück, er sucht genauso oft auch andere Orte auf, die mit der Tat im Zusammenhang stehen. Und er war sich vielleicht auch einfach zu sicher geworden. Das kam vor. Schon manchen Verbrecher hatte es gegeben, der mit dem Feuer gespielt hatte. Warum auch immer. Das konnte der Herr Polizeipsychologe sicher viel besser erklären. Schornstein-Schorsch etwa, der Kerl, der stets durch den Kamin in die Häuser seiner Opfer eingedrungen war, hatte sich beim Kaminkehrermeister von Dortmund-Scharnhorst als Praktikant beworben, um seine künftigen Tatorte noch systematischer ausbaldowern zu können. So war man ihm auf die Schliche gekommen. Manche Verbrecher glaubten mit der Zeit, schlauer als die Polente zu sein. Sie wurden arrogant und unvorsichtig – und klapp – schon schnappte die Falle zu. Nein, nein, der Mann da vorne, der jetzt nach rechts in die Fußgängerzone abbog, war kein Stammkunde vom *Mengin*. Das hätte der aufmerksame Kellner gewusst. Am letzten Sonntag hatte man ihn zum ersten Mal im Café gesehen. Und dann ausgerechnet am Tisch von Frau Apeldoorn. Wenn das ein Zufall sein sollte!

Mütze hielt unwillkürlich an und tat so, als ob er sich für die Auslagen eines Schmuckgeschäftes interessierte. Einige Dutzend Meter weiter war der grau melierte Herr stehen geblieben. Nachdem er zunächst die Auslagen des traditionellen Erlanger Hutgeschäftes Brömme zu betrachten schien, ging er ein Stückchen weiter und wandte sich den Aushängen der Tageszeitung zu. Suchte er nach Berichten über seine Taten? Geilte er sich daran auf, wie berühmt er nun war? War das vielleicht sein Hauptanliegen? Auch solche Verbrecher gab es, Menschen, die es nur darauf angelegt hatten, aus der grauen Masse hervorzutreten. Der junge Pilot von Germanwings, der seine Maschine mit hundertfünfzig Menschen an Bord zum Absturz gebracht hatte, gehörte wohl zu dieser Kategorie. Aber natürlich konnte das Zeitungsstudium auch anderen Zwecken dienen. Der Mörder wollte einfach nur erfahren, was man schon öffentlich über seine Taten wusste. Oder besser: was man alles nicht wusste. Und amüsierte sich nun prächtig darüber, wie die Polizei im Dunkeln tappte.

Mütze beherrschte das Kunststück, in einem Winkel von fast neunzig Grad um die Ecke zu schielen, eine Eigenschaft, die ihm nun wieder sehr nützlich war. So konnte er zugleich so tun, als würde er die Uhren und Schmuckstücke im Schaufenster betrachten, und dennoch erkennen, wann der graue Wolf sich entschloss, sein Zeitungsstudium zu beenden. Vor Mützes Nase lag eine Auswahl von hübsch drapierten Eheringen. Wie man freiwillig sein Geld für so ein Teil rausschmeißen konnte, war Mütze schleierhaft. Dafür musste man schon ein unverbesserlicher Romantiker sein. So wie Karl-Dieter. Ja, Karl-Dieter würde sich über kaum etwas anderes so sehr freuen wie über ein Paar goldene Eheringe. Mütze schüttelte es, wenn er daran dachte. Ein Ehering hatte für Mütze so ziemlich die gleiche Funktion wie ein Glöckchenhalsband für eine Katze. Es sollte auf sich aufmerksam machen und jeden warnen, dem Träger nicht zu nahe zu kommen. Der Ehering als Sinnbild ehelicher Treue. Wenn aber Treue nur auf diese Weise herzustellen war, welchen Sinn sollte sie dann haben? Warum sollte man der Welt etwas demonstrieren, was der

Welt herzlich gleichgültig war? Ein Ring sei ein schönes Symbol, pflegte Karl-Dieter bei jeder sich bietenden Gelegenheit zu betonen, ein Symbol der gegenseitigen Zuneigung und Liebe. – Symbole! Was für einen Zweck hatten denn Symbole! Symbole waren etwas Schwaches und Überflüssiges. Sie erfüllten doch nur Platzhalterfunktionen, besaßen keinerlei eigenen Wert. Wenn das, für das sie standen, existierte, was brauchte es dann das Symbol? Wenn das, für das sie standen, aber nicht oder nicht mehr existierte, waren Symbole nur noch leere Hülsen. Also fort damit!

Fort! Verdammt! Der Mann war fort! Trotz seines Neunzig-Grad-Blickes. Nur wegen der dummen Ringe! Rasch lief Mütze hinterher, am Hutgeschäft vorbei, an dem Fischgeschäft und den Zeitungsaushängen bis zur nächsten Kreuzung. Dort sah er sich hektisch um. Da! Zum Glück war er wieder dran. Der Mann war erneut nach rechts abgebogen, ging nun die neu gestaltete Wasserturmstraße entlang, eine der wenigen gelungenen Verschönerungsaktionen der Stadt Erlangen. Die Straße führte an einem Fotogeschäft vorbei, in dessen Auslage die letzten drei Oberbürgermeister Erlangens als Mini-Figuren standen. Wie eine Versammlung von Voodoo-Püppchen sah das aus. Mütze beschloss, in sein Testament zu schreiben, ihn niemals als 3D-Figürchen wiederauferstehen zu lassen. In einem Regal still vor sich hin zu verstauben, welch grauenhafte Vorstellung! Selbst wenn ihm Karl-Dieter versprach, ihn regelmäßig abzustauben.

Am Ende der Wasserturmstraße, dort, wo sich links ein kleiner Platz zur Passage zwischen Markgrafentheater und Redoutensaal hin öffnete, passierte der Mann ein kleines schmiedeeisernes Gittertor und spazierte geradeaus in den Botanischen Garten. Trotz seiner geschätzten fünfzig Jahre besaß er noch einen elastischen, geradezu jugendlichen

Schritt. Mütze kamen Zweifel. War es nicht besser, den Mann jetzt gleich anzusprechen? Was versprach er sich von der Observation? Bauchgefühl hin, Bauchgefühl her. Man durfte sich nicht immer auf sein Bauchgefühl verlassen. Bummelte man so seelenruhig durch Erlangen, wenn man drei Morde hinter sich gebracht hatte und daheim jede Menge Literatur lag, die es noch zu sichten galt? Warum hätte sich der Täter sonst so eine Mühe gemacht, an Rückert-Originale heranzukommen? Wenn es ein Psychopath war, ein Mann mit pathologischem Sammeltrieb, ging man dann ein Gläschen Wasser beim *Mengin* trinken oder besah sich die Primeln im Botanischen Garten? Dennoch hielt sich Mütze noch zurück, schwor sich aber, nun besser aufzupassen. Ein zweites Mal würde er den Mann nicht aus den Augen verlieren.

Mütze kannte den Botanischen Garten gut, allzu gut für seinen Geschmack. Karl-Dieter hatte ihn schon manchen Sonntag gezwungen, Blümlein gucken zu gehen. Vielleicht ging es Karl-Dieter auch weniger um die Blümlein als um die vielen kleinen Blagen, die sich hier an den Sonntagen tummelten. Nicht ohne Grund war der Garten das bevorzugte Ziel von Kindergeburtstagen. Nirgendwo sonst konnte man so gut Verstecken spielen, Goldfische streicheln oder sich vor den Vitrinen mit den fleischfressenden Pflanzen gruseln. Karl-Dieter mit seiner kindlichen Seele konnte sich an den Spielen der Kinder nicht sattsehen, man sah ihm förmlich an, wie gerne er mitgespielt hätte. Ging man dann nach Hause, befiel ihn oft ein Zustand, den Mütze als »Kinderkater« bezeichnete. Dann drängte sich sein verrückter Kinderwunsch wieder mit aller Macht in den Vordergrund, und er bekam die traurigsten Dackelaugen der Welt.

Der Grauschopf passierte nun die Neischl-Grotte, ein dunkles Tropfsteinhöhlenimitat, ging weiter zu dem alpinen Garten, spazierte über den kleinen Hügel, welcher den Alpenhauptkamm darstellen sollte, um kurz darauf rechter Hand im Urwald zu verschwinden. Mütze, der schon recht dicht aufgeschlossen hatte, wartete nun lieber einen Moment ab, bevor er selbst das Dschungeldunkel betrat. Als Mütze nach zwei Wegbiegungen den Mini-Urwald wieder verließ, meinte er, den Mann hinter einer Hecke zu bemerken, die in weitem Schwung aus dem Garten führte, hin zu einem Nebenausgang. Vorsichtig hinterher! Nun ging es aus dem Garten hinaus zur Loschgestraße und diese entlang in östlicher Richtung. Der Mann behielt seine Geschwindigkeit unverändert bei, ein gutes Zeichen. Menschen, die sich verfolgt fühlen, beschleunigen unwillkürlich ihren Schritt. Auf der rechten Seite befand sich die Kinderklinik. Im Sommer, wenn die Zimmerfenster offen standen, hörte man die kleinen Patienten oft schluchzen oder weinen. Karl-Dieter brach es dann stets das Herz. Er konnte das nicht mit anhören. Nichts Schlimmeres gab es für ihn als ein weinendes, unglückliches Kind. Das musst du dir dann aber anhören, wenn du ein Kind hast, hatte Mütze ihm einmal vorgehalten. Ja, aber dieses Kind kann ich dann in den Arm nehmen und trösten, hatte Karl-Dieter ihm erwidert. Karl-Dieter und sein Kinderwunsch. Wann würde sich dieser Wunsch endlich überlebt haben? Das gab es zum Glück, das Wünscheüberleben, da zeigte sich die Natur gnädig. Man durfte nur nicht die Geduld verlieren, hübsch in Ruhe abwarten und Tee trinken. Oder besser noch ein Bierchen. In den Anfangsjahren ihrer Freundschaft hatte Karl-Dieter unbedingt ein Kätzchen haben wollen, mit der Zeit war der Wunsch dann weniger und weniger geworden, bis er schließlich eingeschlafen war. So würde es sich auch mit dem Kinderwunsch verhalten. Was würde er dann aufatmen! Nicht, dass Mütze nicht davon überzeugt war, dass Karl-Dieter einen guten Vater abgeben würde. Genauso wie Karl-Dieter der beste und überzeugteste Bühnenarbeiter war. Karl-Dieter war ein Muster an Zuverlässigkeit, auf ihn konnte man sich in jeder Beziehung hundertprozentig verlassen. Mütze war sich sicher: Einen feinfühligeren, engagierteren Papa als Karl-Dieter würde es auf der ganzen Welt nicht geben. Das Problem war ein völlig anderes, das Problem war er selbst. Mütze war klar, dass er als Vater auf ganzer Linie versagen würde. So grottenschlecht würde er sich anstellen, dass jeder nur den Kopf schütteln würde. Tat man einem Kind tatsächlich einen Gefallen mit einem solchen Vater? Kinder schwuler Eltern hatten nun mal zwei Väter, auf beide kam es an. Ein Guter konnte einen Schlechten nicht kompensieren. So war das leider nun mal.

Mütze hatte gerade die Höhe der Loschgeschule erreicht, als er plötzlich mit festem Griff von hinten umklammert wurde. Gleichzeitig rief eine vertraute Stimme mit freudig erregter Stimme: »Überraschung!«

Sich aus Karl-Dieters Umarmung zu befreien war nicht leicht. Unwirsch wollte sich Mütze losreißen, doch sein Freund hielt das für ein Spiel und umarmte ihn umso kräftiger, auch wenn es ihn dabei hin- und herriss. Mütze hätte am liebsten laut geflucht, doch das verbat die Situation. So wurde ein stiller, aber heftiger Ringkampf daraus, und als es Mütze endlich gelang, sich aus der Umklammerung zu befreien, blitzte er den Freund mit zornigen Augen an, sich energisch einen Zeigefinger vor den Mund haltend. Karl-Dieter verstand und erbleichte. Er spürte ohne Worte, was Mütze meinte: »Karl-Dieter, merkst du denn nicht, dass ich im Dienst bin? Lass mich, bitte, bitte in Ruhe und verschwinde, und zwar so unauffällig wie möglich!« Mit raschen Schritten lief Mütze wieder los. Wo war nur der Grauschopf?

Betreten blieb Karl-Dieter zurück. Oje! Mützes Verhalten konnte nur einen Grund haben: Er verfolgte eine heiße Spur. Der Mann eben, der mit den grauen Haaren, der vor Mütze hergelaufen war! Ob der Grauschopf die schrecklichen Taten auf dem Gewissen hatte? Ob Mütze dem Mörder schon dicht auf den Fersen war? Ob er kurz davor stand, sich den Täter zu schnappen? Und da kam er, Karl-Dieter, daher und störte Mütze dabei. Böses Foul! Aber wie hätte er auch ahnen können, dass der Freund sich auf einer Verfolgungsjagd befand?

Karl-Dieter hatte den Nachmittag genutzt, einen Spaziergang zur Schwabach zu machen, zum Aromagarten. Der Aromagarten war ein stilles Paradies. Einen liebevoller gepflegten Garten gab es, den Botanischen Garten ausgenommen, nirgends weit und breit. Und keinen, der besser duftete! Man konnte sich von seiner Nase durch die Beete führen lassen, am wilden Thymianhügel vorbei zum betörenden Fliederwäldchen, hinüber zur Minzwiese mit ihren erfrischenden Lüftchen, weiter zum Lavendelfeld, auf dem man sich, schloss man die Augen, in die Provence hineinträumen konnte, und dann den Weinrosenweg entlang zum Salbeihang und zur Baldrianwiese. Heute hatte Karl-Dieters Gang allerdings noch einen praktischen Grund gehabt. Stillschweigend wurde es geduldet, dass sich bescheidene Bürger ein paar Kräuterchen für den Hausgebrauch pflückten. Karl-Dieter wollte für Susi einen Tee aus Frauenmantel und Schafgarbe brühen, natürliche Wundermittel gegen ihre Schwangerschaftsbeschwerden. Für Mütze hatte er etwas Kalmus gepflückt, weil er sich in der momentanen Stresssituation um dessen Immunsystem sorgte. Und für sich selbst hatte er noch etwas

Boretsch und Liebstöckel ins Körbchen gelegt, blutreinigende, entwässernde und verdauungsfördernde Heilkräuter. Als er mit dem Körbchen zurück Richtung Markgrafentheater gegangen war, hatte er aus der Ferne Mütze erblickt und ihn überraschen wollen. Und nun das! Hoffentlich hatte er nicht alles vermasselt, hoffentlich erwischte Mütze den Ganoven noch. Sonst würde der Haussegen für eine Weile sehr, sehr schief hängen. Dabei hatte er sich doch nichts Böses dabei gedacht. Hatte sich einfach nur gefreut, Mütze zu sehen. Karl-Dieter spürte, wie trotz seines schlechten Gewissens eine heiße Freude in ihm aufstieg. Ist denn das nicht großartig? Nach so vielen gemeinsam verbrachten Jahren? Immer noch zu spüren, wie das Herz zu klopfen beginnt, wenn man der Liebe seines Lebens begegnete?

Mützes Herz klopfte ebenfalls, wenngleich aus völlig anderen Gründen. Wo war nur der Grauschopf hin? Mütze war bis zum Maximiliansplatz gestürmt, der nur so hieß und lediglich eine Ausbuchtung der Bismarckstraße war, die wiederum zugleich Neue Straße, Pfarrstraße, Sankt Johann oder Dechsendorfer Damm hieß, je nachdem, wo man sich befand. Die Erlanger verdoppelten nicht nur trickreich die Zahl ihrer Plätze, mit den Straßen hielten sie es genauso. Hektisch sah sich Mütze um. Keine Spur von dem Verdächtigen! Hatte der Grauschopf den Maximiliansplatz gequert und war den Fußgängerweg geradeaus weiter zu den Kopfkliniken gelaufen? Oder war er nach links abgebogen und um die nahe Herz-Jesu-Kirche herum? Oder nach rechts, weiter nach Osten, wo sich weitere Klinikgebäude befanden? Für eine Variante musste er sich entscheiden, wollte er sich noch eine minimale Chance erhalten, den Mann wiederzufinden.

Mütze entschied sich für den Fußgängerweg zu den Kopfkliniken, rannte weiter bis zum Ufer der Schwabach, wo sich die Wege weiter verzweigten. Nichts zu sehen! Wütend kehrte Mütze um, stürmte zurück zum Maximiliansplatz, lief zur Herz-Jesu-Kirche, warf einen Blick in das Gotteshaus, doch auch dort keine Spur von dem Grauschopf. Es war zum Mäusemelken. Da war nichts mehr zu machen, musste sich Mütze eingestehen. Er hatte den Grauschopf verloren. Mensch, Karl-Dieter! Alles wegen dieser saudummen Umarmung!

Zu allem Überfluss fing nun auch noch Mützes Handy an zu grölen. Missmutig ging der Kommissar dran. Big-Chip war in der Leitung.

»Der Ururenkel? Na endlich! Fahren wir gemeinsam?«

Eine gute Stunde später saßen sie dort, wo der Gärtner sein trauriges Ende gefunden hatte, in dem hübschen Garten des Neuseser Rückerthauses. Während der Fahrt hatte Mütze kräftig Dampf abgelassen, nun ging es ihm schon wieder etwas besser, zumal bei diesem so liebevollen Empfang! Frau Rückert hatte den weißen Gartentisch gedeckt und leckeren Kirschsaft herbeigetragen. Herr Rückert, ihr Mann, erzählte, dass sie gestern Nacht erst von London zurückgekehrt seien. Der Schrecken stecke ihnen noch in den Gliedern. Ihr Gärtner sei so ein netter Mensch gewesen, dazu ein wahrer Gartenbaukünstler, der sich in historischer Gartenkunst fortgebildet habe. Wer wisse heute noch einen Barockgarten zu gestalten? Und nun dieses grausame Ende! In ihrem Garten, dem friedlichsten Fleck der Welt!

»Der Garten hier ist nach alten Plänen meines Ururgroßvaters wiedererstanden, was eine Menge Arbeit gemacht hatte. Rosen sind Friedrich Rückerts Lieblingsblumen gewesen, es durften nur Rosen in rötlichen Schattierungen sein, keine anderen hat er geduldet«, berichtete der rüstige Rentner und zitierte ein Gedicht seines Ahnherrn: »Ich sende einen Gruß wie Duft der Rosen, ich send ihn an ein Rosenangesicht. Ich sende einen Gruß wie Frühlingskosen, ich send ihn an ein Aug voll Frühlingslicht.«

Mütze und Big-Chip blickten zum Blütenmeer, das vor dem dunkelgrünen Buchs noch leuchtender wirkte.

»Friedrich Rückert war selber ein begeisterter Gärtner. Oft stand er im Alter noch jätend und grabend in den Beeten. Hohe Gäste, die ihn besuchen wollten, erkannten ihn oft nicht und hielten ihn für einen Hausknecht«, erzählte der freundliche ältere Herr.

»Ist Ihnen ein Museumsgast in Erinnerung, der sich verdächtig verhalten hat?«

Mütze musste dienstlich werden, es half ja nichts. So verkorkst der Tag auch war, vielleicht ergab sich ja eine neue Spur.

Herr Rückert schaute fragend zu seiner Frau, doch auch die schüttelte den Kopf.

»Unsere Gäste sind äußerst liebenswerte, kulturinteressierte Menschen.«

»Dennoch, es könnte ja sein, dass sich jemand in auffälliger Weise für Rückert-Handschriften interessiert hat, für Originalmanuskripte, die sich in Ihrem Museum befinden.«

Wieder trafen sich die Blicke des liebenswürdigen Ehepaars, wieder schüttelten sie bedauernd den Kopf.

»Hatten Sie bereits Gelegenheit nachzusehen, ob vielleicht etwas fehlt?«, hakte Mütze nach.

»Bei uns lagern keine Originale. Wurden längst alle wissenschaftlichen Bibliotheken anvertraut.«

»Sind Sie sicher?«

»Absolut! Hier gibt es nur gedruckte Rückert-Bücher und Bücher seiner privaten Bibliothek.«

»Fehlt vielleicht davon etwas?«

»Nur die Kopien von den Zetteln.«

»Welcher Zettel?«

»Die Zettel aus dem Zettelkasten!«

»Können wir hinauf ins Arbeitszimmer?«

»Selbstverständlich, gerne.«

Während sie durch den Garten zum Museum hinübergingen, erzählte Frau Rückert die Geschichte des Hauses. Friedrich Rückert sei als junger Mann ins nahe Coburg gegangen, um die Bibliothek des Coburger Herzogs zu benutzen, eine der umfangreichsten Sammlungen weit und breit. Der Dichter fand in Coburg jedoch nicht nur reichlich Literatur, er fand zugleich die Liebe seines Lebens. Sein Vermieter, der Archivrat Fischer, damaliger Leiter der Hofbibliothek, hatte eine junge Stieftochter. Rückert verliebte sich in Luise, sie erwiderte seine Liebe, und die beiden heirateten. Das Haus hier in Neuses gehörte ihren Eltern, Rückert fühlte sich in dem Anwesen so wohl, dass er es seinen Schwiegerleuten abkaufte und die letzten Jahrzehnte seines Lebens hier verbrachte, zusammen mit seiner Frau Luise, die zu seinem großen Kummer vor ihm starb. Wie froh war der Dichter gewesen, aus Berlin, wo er zuletzt lehrte, ins beschauliche Neuses zurückzukehren.

»Von der stockenden stolzen Spree, zu der lockenden Quell am Klee«, zitierte Frau Rückert.

Sie gingen ins Haus hinein und stiegen die Treppe empor zu Rückerts Arbeitszimmer. Alles war bereits wieder aufgeräumt und an seinem Platz.

»Den Zettelkasten dort hat Rückert bei einem hiesigen Schreiner in Auftrag gegeben«, sagte Frau Rückert, »in den Fächern hat er fein säuberlich seine Notizen abgelegt, Tausende von Zetteln, die millimetergenau in die Fächer passten. Wir hatten von vielen Kopien fertigen lassen, um den Besuchern des Museums einen besseren Eindruck zu verschaffen, und die sind nun alle verschwunden. Ärgerlich, aber kein großer Verlust. Wir werden neue anfertigen lassen, die Originale existieren zum Glück ja noch.«

Mütze erinnerte sich an die Geschichte des Zettelkastens. Der kanariengelbe Nachbar hatte ihm davon erzählt. Hieß er nicht Dotterweich? Warum war diesem Dotterweich das Fehlen der Zettel nicht aufgefallen? Er kannte sich doch so gut in dem Museum aus.

»Und wo befinden sich die Originalzettel?«

»In Münster, in der Universitätsbibliothek. Unseren Schrecken beim Betreten dieses Zimmers können Sie sich vorstellen, Herr Kommissar. Zum Glück haben die Einbrecher das Schwalbennest nicht zerstört.«

Schade, dachte Mütze spöttisch. Das hätte den armen Profiler vermutlich über Wochen beschäftigt. Was sagt uns das psychologisch, wenn jemand Schwalbennester zerstört? Vielleicht ein Hinweis auf eine nicht gelöste Mutterbindung? Auf ein Nichtertragenkönnen von Harmonie und Häuslichkeit? Oder litt der Täter gar an einer Zwitscherphobie?

Frau Rückert deutete auf das Schwalbennest und zitierte:

»Die Schwalbe schwingt zum Abendliede
Sich auf das Stänglein unterm Dach,
Im Feld und in der Stadt ist Friede,
Fried' ist im Haus und im Gemach.

Ein Schimmer fällt vom Abendrote
Leis in die stille Straß' herein

Und vorm Entschlafen sagt der Bote
Es werd ein schöner Morgen sein.«

»Rückert?«, fragte Mütze.

»Er hat viele Schwalbengedichte geschrieben, er hat die Vögel sehr gemocht.«

Mütze sah aus dem Fenster hinaus in den Garten. Wieder wallte der Ärger über Karl-Dieter in ihm auf. So dicht ist er an dem Grauschopf dran gewesen! Und doch war es unfair, alle Schuld auf den Freund zu schieben, gestand sich Mütze ein. Er hatte es doch selbst vergurkt, er hätte sich nicht von seinem bescheuerten Bauchgefühl steuern lassen sollen, sondern hätte den Grauschopf gleich auf dem Schlossplatz ansprechen müssen. War er ein Zeuge, dann hätten sie vielleicht wichtige Informationen bekommen können. War es aber der Täter, dann hätten sie ihn schon am Wickel gehabt. Das Alibi für *einen* Mord kann man vielleicht vortäuschen, nicht aber drei Alibis für drei Morde an drei verschiedenen Orten! Wie blöd von ihm, einfach unverzeihlich, die ganze verrückte Beschattungsaktion.

Friedlich lag der hübsche Garten des Rückerthauses in der untergehenden Sonne. Mütze wollte sich schon wieder von dem Anblick abwenden, als ihn etwas irritierte. Täuschte er sich, oder hatte er in der Hecke, die das Grundstück gegenüber dem kleinen Park begrenzte, eine Bewegung wahrgenommen? Jetzt war wieder alles still. Wahrscheinlich war es ein Eichhörnchen gewesen.

Als Karl-Dieter vom Theater zurückkam, war es schon nach elf. Er fühlte sich ziemlich erschlagen. Erst seine blödsinnige Begrüßungsaktion, und dann noch ein ungewohnt anstrengender Theaterabend. Ein Gastregisseur hatte den *Götz von Berlichingen* auf die Bühne gebracht, ein im Grunde heute nicht mehr spielbares Werk. Der gute Goethe hatte einen solch schnellen und häufigen Szenenwechsel eingebaut, dass es den Zuschauern schwindelte. Noch schlimmer aber erging es den Bühnenarbeitern, denen eine solche Schwerstarbeit abverlangt wurde, dass das bekannte *Götz*-Zitat nicht nur auf der Bühne, sondern häufiger noch hinter der Bühne zu hören gewesen ist. »Leck mich doch ...«

Nun hatte Karl-Dieter einen Mordshunger, wollte aber noch auf Mütze warten, der etwas von »Mitternacht« auf die Mailbox gesprochen hatte. Die Stimme des Freundes hatte nicht mehr verärgert geklungen, was Karl-Dieter als gutes Zeichen wertete. Bestimmt hatte Mütze die Verfolgung erfolgreich wieder aufnehmen können. Ein gemeinsames Mitternachtsessen, und die Versöhnung wäre perfekt. Nur ein kleines Käsebrot wollte sich der gestresste Bühnentechniker zuvor gönnen. Und vielleicht ein paar Löffelchen von Mützes feinem Fleischsalat. Und ein klitzekleines Stückchen von der Milka-Schokolade. So, jetzt war aber Schluss. Karl-Dieter zog eine neue Schiefertafel aus der Tasche, ein besonders schönes Exemplar, eine Tafel in Herzform mit goldenem Efeurand. Mit sanften Schlägen nagelte Karl-Dieter seine Neuerwerbung über das Kopfende ihres Bettes. Er hatte ein wunderbares Rückert-Gedicht gefunden, eine kleine erotische Kostbarkeit. Vergnügt nahm Karl-Dieter das Herz wieder ab und malte auf der Matratze kniend die vier ersten Zeilen mit rosa Kreide auf das tiefe Schwarz. Zwischendurch feuchtete er den Kreidestift mit Lippen und Zunge an, was die Schrift noch schöner zum Leuchten brachte. Dann füllte er sich sein Lieblingsschälchen, das mit der rosa Elefantenparade, mit salzigen Erdnüssen, gab noch einen kleinen Schuss nach, weil einfach noch zu viel Luft im Schälchen war, und warf sich auf das Blümchensofa. Wie ging es weiter mit den beiden Liebenden, mit dem stolzen Nal und seiner schönen Damajanti? Würde sich Damajanti in ihr Schicksal fügen und einen der dummen Götter zum Mann nehmen? Oder würde sie sich weigern, würde sie Nal um den Hals fallen und in einem heißen Kuss mit ihm sterben? Karl-Dieter zog das Buch heran.

Damajanti, die Götter preisend,
Erst Anbetung ihnen erweisend,
Sprach mit Lächeln zu Nala dann:
»Freie mit Zuversicht, o Mann!
Was kannst du für dich begehren,
Das ich dir könnte verwehren?
Ich und alles was ich bin
Und hab', ist dein, o nimm es hin!«

»Ich und alles, was ich bin und hab', ist dein, o nimm es hin!« – Karl-Dieter schloss verzückt die Augen. »Ich und alles, was ich bin und hab', ist dein, o nimm es hin!«, wiederholte er wieder und wieder. Das war die einzig richtige Antwort auf die Zumutung der Götter! War denn die Liebe selbst nicht göttlicher Natur? Damajanti war nicht nur bildschön, sie war auch geradlinig und ohne Furcht, wie denn wahre Liebe jeden furchtlos macht. Was aber nun? Was würde der arme Nal jetzt tun? Sollte er tatsächlich um Damajanti freien? Was aber war mit der Rache der Götter? War es nicht besser, die Götter zu fürchten? Götter konnten auf grausamste Art und Weise Rache nehmen.

Nal fand einen geschickten Ausweg aus dem Dilemma. Er erklärte sich Damajanti gegenüber, schilderte ihr den

Konflikt, der ihn zerriss. Sagte Damajanti, dass er hier und heute nur als Götterbote auftreten könne, dass er aber wiederkommen wolle, um für sich selbst zu werben. So nahmen die beiden Liebenden Abschied, und Nal ging zu den Göttern zurück, ihnen Bericht zu erstatten. Freimütig gestand er, was Damajanti ihm gesagt hatte, dass sie ihn und keinen der Götter wählen wolle. Da ersannen die Götter einen teuflischen Plan. Zusammen mit Nal gingen sie zu dem großen Fest, an dem Damajanti ihren Mann wählen sollte, zusammen mit den vielen anderen Fürstensöhnen, die ebenfalls um die Schöne freiten. Damajanti betrat den festlichen, goldenen Saal und sah sich suchend um. Wo war er nur, ihr Nal?

Da sah sie fünf Gestalten,
Die ihr vor den Augen wallten,
Bald naheten bald entwichen,
Und alle einander glichen;
Auf welchen sie immer des Auges Strahl
Richtete, der schien König Nal.
Da sprach sie in den Gedanken,
die ihr begannen zu schwanken:
Wie soll ich die Götter erkennen,
von Nala die viere trennen?

Karl-Dieter biss sich auf die Unterlippe. Würde Damajanti ihren Liebsten erkennen? Würde sie den Falschen wählen? Oh, diese hundsgemeinen Götter! Hatten alle das Äußere von Nal angenommen, was für ein fieser Trick. Rasch wollte er weiterlesen, als er den Manta röhren hörte. Mütze war zurück.

Karl-Dieter begrüßte den Freund: »Guten Abend, mein Schatz, wie war dein Tag?«

Mütze winkte ab. Kein Wort verlor er über ihren seltsamen Ringkampf auf der Loschgestraße. Was sollte das auch, vorbei und vergessen! Er hatte sich die Sache selbst zuzuschreiben. Und es war noch schlimmer gekommen. Von Neuses zurück hatte er mit Big-Chip noch eine nächtliche Stippvisite in der Polizeiinspektion gemacht, was sich als Riesenfehler herausgestellt hatte. In der Inspektion hatten die Staatsanwältin und der Profiler auf sie gewartet. Dann waren sie allen Ernstes noch in den Vorführraum gegangen und der Profiler hatte eine PowerPoint-Präsentation abgeliefert. Lauter höheren Blödsinn!

Mütze zog einen zerknüllten Zettel hervor, strich ihn glatt und äffte den Psychologen nach: »Der von uns gesuchte Tatverdächtige ist männlichen Geschlechts und operiert vermutlich alleine. Wir haben es mit einer narzisstischen Persönlichkeit zu tun, mit jemandem, der scheinbar aus reinem Selbstzweck seltene Autographen hortet. Intrapsychisch erfüllt diese für den Laien sinnlos erscheinende Sammelei durchaus einen Zweck, nämlich das schwach ausgeprägte Ich des Tatverdächtigen zu erhöhen. Die seltenen Handschriften, die nur er allein besitzt, geben ihm das Gefühl, etwas Besonderes zu sein. Er hält etwas in den Händen, was sonst niemand hat, und dieses Gefühl erfüllt ihn mit Hochstimmung. Ja, wir müssen davon ausgehen, dass er über keine anderen Gefühle verfügt, dass es sich um einen vollkommen gefühlskalten Menschen handelt. Nur durch die ergaunerten Rückert-Schriften fühlt er überhaupt etwas. Die Brutalität seiner Taten spricht gleichfalls für diese These. Ein solch eiskaltes Vorgehen ist typisch für gefühllose Psychopathen des narzisstischen Typus. Sein Intellekt hingegen ist hoch einzustufen, sehr hoch. Vemutlich hat er eine akademische Ausbildung absolviert, hat jedoch keinerlei Freunde, nur Menschen, die ihm nützen. Auch Familie ist unwahrscheinlich, wenngleich nicht völlig ausgeschlossen. Es gibt tatsächlich Frauen, die sich auf solche Persönlichkeiten einlassen. Sie erwarten keine erfüllte Partnerschaft im landläufigen Sinne, sondern nur einen Mann und Ernährer. Die Wahrscheinlichkeit künftiger ähnlich gelagerter Taten ist groß, wenngleich es immer wieder narzisstisch veranlagte Psychopathen gibt, die, aus welchem Grund auch immer, urplötzlich abtauchen und sich mit dem Erreichten zufriedengeben. Zumindest für eine gewisse Latenzzeit.«

Mütze knüllte den Zettel wieder zusammen und wollte zum Kühlschrank gehen, doch Karl-Dieter kam ihm zuvor und goss ihm rasch eine Halbe ein.

»Ich weiß nicht, was du hast. Das klingt doch alles sehr vernünftig.«

»Das ist es ja gerade. Der Typ tut so, als verkünde er hier neueste Neuigkeiten, dabei berichtet er in seinem psychologischen Jargon lediglich, was wir eh schon wissen oder vermuten, dass wir einen Spinner suchen. Dafür muss ich mir doch keine PowerPoint-Präsentation anschauen.«

»So weißt du wenigstens, dass du auf der richtigen Fährte bist.«

»Als hätte ich das vorher nicht gewusst. Glaubst du, ich brauche einen solchen Klugscheißer, um zu wissen, nach wem ich zu suchen habe?«

Karl-Dieter stellte rasch die selbst gebackenen Zucchinitaler auf den Tisch, dazu das selbst gebackene Nussbrot.

»Was war mit dem Grauschopf?«, fragte er vorsichtig.

»Frag nicht«, antwortete Mütze mürrisch.

Verflixt! Karl-Dieter wurde schlagartig klar, dass Mütze die Spur verloren hatte. Allein wegen ihm!

»Und wie war's in Neuses?«, fragte Karl-Dieter rasch, um abzulenken.

»Ein feines Paar, die beiden Rückerts«, sagte Mütze und schnupperte vorsichtig an dem Teller, »unglaublich, was sie alles für Geschichten über ihren toten Ahnherrn erzählen können.«

Er berichtete vom Schwalbennest im Arbeitszimmer, was Karl-Dieter entzückte. Rührende Tiergeschichten kamen gleich hinter Liebesgeschichten. Friedrich Rückert wurde ihm immer sympathischer.

»Moment, Moment«, warnte Mütze, »Rückert konnte mit Tieren auch seine Scherze treiben. Die Rückerts haben mir erzählt, als Schüler habe Friedrich zusammen mit seinem Bruder die Tauben des Nachbarn heimlich gefangen und mit Wasserfarben bunt angemalt. Als die Tauben zurückkehrten, lachten sich die beiden Jungen schief über dessen erstauntes Gesicht, und der kleine Friedrich erklärte ihm allen Ernstes, es handle sich vermutlich um seltene Papageientauben.«

Karl-Dieter wollte zunächst tadelnd schauen, musste aber bei der Vorstellung grinsen und hielt Mütze den Teller vor die Nase.

»Was sind das für Fladen?«

»Zucchinitaler, musst du probieren, sehr gesund.«

Mütze ließ den Taler im Mund verschwinden.

»Ist keine Wurst mehr da?«

Seufzend stand Karl-Dieter auf und holte das Glas mit dem Presssack aus dem Kühlschrank. Wie man so etwas nur essen konnte! Stank wie Hundefutter.

»Danke«, sagte Mütze und häufte sich einen Berg auf den Teller. Dazu drückte er aus der Tube einen dicken Streifen Senf und ließ es sich schmecken, während Karl-Dieter einen Zucchinitaler nach dem anderen knabberte.

Als sie schlafen gingen, blieb Mütze verwundert vor dem Bett stehen. Mensch, Karl-Dieter, dachte er sich, was soll denn das? Karl-Dieter gab einfach nicht auf, nach seiner romantischen Ecke zu suchen. Auf dem goldgeränderten Schiefertafelherz stand geschrieben:

Ich war am indischen Ozean
einst eine Palm' entsprungen,
Du warst die blühende Lian',
Um meinen Schaft geschlungen.

»Doch nicht etwa von deinem Rückert?«, fragte Mütze.

»Erraten!«, sagte Karl-Dieter.

»Na dann gute Nacht, meine stolze Palme!«

Mütze wickelte sich in seine Decke und drehte sich um. Den Tag galt es schnell abzuhaken. Doch dann fiel ihm noch etwas ein.

»Was bedeutet eigentlich Virtuti?«, fragte er gähnend.

»Virtuti? Kein Wunder, dass du das nicht kennst. Virtuti bedeutet: der Tugend.«

Karl-Dieter knipste noch seine kleine Kugellampe an, die er unten am Boden stehen hatte, um Mütze nicht zu stören. Er musste unbedingt erfahren, wie es mit Nal und Damajanti weiterging, ob Damajantis Klugheit über die Bosheit der Götter siegte. Diese hundsgemeinen Kerle! Spielten mit unfairen Mitteln, nahmen einfach die Gestalt von Nal an. Wie sollte es Damajanti gelingen, Nal, der auch Nischader genannt wurde, aus der Schar seiner Doppelgänger herauszufinden? Karl-Dieter schlug das Buch auf.

Nachdem sich Damajanti von ihrem ersten Schrecken erholt hatte, beschloss sie, sich auf kein Wagnis einzulassen, sondern den einzig richtigen Weg zu gehen, den geraden, den ehrlichen Weg, den Weg ihres Herzens, den Weg der Liebe.

Sowahr ich vor der Götter Ohren
Und bei mir selber habe geschworen,
Nur Nal mich zuzuneigen,
Sowahr nun sollen hier die Götter ihn mir zeigen!
Und antun ihre eigne Gestalt,
Die Hüter der Welt, die Herrn der Gewalt,
Damit ich ihn, den ich nenne,
Nal Punjasloka erkenne!

Mutig gesprochen! Mutig und aufrichtig! Karl-Dieter war beeindruckt. Aber ob es auch die Götter waren? Ja, sie waren es! Tatsächlich! Die ergreifende Rede Damajantis hatte tatsächlich ihre Herzen zu rühren vermocht, und sie verwandelten sich reumütig zurück und nahmen ihre wahre Gestalt an.

Da wurden von ihr die Götter geschaut,
Starr von Augen und schweißlos von Haut,
Mit steif-unwelkenden Kränzen,
Gewändern die staublos glänzen,
Den Grund nicht berührend, schwebend,
Und keinen Schatten gebend.

Keinen Schatten gebend, klar, hatte man je einen Gott einen Schatten werfen sehen? Was aber war mit Nal?

Aber mit einem Schatten
Mit Kränzen welken, matten,
Mit Schweiß und Staub auf der Erde stand
Nala mit leise zitternder Hand.

Was für ein rührendes, was für ein wunderbares Bild! Der schöne Fürst kein strahlender Held, sondern ein einfacher, schwitzender und zitternder Knabe. Konnte es eine schönere Wendung geben, ein schöneres Bild der Liebe?

Vom Ende der Geschichte wurde nun in lebendigen Versen berichtet, davon, wie Damajanti mit beschämter Hand den Saum von Nals Kleid berührte, vom großen Jubel der ganzen Festgemeinde, von einer glänzenden Hochzeit mit allem Pipapo. Das Einzige, was Karl-Dieter aber mit in seine Träume nahm, war das Bild des nackten, schwitzenden Nal.

***

Er musste aufpassen, dass er nicht an die Leselampe stieß. Das Teil entwickelte mit der Zeit eine höllische Hitze. Knapp die Hälfte der Mappen hatte er bereits durchstudiert und nichts, aber auch gar nichts gefunden. Jedenfalls nicht das, wonach er suchte. Das durfte doch nicht wahr sein! Sollte am Ende die ganze Arbeit umsonst gewesen sein? All die mühevollen Recherchen, die Fahrerei, der ganze unerträgliche Aufwand, die lästige Beseitigung der Zeugen? Manchmal, wenn er kurz davor war, eine Pause einzulegen, zwang er sich, an die Berliner Bankräuber zu denken, die Männer, die sich einen langen Tunnel zum Tresorraum gegraben hatten. Was hatten die erst für eine Mühe gehabt! Monatelang hatten sie sich durch den Untergrund buddeln müssen, unendliche Mengen an Schutt waren dabei angefallen, alles hatten sie mit ihren Händen klaglos beseitigt und sich nicht die geringste Ruhepause gegönnt. Er selbst hingegen musste sich doch bloß durch einen Haufen Papier wühlen, dann würden auch seine Schätze vor ihm liegen, und noch viel größere als die im Berliner Tresorraum. Ein Haufen Papier, was war das schon? Also weiter! Nicht schlappgemacht. Immer an das Ergebnis denken, daraus die Kraft saugen, die Energie. Die Berliner Tunnelräuber hatten durchgehalten und reiche Ernte eingefahren. Seine Ernte aber würde noch viel größer sein!

***

Samstag

»Alle wussten schon Bescheid.«

»Worüber?«

»Na, über die Morde.«

Die beiden Kommissare saßen sich an ihren Schreibtischen gegenüber. Big-Chip klopfte auf die Liste der wissenschaftlichen Mitarbeiter des Projekts »Rückert-Gesamtausgabe«. Alle sieben habe man ausfindig machen können, alle hätten sie mehr oder weniger geschockt gewirkt, ratlos. Keiner hatte eine Idee, wer dahinterstecken könnte, keinem war ein Mann begegnet, der sich in auffälliger Weise für Rückerts unveröffentlichten Nachlass interessiert hätte. Manche hatten sich erkundigt, ob sie sich selbst noch sicher fühlen könnten. Zwar besaß niemand originale Rückert-Handschriften privat bei sich daheim, aber ob der Täter das auch wusste? Deshalb hatte einer der Wissenschaftler sogar die dringende Bitte geäußert, die Presse zu informieren und klar darauf hinzuweisen, dass sich sämtliche Rückert-Originale weiterhin ausschließlich in Bibliotheken befänden.

»Als würde unser Mann seine Informationen aus der Tagespresse beziehen!«, lachte Big-Chip grimmig.

»Sonst was Neues?«

»Sweetheart will jeden Abend einen aktuellen Rapport von uns. Schriftlich und ab sofort.«

Mütze knurrte. Mit Sweetheart war nicht zu spaßen. Am schlimmsten war es, wenn die Staatsanwältin ihr zuckersüßes Lächeln aufsetzte. Dann war Alarmstufe Rot angesagt.

»Olé, BVB, olé, olé ...«

Es war Karl-Dieter. Ob er den Scan haben könne?

»Von welchem Scan redest du?«

»Na, den Scan von den gestohlenen Rückert-Sachen aus Schweinfurt. Ist doch alles gescannt worden, das hast du doch gesagt, oder?«

»Ja, klar, haben wir alles auf einem Stick. Aber was willst du damit?«

»Bin mit *Nal und Damajanti* durch.«

Das war natürlich ein Grund! Armer Karl-Dieter, ihm ging der Lesestoff aus! Sie jagten hier einen Mörder, und Karl-Dieters einzige Sorge war, dass er keine Lektüre mehr hatte. Mütze verdrehte die Augen. Dennoch, was war schon dagegen einzuwenden, ihm die kleine Bitte zu erfüllen? Dann kam er wenigstens nicht in Versuchung, in die Stadt zu laufen und ermittelnde Kriminalkommissare zu umklammern.

Big-Chip nickte, schob den Stick in die USB-Buchse und verschickte eine kurze Mail mit Anhang: »Viel Spaß beim Lesen!« Dann klickte er noch auf die Seite seines Clubs, des 1. FC Nürnberg. Ein schweres Auswärtsspiel stand heute auf dem Programm, eine wichtige Begegnung beim Tabellennachbarn. Das Spiel musste unbedingt gewonnen werden, sollte die Saison nicht völlig verkorkst zu Ende gehen. Big-Chip sah sich die voraussichtliche Mannschaftsaufstellung an. Zum Glück keine Verletzten.

Mütze sah mit nachdenklichem Blick zu, wie Big-Chip surfte, und gab plötzlich einen leisen Pfiff von sich.

»Was ist?«, fragte Big Chip.

»Was machst du da?«, antwortete Mütze mit einer Gegenfrage.

»Ach Goddla, ich schau nach, gegen wen wir heute verlieren dürfen.«

»Dass wir nicht früher draufgekommen sind!«

Mütze schlug sich gegen die Stirn.

»Willst du mich verarschen? Machst du dich nun auch noch über den Club lustig?«

»Big-Chip, du bist genial, einfach nur genial!«

Big-Chip verstand überhaupt nichts mehr. Hatte der Kopfstoß des plastischen Chirurgen doch größeren Schaden angerichtet? Mütze musste über das besorgte Gesicht seines Kumpels lachen, doch schnell wurde er wieder ernst.

»Du hast Karl-Dieter eine Mail geschrieben, richtig?«

»Richtig.«

»Und dann hast du den Club gegoogelt.«

»Exakt, willst du mich deshalb vielleicht bei Sweetheart verpfeifen?«

»Quatsch mit Soße! Was mir jedoch plötzlich klar geworden ist, niemand verschickt eine Mail, ohne noch kurz etwas zu googeln!«

»Hmm, na und?«

»Die Mail an die tote Bibliothekarin! Vom Internetcafé. Wir haben nur nach weiteren E-Mails geforscht, nicht aber nach Internetseiten, die der Täter besucht haben könnte.«

Nun war es Big-Chip, der einen Pfiff losließ.

»Mache mich sofort an die Arbeit!«

Als Big-Chip sich wieder auf seinen Rechner stürzte, war eine neue Mail in seinem Kasten. Karl-Dieter hatte bereits geantwortet.

»Danke! Alles gut gelandet! Sag Mütze einen schönen Gruß, er soll doch bitte das Seitenfach seiner Aktentasche öffnen! Schönen Tag euch beiden!«

»Du sollst das Seitenfach deiner Aktentasche öffnen«, feixte Big-Chip.

Widerwillig zog Mütze seine Aktentasche heran und öffnete das Seitenfach. Die Maske! Karl-Dieter gab einfach nicht auf. Statt aber eine Grimasse zu ziehen, glitt ein unerwartetes Lächeln über Mützes Gesicht. Mit einer raschen Bewegung steckte er die Maske in die große Seitentasche seiner Schimanski-Jacke.

»Treffen wir uns am Nachmittag am *Entlas-Keller*?«

Big-Chip nickte begeistert. Ein Bierchen im Freien? Gute Idee! Der Tag versprach sonnig und warm zu werden. Und bis zum Nachmittag würde er schon haben, was sie brauchten. Wenn es denn etwas zu finden gab.

Die Strecke nach Schweinfurt kannte Mütze schon in- und auswendig. Auch den Friedhof fand er problemlos. Schwieriger war es, einen Parkplatz zu finden, alles war mit Autos zugeparkt, viele trugen auswärtige Kennzeichen. An der Friedhofstraße war alles besetzt, aber in der nahen Galgenleite fand sich noch eine Lücke. Praktische Leute, die Franken, dachte Mütze, bauten den Galgen gleich neben dem Friedhof. »Doodaal regionaal«, würde Big-Chip dazu sagen. Mütze schaute auf die Uhr. Elf Uhr dreißig. Die Aussegnungsfeier hatte bereits vor einer halben Stunde begonnen. Neben dem Eingangstor befand sich ein grauer Automat der Firma Grablicht Ölberg, wo man dem toten Opa für einen Euro zwanzig eine Kerze ziehen konnte im Mehrwegbecher, der Umwelt zuliebe. Öko bis zuletzt, dachte sich Mütze, als er das hohe Tor passierte. Gibt es etwas Unsinnigeres als Mauern um einen Friedhof? Die, die noch nicht drauf sind, wollen nicht dorthin, und die, die schon dort liegen, können nicht mehr weg. Wozu also die Mauern?

Als sich Mütze der Friedhofskapelle näherte, sah er eine dichte Traube von Menschen vor der offenen Tür stehen. Die Trauergemeinde war so groß, dass nicht alle einen Platz in dem modernen, lang gestreckten Kirchenbau gefunden hatten, Doktor Rudolf schien ein richtiger Promi gewesen zu sein. Mütze wartete in einigem Abstand in der Nähe des Glockenturms, der mit seiner schwindelerregenden Wendeltreppe aussah wie Saurons Turm im *Herr der Ringe*. Es dauerte noch eine weitere halbe Stunde, bis endlich Bewegung in die Wartenden kam. Sie traten auseinander, um einem festlich geschmückten Wagen Platz zu machen, auf dem der mit Kränzen geschmückte Sarg ruhte. Mütze beobachtete, wie der lange Tross unter klagenden Trompetenklängen zum oberen Teil des weitläufigen Friedhofs zog, an den Urnengräbern vorbei, hin zur offenen Grube. Hinter dem Sarg, von zwei Frauen untergehakt, ging die Mutter des Toten. Mütze wusste, dass das Timing für sein Anliegen nicht das perfekteste war, aber er hatte keine Zeit, um auf Pietät zu achten. Schließlich lief der Mann, der den Nestor der deutschen Rückert-Forschung per Treppensturz in den Sarg befördert hatte, weiter frei herum, und vielleicht würde man schon bald die nächste Leiche über einen Friedhof rollen, wenn es ihnen nicht endlich gelang, den Kerl zu stoppen. Was hatte der gute Herr Profiler noch gemeint? »Die Wahrscheinlichkeit künftiger ähnlich gelagerter Taten ist groß, wenngleich es immer wieder narzisstisch veranlagte Psychopathen gibt, die, aus welchem Grund auch immer, urplötzlich abtauchen und sich mit dem Erreichten zufriedengeben. Zumindest für eine gewisse Latenzzeit.« Was, wenn die Latenzzeit gerade zu Ende ging?

Mütze tastete nach der Maske und zog sie langsam hervor. Am Grab wurden noch Reden gehalten, auch die Trompete kam noch mal zum Einsatz. Sie blies eine herzzerreißende Melodie, dann trat noch eine Sängerin vor und sang ein Klagelied. Mütze spitzte die Ohren. Ob es sich um eines von Rückerts Kindertotenliedern handelte? Der Bibliotheksleiter der Erlanger Unibibliothek hatte ihm an der Rückert-Birke erzählt, Gustav Mahler habe einige von Rückerts Totenliedern vertont. Dann sei Mahlers eigenes Töchterchen gestorben, und der Komponist wäre verstummt. Karl-Dieter hätte ihm sicher sagen können, ob das Lied von Gustav Mahler war. Karl-Dieter kannte alle Komponisten und alle Lieder. Nur bei AC/DC hatte Mütze die Nase vorne. Und *Highway to hell* klang natürlich völlig anders, auch wenn es auf hübsche Weise zu einer Beerdigung passte.

Endlich ging die Feier zu Ende, aber viele der Trauergäste verweilten noch am Grab. Jeder wollte noch eine Blume in die Grube werfen oder eine Schaufel Erde, und auch danach blieben viele noch stehen und taten sich zu kleineren Grüppchen zusammen. Mütze war näher getreten und suchte nach einem günstigen Moment, die Mutter des Toten zu sprechen. Er war das Warten leid. Zu warten war für ihn das Schlimmste. Schon als junger Kommissar hatte er Observierungen gehasst. Stundenlang in einem kalten Auto zu sitzen und zu warten, bis sich ein dreckiger Dealer aus einer gammeligen Haustür schob, grauenhaft! Also ging er mit entschlossenem Schritt auf die Trauergesellschaft zu und schob sich zu der alten Mutter durch, die links und rechts immer noch von den beiden Frauen untergehakt war. Bei ihnen standen noch zwei Herren und der Pfarrer.

»Entschuldigung«, sagte Mütze und stellte sich den anderen vor, die Alte kannte ihn ja bereits.

»Ich habe nur eine Frage, Frau Rudolf, dann bin ich wieder weg. War das hier die Maske, die der Täter getragen hat?«

Diskret zog er das Teil hinter seinem Rücken hervor. Verdattert sah ihn die Alte an, sie schien nicht zu verstehen.

»Frau Rudolf, es ist wichtig, war das hier die Maske?«

Mütze hielt sie etwas höher. Immer noch keine Reaktion der alten Dame.

»Frau Rudolf, ist das die Maske?«

Nun hielt sich Mütze die Maske direkt vors Gesicht. Da weiteten sich die Augen der Alten vor Schreck, und sie stieß einen furchtbaren Schrei aus, einen Schrei, der allen Umstehenden durch Mark und Bein ging. Alles drehte sich zu ihr um und lief zusammen. Schnell ließ Mütze die Maske wieder sinken.

»War sie das?«, fragte er.

Die Alte nickte tonlos.

Mütze war froh, wieder im Auto zu sitzen. Manche hatten ihn offen beschimpft, einer hatte ihm sogar »Flegel!« hinterhergerufen und mit der erhobenen Faust gedroht. Ja, so sind die Menschen! Mörder soll er jagen, aber keiner will damit belästigt werden. Dennoch war Mütze hochzufrieden. Die Information konnte eminent wichtig sein. Jetzt war klar, der Mörder musste ihm bereits persönlich begegnet sein. Er wusste nicht nur, dass er eine Maske trug, er wusste auch, wie diese Maske beschaffen war. Sonst hätte er sie nicht nachbauen können. Wo war ihm der Kerl nur über den Weg gelaufen?

Mütze ließ seinen Wagen an und startete durch. Er war gerade in eine Seitenstraße abgebogen, als er noch einmal den Rückspiegel betrachtete. Augenblicklich trat er auf die Bremse, quietschend kam der Manta zum Stehen. Ein Hund, der gerade sein Wasser an einem Straßenbaum abschlagen wollte, fing heftig zu bellen an, und auch sein Frauchen schimpfte drauflos. – Wenden! Sofort wenden! Wenn Mütze nicht alles täuschte, war das der Grauschopf gewesen. Der Kerl hatte die Straße zum Friedhof überquert und war eilig Richtung Eingang marschiert. Mütze riss das

Lenkrad herum, als ihm hupend ein Geländewagen entgegenkam. Auf so einen Idioten konnte Mütze jetzt keine Rücksicht nehmen. Mit einem Satz schoss der Manta vor, weil die Straße aber so eng war, musste Mütze noch mal zurückstoßen. Diese Gelegenheit nutzte der Geländewagen, stellte sich breit vor Mützes Schnauze und verstellte ihm den Weg. – War der Kerl denn verrückt? Mach, dass du weiterkommst! – Der Geländewagenfahrer aber dachte nicht daran. Er ließ sein Fenster hinunter und machte Mütze den Scheibenwischer. Zornbebend riss Mütze die Tür auf, stieg aus und donnerte dem Flegel seinen Polizeiausweis vor die Nase. Dann sprang er wieder in seinen Manta. Ob es am Ausweis gelegen hatte oder an der Maske? Jedenfalls legte der Geländewagen erschrocken den Rückwärtsgang ein und machte den Weg frei. Mütze bretterte die Straße zurück Richtung Friedhof, ließ den Manta im Parkverbot vor einem Blumenladen stehen und rannte zum Friedhofstor. Wo war der Grauschopf hin? Auf dem langen Hauptweg war niemand zu sehen, aber natürlich gab es jede Menge Nebenwege. So ein Friedhof war ja das reinste Labyrinth. Nach kurzem Zögern stürmte Mütze los. Er war sich sicher, dass es der Grauschopf gewesen war. Was immer der Mensch jetzt auch hier zu suchen hatte. Mütze hatte ihn ja lange genug beschattet, um sich sein Aussehen einzuprägen. Auch sein Gang hatte genauso gewirkt, und der Gang des Menschen war fast genauso typisch wie seine Fingerabdrücke. Mütze lief von Reihe zu Reihe, hektisch nach links und rechts blickend. Vielleicht hatte der Grauschopf noch mal zum Grab seines Opfers gewollt? Normal war das nicht für einen Verbrecher, aber was war schon normal an diesem Fall? Zu einem Psychopathen konnte das gut passen, erst jemanden eiskalt beiseite räumen, um dann an seinem

Grab den Trauernden zu spielen. Oder um sich eine Trophäe zu sichern. Es gab da solche Computerspiele, bei dem der Gangster, in dessen Rolle man schlüpfte, etwas von seinem Opfer mitgehen lassen musste, ein makabres Andenken an die Tat. Also auf zum Grab von Doktor Rudolf!

Als Mütze den frischen Blumenhügel erreichte, stand noch immer ein Grüppchen von Trauernden am Grab. Keuchend lief Mütze zu ihnen hinüber, woraufhin sie alle erschraken.

»Ist hier eben ein Mann aufgetaucht, ein Grauschopf, der es eilig hatte?«

Keiner hatte etwas gesehen, alle schüttelten sie den Kopf. Über Mützes Frage und vielleicht auch über Mütze selbst. Mütze war das egal. Pietät war was für Pastoren, aber nicht für Bullen. Erneut blickte sich Mütze suchend um. Wieder hatte er seine Spur verloren.

Karl-Dieter hatte fast die Zeit vergessen. Als er auf die kleine Uhr blickte, die unten rechts auf seinem iPad tickte, erschrak er. In zehn Minuten sollte er bereits auf dem *Entlas-Keller* sein! Sie hatten sich doch zur Brotzeit verabredet. Nur gut, dass er den Picknickkorb schon vorbereitet hatte. War alles drinnen, was Mütze schmeckte. Und auch Big-Chip, den Mütze ebenfalls angekündigt hatte. Schnell steckte Karl-Dieter Mickey noch ein Sträußchen frischer Petersilie in den Käfig. In dem Internetforum für Wellensittichfreunde hatte er gelesen, dass Petersilie die Sprechfreudigkeit der Vögel anregen würde. Schnell sagte er noch mal »Mütze, Mütze, Mütze«, dann schnappte er sich den Korb, stampfte die Treppe hinunter und stieg in sein Auto. Er fuhr einen weißen Fiat 500, wunderbarer Retrostil. Allein die schnuckelig runden Armaturen! Karl-Dieter liebte seine Neuerwerbung.

Mütze hatte zwar geschimpft und gesagt, in diese Weiberkarre würde er niemals einsteigen, aber was verstand Mütze schon von Chic? Und außerdem hatte Marius Müller-Westernhagen einen Fiat 500 gefahren, in dem Film, den sie im Dortmunder Kino in der Brückstraße geschaut hatten, als sie zum ersten Mal zusammen ausgegangen waren. Wie konnte Mütze das vergessen? Das gemeinsame Popcornmampfen in der hintersten Reihe, das erste gemeinsame Anstoßen mit den DUB-Flaschen? *Theo gegen den Rest der Welt* hatte der Film geheißen, schräg-authentisches Ruhrpottkolorit. Theo hatten sie in Italien seinen nagelneuen Lastwagen gestohlen, woraufhin er sich auf Verfolgungsjagd begeben hatte. Womit? Mit einem Fiat 500!

Karl-Dieter legte eine CD von Helene Fischer ein und fiel fröhlich in den Gesang mit ein: »Atemlos, durch die Nacht …« Es musste nicht immer die ernste Muse sein. Im Auto schon gar nicht. Und diese Helene Fischer war einfach umwerfend. Schade nur, dass Mütze sich mit Händen und Füßen dagegen sträubte, mit ihm zusammen ein Helene-Fischer-Konzert zu besuchen. Ihm würden bei solchem Kitsch die Ohren abfaulen, hatte Mütze gesagt. Warum nur war Mütze ein solcher Ignorant? Spürte er denn den Zauber nicht, den die Lieder von Helene Fischer entfalteten? »Spür, was Liebe mit uns macht!« Das war es. Darauf kam es doch an. Und auf nichts anderes. Zu lieben und zu spüren, wie die Liebe den Menschen verzaubert. Den Ausdruck »Kitsch« benutzten nur emotionale Zwerge. Oh Mütze, wann stehst du endlich zu deinen Gefühlen!

Den ganzen Tag hatte Karl-Dieter an seinem Apple gesessen und die Rückert-Schriften studiert. Zwar war das Lesen am Computer nicht so seine Sache, und nicht jeder der Scans hatte ihn gleichermaßen fasziniert, war doch auch manche nicht unbedingt spannende Übersetzungsübung darunter. Dennoch war es ein erhebendes Gefühl, ein Stück Weltliteratur zu lesen, das noch kaum ein Mensch kannte. Karl-Dieters Hochachtung vor Friedrich Rückert war nochmals gewachsen. Was für ein Sprachgenie, ach was, was für ein Sprachtitan!

Karl-Dieter bog in die Bayreuther Straße ein und überquerte die Schwabach, wieder sang er mit Helene Fischer im Duett: »Atemlos, schwindelfrei, großes Kino für uns zwei.« Seinen Cinquecento parkte er unten am Berg. Das Riesenrad war schon zu einem Dreiviertelkuchen herangewachsen. Auch mit dem Aufbau anderer Fahrgeschäfte hatte man bereits begonnen, es war ein lebhaftes Treiben. Ruhiger wurde es, wenn man am »T« nach links abbog, dort begann der lauschige Teil des Festgeländes. Mütze saß schon auf einer der fest in den Boden gerammten Holzbänke unter den hohen alten Bäumen und hatte eine Maß vor sich stehen. Karl-Dieter begrüßte ihn herzlich und stellte den gut gefüllten Korb auf den Tisch.

»Danke auch für die Maske«, sagte Mütze.

»Verarsch mich nicht, du hast sie ja wieder nicht auf!«

»Hab sie dennoch gut gebrauchen können.«

Da tauchte auch schon Big-Chip auf, fragte, was Karl-Dieter trinken wolle, und kam wenig später mit der gewünschten Flasche Wasser und einer weiteren Maß zurück. Er habe zwei Gründe, sich einen Schluck zu gönnen, sagte er. Erstens habe der Club in der letzten Minute der Nachspielzeit noch den Siegtreffer erzielt, und zweitens sei er fündig geworden. Hierauf zog er einen Stoß Computerausdrucke hervor.

»Hat ein bisschen Mühe gekostet. Kam nur an den zentralen Server des Ladens heran, dort aber waren noch alle

Daten vom letzten Samstag gespeichert, also von sämtlichen Computern. Nach Geräten lässt sich das leider nicht differenzieren, ist also alles dabei, auch das der anderen User, die mit unserem Mann im Café saßen. Habe den Zeitraum von einer Stunde vor und einer Stunde nach der abgeschickten E-Mail an Apeldoorn ausdrucken lassen, alle Websites, die während dieses Zeitraums angeklickt worden sind. Das hier ist das Ergebnis.«

»Und?«, fragte Mütze. »Ist was Interessantes dabei?«

Er hätte sich in den Hintern beißen können, dass ihm die Sache mit den gegoogelten Seiten nicht früher eingefallen war. Das hätte zur Routine gehört, dafür gab es keine Entschuldigung.

Big-Chip nahm einen tiefen Schluck.

»Habe erst knapp die Hälfte geschafft. Oft typischer Studentenkram, den wir gleich zu den Akten legen können, Recherchen zu naturwissenschaftlichen oder geschichtlichen Themen. Teilweise wurden Partnerschaftsseiten angeklickt, vielleicht nicht ganz uninteressant, obwohl unser Mann zurzeit kaum Zeit für die Liebe haben dürfte. Hier, das hier klingt doch seltsam, hier hat jemand nach Leselupen gegoogelt.«

Big-Chip schob die Seite zu Mütze hinüber. Mütze nickte. Könnte eine Spur sein. Was aber fing man mit der Information an?

»Hat er sich eine Lupe bestellt?«

»Leider Fehlanzeige. Hat nur recherchiert.«

Karl-Dieter seufzte. Er ahnte, was aus dem idyllischen Picknick werden würde. Die Herren Kommissare würden nicht mehr von ihren Papieren aufblicken. Dennoch öffnete er den Picknickkorb, legte jedem ein Holzbrett hin, dazu Messer und Gabel. Dann packte er aus: Butter vom Alterlanger Hofladen, kesselfrische Gelbwurst, Pfefferbeißer und Frühstücksfleisch im Geleemantel vom Güthlein aus Büchenbach, dazu Zungenwurst, Stadtwurstsülze, geräucherte Blutwurst, Bratwurstgehäck, Sulzpresssack und Kümmelpresssack, ein Viertel des selbst gebackenen Brotes aus ihrem Kosbacher Backofen, Bergbrezeln von Gulden, Radieschen, Tomaten und eine Salatgurke vom Hetzleser Gemüsestand, Käse vom Waltmann, Meersalz aus der Bretagne, Pfeffer aus der Mühle, Kren aus Baiersdorf ... Der Platz wurde knapp, als Karl-Dieter noch die Tupperdose mit den am Mittag gekochten Spargelstangen hervorzog. Sollten die beiden Kommissare sich nur auf Wurst und Käse stürzen, wenn sie denn mit ihren Geschäften fertig würden. Er würde sich jetzt den Spargel schmecken lassen. Gab es etwas Gesünderes als die weißen Stangen, frisch vom Möhrendorfer Acker? Vielleicht noch eine kleine Scheibe Brot dazu, dünn belegt mit dem wunderbaren alten Gouda ... eine Köstlichkeit! Auch ein Gurkenbrot konnte nicht schaden, was hatten Gurken schon an Kalorien? Mit etwas Meersalz bestreut und einem Schluck Bier aus Mützes Krug, wunderbar! Eigentlich war Karl-Dieter ja Weintrinker, aber beim köstlichen fränkischen Bier konnte er nicht Nein sagen. Schnell nahm er noch einen zweiten Schluck.

Emsig durchforsteten die Kommissare Zettel für Zettel des Papierstapels, machten sich gegenseitig auf etwas aufmerksam, kreuzten mit ihren billigen Kugelschreibern manche Stellen an. Karl-Dieter hatte Mütze zum letzten Weihnachtsfest einen edlen Füllfederhalter geschenkt, golden graviert mit ihren Monogrammen, welche von einem zarten Herz umschlungen wurden. Das teure Schreibwerkzeug lag achtlos daheim in einer Schublade. Wahrscheinlich hielt Mütze auch den Füller für kitschig. Mütze fand alles kitschig, was Aldi-Niveau überstieg. Lange hatte Karl-Dieter gehofft, er würde mit der Zeit etwas kultivierter – vergebens! Mütze war und blieb ein Ruhrpottprolet. Und das Schlimmste war, er schien auch noch stolz darauf zu sein.

Sich ein weiteres kleines Käsebrot schmierend, hörte Karl-Dieter zu, was die Herrn Ermittler so redeten. Mütze erzählte von seinen Erlebnissen in Schweinfurt, war immer noch wütend, dass ihm der Grauschopf erneut entkommen war. Was hatte der Mensch nur auf dem Friedhof gewollt? Gut, dass sie jetzt einen neuen Ansatz verfolgten, das war die beste Frustbewältigung. Die Arbeit war mühselig, aber sie könnte sich lohnen. Mütze und Big-Chip stellten eine Rangliste verdächtig erscheinender Internetadressen sowie der gegoogelten Suchbegriffe auf. Der Papierstapel wurde kleiner und kleiner und war schon fast abgearbeitet, als Mütze einen Pfiff ertönen ließ.

»Ich werd verrückt!«

»Was ist?«, fragte Big-Chip.

»Münster«, sagte Mütze atemlos, »schau her, da hat einer Münster gegoogelt, bei Google Maps!«

Big-Chip reagierte für sein Phlegma fast elektrisiert: »Allmächd!«

Mütze zog sogleich sein Handy hervor.

»Ja, Mütze hier ... heiße Spur führt zu euch nach Münster ... Internetrecherche, höchstwahrscheinlich der Täter ... Verstärken, Überwachung unbedingt verstärken!«

Am liebsten wäre er auf der Stelle selbst in die Westfalenmetropole gefahren. Was sollte er noch in Erlangen? Er wollte dabei sein, live dabei sein, wenn sie den Schurken schnappten, diesen Mistkerl. Die Dreistigkeit zu besitzen, seine Identität zu klauen! Mütze kochte immer noch, wenn er daran dachte. Doch die Vernunft siegte. Es war ja auch völlig unklar, wann der Täter wieder zuschlagen würde.

Bislang hatte er es verdammt eilig gehabt, vielleicht aber war er jetzt vorsichtiger geworden und wartete lieber etwas ab. Nein, nein, Mütze beschloss, hübsch in Erlangen zu bleiben. Sollten nur die westfälischen Kollegen den Ruhm einheimsen, den Mann festzunehmen. Ihnen von der Polizeiinspektion Erlangen war es gelungen, die Fährte des Täters zu verfolgen und den entscheidenden Tipp zu geben. Und darauf kam es schließlich an.

Nun konnte man zum geselligen Teil des Abends übergehen. In gehobener Stimmung stießen sie an und griffen hungrig zu. Karl-Dieter freute sich, dass es den beiden schmeckte. Er selbst begnügte sich mit einer Tomate aus dem Knoblauchsland, zu der er sich aus Geschmacksgründen noch eine dicke Scheibe des herrlichen alten Goudas abschnitt. Kauend blickte er auf die Rankingliste, die noch offen auf dem Tisch lag. Münster stand an erster Stelle, dreimal unterstrichen, darunter knapp zwanzig weitere Begriffe. Daneben lag der Stapel mit dem durchforsteten Papier.

»Darf ich mal?«, fragte Karl-Dieter vorsichtig. Er kannte Mützes Einstellung nur zu genau, aber das hier waren ja lediglich ein paar Computerausdrucke. Und weil Mütze so sehr mit dem Essen beschäftigt war und zudem in bester Stimmung, nickte er gutmütig, und Karl-Dieter griff sich den Papierstapel, um ihn durchzublättern.

Nach welchen Kriterien die beiden Kommissare ihre Trefferliste erstellt hatten, blieb Karl-Dieter schleierhaft. Er schielte noch mal zu dem Blatt Papier, auf dem sich schon Tomatenflecken gebildet hatten. Münster, klar, die Aufregung war verständlich. In der dortigen Unibibliothek lagerte ein Großteil von Rückerts Nachlass, wie Mütze von Professor Kaunas erfahren hatte. Auch Internetadressen wie »deutsche Antiquariate« und »hotel.de« und die

»Leselupe« konnten auf Spuren des Täters deuten. Aber was sollte an einem Suchbegriff wie »Singvogel« verdächtig sein? Oder an »Spezialfensterbeschläge«?

Karl-Dieter schnappte sich noch schnell das letzte einsame Stück Goudakäse und blätterte langsam den Papierstapel durch. Warum war dann nicht auch »Kreissäge« verdächtig oder, hier, die Suchkombination »Forchheim« und »Gibt es ein Leben vor dem Tod?«. Oder hier: »Oberfrankens interessante Orte«? Da gehörte schließlich auch Coburg dazu, der tote Gärtner. Bei der nächsten Seite stutzte Karl-Dieter. Schnell griff er sich Mützes neben der Gurke liegenden Kuli und notierte sich die Internetadresse.

»Noch was Verdächtiges gefunden?«, sagte Mütze und schnitt sich dick von der kesselfrischen Gelbwurst ab.

»Nur ein Rezept für eine Spargelsuppe.«

Die beiden Kommissare lachten.

»Und ich dachte, ich bin morgen zum Schäufele eingeladen?«, sagte Big-Chip mit gespielter Enttäuschung.

»Keine Sorge«, sagte Karl-Dieter, »das Fleisch liegt schon bei uns im Kühlschrank.« Das sollte seine Feuertaufe werden. Wer das Schäufele richtig hinbekam, der war quasi eingemeindet, der gehörte mit dazu. Big-Chip als fränkisches Urviech war der Testesser. Wenn's ihm schmeckte, war der fränkische Ritterschlag vollzogen. Eine leichte Nervosität verspürte Karl-Dieter, wenn er daran dachte. Andererseits hatte er sich gut vorbereitet und wichtige Tipps von ihrer Nachbarin, der alten Frau Gößwein, erhalten. Das Wichtigste war die Schwarte. Die musste richtig krachen.

»Olé, BVB, olé, olé ...«

Es waren die Kollegen aus Münster, Mütze hörte konzentriert zu, in seinen Augen blitzte etwas auf, was Karl-Dieter Mützes Killerblick nannte.

»Danke! Gut gemacht ... Dranbleiben, unbedingt dranbleiben!«

»Was ist denn los?«, fragte Big-Chip.

»Eine Überwachungskamera an der Unibibliothek hat seit heute Morgen dreimal denselben Mann aufgezeichnet. Schlich verdächtig um das Gebäude, immer in der gleichen Weise. Gesicht leider nicht zu erkennen.«

»Können Sie uns die Aufnahmen rüberschicken?«

Keine drei Minuten später hatte Big-Chip alles auf seinem Smartphone. Gespannt betrachtete Mütze die Aufnahmen. Leider war vom Gesicht des Mannes tatsächlich nichts zu erkennen, er trug einen dunklen Hut mit breiter, heruntergezogener Krempe. Dennoch, der Mann kam ihm irgendwie bekannt vor. An wen erinnerte er ihn bloß? Nicht an den Grauschopf, der hatte einen völlig anderen Schritt drauf und konnte schlechterdings nicht gleichzeitig in Schweinfurt und Münster sein. Selbst gespaltene Persönlichkeiten taten sich mit einer solchen Doppelung schwer, murmelte Mütze mit einem Anflug von Zynismus.

Erneut blitzte in Mütze der Gedanke auf, nach Münster zu fahren, erneut verdrängte er ihn wieder. Nach der Durchgabe ihres Internetfundes waren die Münsteraner Kollegen jetzt noch aufmerksamer. Dennoch: Ein Mann, der dreimal um eine Bibliothek läuft, muss noch nichts bedeuten. Auf jeden Fall aber gut, dass jetzt auch der Letzte hoch konzentriert bei der Sache war.

Gemeinsam mit Big-Chip machte Mütze sich nun über das Frühstücksfleisch im Geleemantel her und über die Pfefferbeißer. Unauffällig sicherte sich Karl-Dieter den letzten und blätterte weiter in dem Papierstapel. Es war schon erstaunlich, wie viel in einem doch sehr überschaubaren Zeitraum an den wenigen Computern gegoogelt worden war. Big-Chip hatte es bereits erwähnt, viele Themen waren wissenschaftlicher Natur, kein Wunder in einer Studentenstadt. Auch ein Literaturstudent schien dabei gewesen zu sein, sämtliche Werke Bert Brechts fanden sich in der Suchmaske. Ein anderer recherchierte über das Liebesleben der Fledermäuse, ein Dritter schien auf der Suche nach einem neuen Auto gewesen zu sein, nach einer PS-starken Maschine, wie es aussah. Interessant fand Karl-Dieter auch einen Bericht über einen Tempelschatz, den man in Indien entdeckt hatte. Nach Indien musste er unbedingt mal reisen. Die Lektüre von *Nal und Damajanti* hatte die alte Sehnsucht nach dieser uralten Kulturlandschaft in ihm wiedererweckt. Neulich erst war ein Prospekt von Studiosus-Reisen gekommen, den er Mütze beim Abendessen hinübergeschoben hatte. – Studiosus? Das seien doch lauter besserwisserische Studienräte mit ihren ewig nörgelnden Frauen, die sich um den besten Platz im Bus stritten. Das wolle er ihm wirklich antun? Wo er denn stattdessen hinwolle, hatte Karl-Dieter ihn daraufhin etwas schnippisch gefragt. Allen Ernstes hatte Mütze geantwortet, jetzt, wo sie sich im fränkischen Exil befänden, wäre ein Heimaturlaub doch nicht schlecht. Drei Wochen Ruhrpott vom Feinsten! Karl-Dieter hatte ihn entgeistert angestarrt. Das hatte er doch nicht ernst gemeint? Auch er liebte den Pott, keine Frage. Aber seinen Jahresurlaub wollte er auf alle Fälle woanders verbringen als auf einer stillgelegten Kohlenhalde!

Big-Chip schnappte sich die leeren Krüge, um Nachschub zu holen. »Der Bauch ist von Kitzmann, das ist kein Witz, Mann«, kalauerte er, als er sich mühsam hinter Karl-Dieter vorbeischob. Karl-Dieter griff sich eine der letzten Scheiben seines Steinofenbrots, zog außerdem den unter dem Papier versteckten Pfefferbeißer hervor und nahm nun doch noch von der kesselfrischen Gelbwurst. Nur vom Spargel konnte ja kein Mensch satt werden. Und außerdem hatte er sich in weiser Voraussicht für die gesunde Variante der Gelbwurst entschieden, für die mit Petersilie. – Petersilie! Ob Mickey schon von der Petersilie probiert hatte? Umständlich zog Karl-Dieter sein iPhone hervor und drückte die Mickey-App. Dann färbte sich sein Gesicht kreideweiß.

Sie waren sofort aufgebrochen, die beiden Kommissare. In Mützes Manta. Ab nach Münster! Mickeys Riesenwelle und sein Sirenengekrächze hatten den Ausschlag gegeben, davon war Karl-Dieter felsenfest überzeugt, elektronisch verzerrt hatte es noch viel grauenhafter geklungen. Aber natürlich würde Mütze niemals zugeben, dass er wegen Mickeys Riesenwelle losgefahren war, natürlich hatte er handfeste Gründe dafür, gerade jetzt nach Münster zu brettern. Die verdächtige Internetseite, die Bilder der Überwachungskamera, ganz klar, da musste er natürlich los. Dabei wusste Karl-Dieter nur zu genau, wer für die Eile verantwortlich war. Lächelnd strich Karl-Dieter über den Schirm seines iPhones: Gut gemacht, kleiner Mann, bin gleich bei dir!

Unglaublich still war es in ihrer Wohnung. So verrückt sich das anhört, anfangs hatte Karl-Dieter gerade deshalb schlecht schlafen können. Während in Dortmund die ganze Nacht hindurch die Autos herumwuselten, herrschte in Kosbach Grabesstille. Nur bei Westwind vernahm man das leise Rauschen der A 3, aber selbst dieses Geräusch verstärkte den Eindruck der dörflichen Einsamkeit doch nur. Nach wenigen Wochen aber hatte sich Karl-Dieter an die Ruhe gewöhnt, und jetzt genoss er sie geradezu. Sollten sich Mütze und Big-Chip bei ihrer Verbrecherjagd nur alle Zeit der Welt lassen. Dass sich die beiden so prächtig verstanden, störte Karl-Dieter nicht, er verspürte nicht die geringste Eifersucht. Erstens war Big-Chip ein unheilbarer Hetero und zweitens nicht Mützes Typ. Also erotisch betrachtet.

Ein einziges Mal war es vorgekommen, dass Mütze ihn betrogen hatte, lange her, mit diesem durchtriebenen Praktikanten auf der Dortmunder Wache. Es war eine heiße Augustnacht gewesen, Mütze war alleine mit dem Praktikanten auf der Wache, als der Deckenventilator ausfiel. Der Praktikant hatte ein paar Bierchen besorgt, mit denen man die trockenen Kehlen befeuchtet hatte. Dann war Mütze auf den Tisch gestiegen, um den Deckenventilator zu reparieren. Die Situation hatte der Praktikant ausgenutzt. Auf die Clinton-Methode. Für Mütze hatte das keinerlei weitergehende Bedeutung gehabt, eine Affäre eben, nicht mehr. Der junge Praktikant aber hatte sein raffiniertes Mundwerk nicht halten können, und so hatte Karl-Dieter alles erfahren. Von der defekten Klimaanlage, den Bierchen und dem Deckenventilator. Und dem, was darauf folgte. Es hatte Mütze drei teure Rosensträuße gekostet, die Sache wieder halbwegs geradezubiegen, ein leichtes Misstrauen aber war zurückgeblieben. Und eine Phobie vor Blumensträußen. Nur gut, dass Mütze höchst selten mit einem daherkam.

Karl-Dieter hatte noch einmal die Lebensmittelvorräte kontrolliert und beruhigt festgestellt, dass nichts fehlte. Den Kloßteig würde er gleich morgen früh machen, das Blaukraut heute Abend vorkochen, weil es aufgewärmt noch viel saftiger und milder schmeckte. Sie hatten das Essen kurzerhand von Mittag auf den Abend verschoben, dann wollten Mütze und Big-Chip wieder zurück sein von ihrer Münster-Mission. Wenn alles glattlief! Wird schon, dachte sich Karl-Dieter und sah auch einen Vorteil, konnte er doch am Sonntag schön ausschlafen.

Behaglich ließ sich der Chef der Erlanger Theatertechnik auf dem Blümchensofa nieder und schnappte sich sein iPad. Wie schön schmal und handlich es war, geradezu sexy. Mütze spottete über seine Apple-Leidenschaft, fand dieses ganze Markengetue einfach blödsinnig. Sein Aldi-Notebook täte es doch genauso. Aldi-Notebook! Mütze hatte eben keinen Geschmack. Karl-Dieter öffnete erneut den Anhang der E-Mail, den ihm Big-Chip weitergeleitet hatte, den Scan der in Schweinfurt gestohlenen Rückert-Schriften. Schnell fand Karl-Dieter die Stelle wieder, an der er am Nachmittag aufgehört hatte zu lesen. An Rückerts Handschrift hatte er sich mittlerweile gewöhnt, las sie so fließend wie die Tageszeitung. Hier, was für ein schönes Gedicht!

Sei unbetört und unverstört!
Was zu des Lebens Glück gehört,
Hat dir ein Gott gegeben;
Und was er dir nicht gab, gehört,
O glaub es, nicht zum Leben.

Was du nicht hast, das ist die Last,
Die du nicht aufgeladen hast;
Du hast die Lust am Leben,
Sei unverstört und unbetört!
Was zu des Lebens Lust gehört,
das hat dir Gott gegeben.

Dieser Rückert! Welch wunderbare, welch tröstliche Weisheit. »Was zu des Lebens Lust gehört, das hat dir Gott gegeben.« Ja, dachte Karl-Dieter, genauso ist es, allen Lehren der Spießer zum Trotz. Auch ihre Lust, ihre Liebe war Gotteswerk. Rückert wusste das, und auch dafür war Karl-Dieter ihm dankbar. Gleich am Montag würde er in der Stadt eine weitere Schiefertafel kaufen, um dieses einzigartige Gedicht in die Wohnung zu hängen. In welcher Lebenssituation Rückert es wohl gedichtet hatte? Vielleicht war es ja sogar für seinen Freund August von Platen bestimmt, von dessen Homosexualität jeder wusste, spätestens, seitdem Heinrich Heine sich darüber lustig gemacht hatte. Rückert hätte sich hierzu niemals hinreißen lassen, im Gegenteil, als wahrhaft kosmopolitischer Mensch war er mit allen Kulturen und ihren Sitten vertraut.

Karl-Dieter wischte weiter über das Display. Nun folgten einige Seiten mit Briefen. Auch Rückerts Briefstil war erfrischend unkonventionell, ja an manchen Stellen geradezu witzig. Gelegentlich konnte er auch bedrückt und unzufrieden wirken, etwa wenn er auf die Politik zu sprechen kam, aber auch auf sein eigenes Werk. Mal schien er an einem Mangel an Anerkennung zu leiden, dann wieder an einem Zuviel an bewundernden Besuchern. Am liebsten war er wohl allein in seinem stillen Nest Neuses, bei seiner engsten Familie, in seinem Garten und bei seinen Büchern. Viele Freunde schien Rückert gehabt zu haben, jedenfalls tauchten viele Namen auf. Was müssen das für glückliche Zeiten gewesen sein, als man sich noch lange Briefe schrieb!

Selbst mit London führte Rückert Korrespondenz, mit einem Freund namens Stockmar, der am englischen Hof arbeitete, als engster Vertrauter von Prinz Albert, dem Gemahl von Queen Victoria. Karl-Dieter meinte sich zu erinnern, dass Mütze ihm davon berichtet hatte. In einem etwas verschmierten Brief dankte Rückert Stockmar für die übersandte Literatur, die ihm fesselnde Lesestunden bereitet hätte. *Bhishmaparva* aber, das indische Drama von dem Tempel in den nördlichen Bergen, könne nicht für sich in Anspruch nehmen, zu den ganz großen Sanskrit-Werken zu zählen, selbst wenn es dem großen Kalidasa zugeschrieben wird. Nach wenigen Seiten habe er gemerkt, dass sich die Mühe der Übersetzung nicht lohnen würde, schreibt Rückert. Der Freund wisse, dass ihn nur die anspruchsvollsten, höchsten Formen reizten. So sei er immer vorgegangen, bei allen Sprachen, die er sich beigebracht hatte, immer sei er gleich zum Olymp hinaufgestürmt. Nur so könne er sich für eine neue Sprache begeistern. Er werde das Buch wie verabredet nicht nach London zurücksenden, sondern an die Coburger Hofbibliothek weiterreichen, die Geschichte des indischen Tempels in den nördlichen Bergen und seiner sagenhaften Schätze müsse jemand anderes übersetzen.

Karl-Dieter stutzte. Indien? Tempel? Schätze? Rasch erhob er sich vom Sofa und suchte den Zettel, auf dem er sich die Internetadresse mit dem Spargelsuppenrezept vermerkt hatte, dort hatte er doch auch die Tempelschatzwebsite notiert. Wo hatte er den Zettel nur hingesteckt? Na, egal, dann würde er eben selbst danach googeln. Er schmiss sich wieder auf das Sofa und gab als Suchbegriffe »Tempelschatz« und »Indien« ein. Auf Platz eins der Suchergebnisse erschien ein Artikel der *Süddeutschen Zeitung*.

Karl-Dieter wollte gerade zu lesen beginnen, als es klingelte. Und wie es klingelte! Es hörte gar nicht wieder auf. Wer war das? Zu dieser Stunde? Karl-Dieter bekam nur höchst selten Besuch. Wollten ihm ein paar übermütige Kinder einen Streich spielen? Karl-Dieter öffnete die Wohnungstür. Vom unteren Treppenabsatz her erklangen tonlose Hilferufe, dann ein unheimliches Stöhnen. In drei Sätzen war Karl-Dieter unten. Es war Susi. Sie lag in einer Pfütze, leicht gefärbtes Wasser troff ihr die Hosenbeine herab und bildete einen kleinen See auf den Fliesen. – Die Fruchtblase! Die Fruchtblase war geplatzt. Wieder stöhnte Susi auf, während sich ihr Bauch verkrampfte. Die Wehen hatten eingesetzt. Und wie! Hier war keine Zeit zu verlieren. Karl-Dieter überlegte fieberhaft. Susi ins Auto zu schleppen und zur Klinik zu fahren, dafür war es zu spät. Es gab nur eine Möglichkeit, er musste sie hoch in seine Wohnung bringen. Vorsichtig fasste er die junge Nachbarin unter dem rechten Arm und half ihr auf. Unter größten Kraftanstrengungen ging es die Treppe hinauf. Die Wehen folgten nun immer schneller aufeinander, Susi krümmte sich, und sie mussten ständig Pausen einlegen. Die stöhnende Freundin weiter mit einer Hand stützend, telefonierte Karl-Dieter zugleich mit der Rettungsleitstelle und gab seine Adresse durch.

»Kommen Sie bitte gleich! Wir brauchen dringend Hilfe!«

Endlich waren sie in der Wohnung. Karl-Dieter begleitete Susi behutsam ins Schlafzimmer, dann sank sie ächzend auf sein Bett nieder.

»Keine Angst, wir schaffen das!«, rief Karl-Dieter und lief ins Bad. Rasch wusch er sich die Arme und Hände, ließ heißes Wasser in eine Schüssel laufen und griff sich alle sauberen Handtücher, die er zu fassen bekam.

»Der Arzt kommt gleich«, versuchte er Susi zu beruhigen. Dann half er ihr aus den Kleidern. So peinlich das war, es ging nicht anders, was sollte er denn tun? So eine Jeans war ein absolutes Geburtshindernis. An werdende Mütter hatte Levi Strauss nicht gedacht, als er seine Erfindung gemacht hatte. Susi schien das größte Vertrauen zu Karl-Dieter zu haben und ließ alles geschehen.

»Überatmen, die nächste Wehe überatmen«, rief Karl-Dieter, »so, wie wir es geübt haben!«

Karl-Dieter geriet übel ins Schwitzen. Hoffentlich ging alles gut, hoffentlich kam bald Hilfe! So viel Wissen er sich auch angeeignet hatte, was half das alles in solch einem Moment. Susi streckte ihren Rücken durch, es ging nicht mehr anders, sie musste ihre Schenkel spreizen. Karl-Dieter rutschte auf der Bettkante weiter nach oben und tupfte Susi die Schweißperlen von der Stirn, dabei sah es auf seiner Stirn viel schlimmer aus.

»Ruhig, nur ruhig, das wird noch ein Weilchen dauern!«

Susi antwortete mit einem Schrei, dann biss sie sich auf die Lippen und presste wie noch nie in ihrem Leben.

Der nächste Schrei, der zu hören war, war fein und leise. Das Baby! Das Baby war da! Es lag zwischen Susis Beinen, ein rosaroter, noch ganz schmieriger kleiner Junge. Leo! Alles war gut gegangen. Ganz von alleine. Karl-Dieter wollte etwas stammeln, da stürmten der Notarzt und eine Hebamme ins Zimmer.

»Gratuliere Ihnen beiden«, sagte die Hebamme nach einer kurzen Untersuchung, »Sie haben einen gesunden kleinen Jungen bekommen!«

Erschöpft, aber glücklich bezog Karl-Dieter das Bett mit neuen Laken. Wenn ihm jemand erzählt hätte, dass in ihrem IKEA-Bett einst ein Kind das Licht der Welt erblicken sollte, er hätte ihn ausgelacht. – Das Licht der Welt! Mensch, er hatte ganz vergessen, das Licht auszuschalten. Nun ist es doch keine Dunkelgeburt geworden. Na, egal, für seine erste Geburt hatte er sich trotzdem nicht schlecht geschlagen. Was für ein süßer kleiner Fratz, dieser Leo! Alles dran und quietschfidel. Mutter und Kind waren sicherheitshalber dennoch in die Frauenklinik gefahren worden. Fast schade, dachte Karl-Dieter, als er die Waschschüssel ausspülte. Jetzt, wo das Eigentliche doch geschafft war, schien alles Weitere doch ein Kinderspiel. Nun war es wieder so schrecklich leer in der Wohnung.

Karl-Dieter ging ins Wohnzimmer zurück, wo noch sein aufgeklappter Apple auf ihn wartete. Karl-Dieter wollte ihn schon zuklappen, da fiel sein Blick auf den Artikel aus der *Süddeutschen Zeitung*. Und was er da zu lesen bekam, elektrisierte ihn so sehr, dass er das eben Erlebte für einen Moment vergaß.

Wenn der Zorn der Götter droht

Unter einer Tempelanlage wurde der angeblich größte Schatz Indiens gefunden. Nun streiten Politiker und Forscher um die Kostbarkeiten, die 15 Milliarden Euro wert sein sollen. Die Tempelwächter aber wollen das Gold nicht herausgeben.

Alles begann im Juni, als ein Gericht gegen den Willen des obersten Tempelpriesters anordnete, die Kellergewölbe von einem Expertenteam gründlich durchforsten zu lassen und aufzulisten, was sich in den angeblich seit Ewigkeiten nicht geöffneten Kammern verberge. Dann fanden die Forscher nach eigenen Angaben massenweise antike Kostbarkeiten: Goldmünzen, Götterstatuen, Diamanten, Schmuckketten und juwelenbesetzte Kronen. Der Schatz soll mehrere Jahrhunderte alt sein. Die Könige des damaligen Travancore ließen die Anlage für Vishnu erbauen, den hinduistischen Gott der Erhaltung, und sie verbargen ihre Reichtümer im Keller.

Kerzengerade saß Karl-Dieter nun auf dem Sofa. Fünfzehn Milliarden, verrückt! Hektisch wischte er auf seinem iPad herum, immer zwischen dem Zeitungsartikel und dem Rückert-Brief hin und her. Nun war klar, wonach der Rückert-Mörder suchte! Das war kein Büchernarr, kein Psychopath, das war ein ganz durchtriebener Krimineller, der es auf einen Tempelschatz abgesehen hatte. Auf den legendären Tempelschatz in den nördlichen Bergen! Wo sich dieser Schatz genau befand, das musste in diesem alten indischen Buch beschrieben worden sein, wie hieß es noch gleich? *Bhishmaparva* von dem indischen Dichter Kalidasa. Der Mörder musste erfahren haben, dass Rückert dieses Buch ausgeliehen hatte, um es zu übersetzen. Warum der Mörder ausgerechnet nach Rückerts Übersetzung suchte, blieb unklar. Warum besorgte er sich nicht das Original? Vielleicht war das Original verschollen, wer weiß? Ja, so könnte es gewesen sein. In Karl-Dieters Schädel hämmerte es vor Aufregung. Wenn der Rückert-Mörder nun diesen Rückert-Brief las, was würde er machen? Da gab's doch nur eins: Er würde nach Coburg fahren, um sich das Original zu verschaffen. Nicht nach Münster! Ob das Buch allerdings noch in Coburg war? Gab es dort überhaupt noch eine Bibliothek mit historischen Werken? Jetzt, nach zweihundert Jahren? Noch dazu eine Hofbibliothek, wo es doch längst keine Fürstenhöfe mehr gab. Karl-Dieter fing gleich wieder an zu googeln: »Coburg Bibliothek …« Und los!

Landesbibliothek Coburg

Regionale wissenschaftliche Bibliothek, verwaltet vom Freistaat Bayern. Sitz im Schloss Ehrenburg in Coburg, zuständig für das nordwestliche Oberfranken. Bestand: 444.000 Bände aktueller und historischer Literatur sowie 400 Handschriften, 151 Inkunabeln und an 6.500 Autographe.

444.000 Bände! Wahnsinn! Auch Historisches und Autographen, also alte Handschriften. Aber ob auch das indische Tempelschatzdrama noch dabei war? Rückert hatte das Tempelschatzbuch vor beinahe zweihundert Jahren an die Bibliothek gegeben, wer weiß, was mit dem Werk seitdem passiert war? Karl-Dieter berührte einen Link, der direkt zur Homepage der Landesbibliothek führte, tippte unter »Informationen« den Punkt »Wichtige Alt- und Sonderbestände« an, worauf sich eine weitere Seite mit Unterpunkten öffnete, bei der er auf die »herzogliche Hof- und Staatsbibliothek« tupfte. Ein alter Bucheinband erschien und der Hinweis:

Die herzogliche Hof- und Staatsbibliothek ist im Besitz von 60.000 Titeln in 55.000 Bänden aller Wissensgebiete. Den besten Eindruck vermittelt bis heute der handschriftliche Forberg-Katalog. – LINK –

LINK! Und los! Auf der nächsten Seite folgte eine umständliche Beschreibung, was der Forberg-Katalog war, dazu die einzelnen Buchstaben des Alphabets waagerecht nebeneinander, verbunden mit der Aufforderung, den gesuchten Buchstaben anzuklicken.

»Klicken tun wir schon lange nicht mehr«, flüsterte Karl-Dieter mit leisem Stolz. Wie hieß der Dichter noch gleich? Kalidasa. Karl-Dieter berührte das »K«. Eine krakelige, handgeschriebene Liste erschien, aber mit etwas Mühe fand man sich schon zurecht: Kalb, Kalbskopf, Kalchberg, Kalidasa! Karl-Dieter spreizte die Finger und vergrößerte die Liste, so gut es ging: »Kalidasa – *Bhishmaparva*«. Das Drama um den indischen Tempelschatz! Es stand noch in Coburg im Regal. Karl-Dieter sprang auf und tigerte im

Zimmer auf und ab. Wenn er das in wenigen Minuten herausgefunden hatte, dann war das auch für den Mörder ein Kinderspiel! Rasch griff sich Karl-Dieter das schnurlose Telefon und wählte Mützes Handynummer. Geh ran, nun geh schon ran! Mütze aber schien in einem Funkloch zu hängen, nur seine Mailbox meldete sich. Karl-Dieter überschlug sich fast, als er ihm den Sensationsfund aufs Band sprach.

»… Ihr müsst auf der Stelle nach Coburg, hörst du? Und melde dich bitte bei mir!«

Erneut begann Karl-Dieter, im Zimmer hin- und herzulaufen. Warum weigerte sich Mütze auch, sich ein modernes Smartphone zuzulegen? Was lief er noch mit seinem alten Nokia-Knochen aus dem letzten Jahrhundert herum? Kein Wunder, dass kein Empfang zustande kam! Karl-Dieter fuhr sich durch die Haare. Wenn er wenigstens Big-Chips Handynummer wüsste! In diesem Moment durchfuhr ein krächzender Schrei die Wohnung. Mickey! Erneut fing er an, in rasendem Tempo um seine Stange zu rotieren, schlimmer als je zuvor. Die Riesenwelle! Es war höchste Eisenbahn! Da war jemand in größter Lebensgefahr!

Als er die Treppe hinunterstürmte, wäre er fast ausgerutscht. Mist! Das ganze Fruchtwasser! Was sollte er machen? Coburg eilte, aber das Treppenhaus in diesem Zustand zurückzulassen, das ging einfach nicht. Karl-Dieter machte auf der Stelle kehrt, holte sich einen Putzlappen und begann, so schnell er konnte, die Treppen abzuwischen. Ordnung muss sein, dachte er, wusch sich schnell die Hände. Zumindest das Gröbste war geschafft. Dann rannte er zu seinem Auto.

Karl-Dieter gab Gas, und mühsam begann der Fiat etwas zu entwickeln, was man bei anderen Autos Beschleunigung nannte. Karl-Dieter wusste nur zu genau, dass er sich in eine heikle Situation brachte. Mütze würde ihn umbringen, hatte er ihm doch hoch und heilig versprochen, sich nicht mehr in dessen Ermittlungen einzumischen. Aber das hier war doch was anderes, das war ein Notfall. Genau wie die Geburt eben. Notfälle lassen sich nicht planen. Und außerdem: Würde Mütze an sein Handy gehen, wäre das alles nicht nötig. So aber war Eile geboten. Wer, wenn nicht er, sollte den Mörder denn noch stoppen? Einen Moment hatte Karl-Dieter überlegt, die Coburger Polizei zu informieren. Doch was, wenn er sich irrte, wenn nichts an der Sache dran war? Das würde die schwerste aller Beziehungskrisen bedeuten, das würde ihm Mütze nie verzeihen. Sich einzumischen und dann noch die Kollegen scheu zu machen. Mit der Begründung, Mütze sei nicht erreichbar! Nein, das ging nicht, das ging absolut nicht. Mütze wäre blamiert bis auf die Knochen. Karl-Dieter jagte seinen Fiat über die linke Spur, aber was hieß schon jagen bei einem Kleinwagen? Immer wieder musste er den dicken PS-Schleudern Platz machen. Dennoch kam er gut voran, schließlich war Samstag und die Sonne ging schon unter, kaum mehr Verkehr auf der Autobahn, endlich machte der Frankenschnellweg seinem Namen mal Ehre.

Nach knapp einer halben Stunde war er schon an Bamberg vorbeigeklappert, näherte er sich bereits dem Gottesgarten bei Lichtenfels. Ein erhebender Anblick: Im Abendlicht grüßten sich weit über das stille Maintal die Kirchen von Kloster Banz und Vierzehnheiligen. Sehen aus wie zwei riesige Schnecken, die ihr Gehäuse hinter sich herziehen, schoss es Karl-Dieter durch den Kopf. Gleich zu Beginn ihrer Erlanger Zeit hatten sie einen Ausflug hierher gemacht, hatten Vierzehnheiligen, das Wunderwerk von Balthasar Neumann, bestaunt, die spätbarocke Wallfahrtskirche. Das heißt, er, Karl-Dieter, hatte gestaunt, Mütze nur nach dem Biergarten Ausschau gehalten. Mütze, Mütze, Mütze! Nun ruf schon zurück! Karl-Dieter griff in seine Jackentasche. Verdammt! Wo war sein iPhone? Das konnte doch nicht wahr sein! Er war in der Eile in die falsche Jacke geschlüpft. Was nun? Mütze würde ihn vergeblich zurückrufen, wenn er denn tatsächlich mal seine Mailbox abhören würde. Umdrehen und zurückfahren? Kam nicht in die Tüte! Wegen einer falschen Jacke würde er den Mörder doch nicht entkommen lassen! Man musste ihn stoppen, unbedingt. Karl-Dieter dachte an Mickey, und es lief ihm eiskalt den Rücken hinunter. So wie Mickey diesmal rotiert war, musste man mit einem Doppelmord rechnen. Mindestens!

Da, endlich, die Ausfahrt Coburg. Karl-Dieter setzte den Blinker und fuhr von der Autobahn runter. Es wurde schon dunkel, als er seinen Fiat auf einem Parkplatz nahe der Coburger Innenstadt abstellte. Zuerst war Karl-Dieter etwas unsicher, ob das Schloss mit der Bibliothek nicht dort oben auf der Anhöhe stand, doch die mächtige, mauer- und zinnenbewehrte Anlage, die sich gegen den Abendhimmel abhob, war ein anderer Coburger Herrschaftssitz, die sogenannte Veste, auf der sich schon Luther aufgehalten hatte, um von hier dem entscheidenden Reichstag in Augsburg möglichst nahe zu sein. Mütze wäre sicher trotzig hinaufgefahren, um selbst nachzusehen, Karl-Dieter aber hatte angehalten und ein freundliches junges Paar nach dem Weg zur Landesbibliothek gefragt. Auch als er aus dem Wagen stieg, fragte er sicherheitshalber nochmals einen Passanten, einen älteren Herrn, der seinen Hund ausführte.

»Unsere Landesbibliothek? Im Schloss Ehrenburg, einfach geradeaus, nicht zu verfehlen. Aber heute Abend kommen Sie da nicht mehr rein!«

Karl-Dieter dankte und ging weiter. Er kam zu einer weiten Platzanlage, deren gegenüberliegende Seite von einem großen Gebäudekomplex beherrscht wurde, von zahlreichen Strahlern prächtig ins Bild gesetzt. Zwei mächtige Flügel, die durch einen weiter hinten liegenden Querbau verbunden wurden. Das Schloss! Das musste es sein, Karl-Dieter war sich sicher. Genau so kannte er es von seinen Recherchen bei Wikipedia. In seinem neogotischen Stil erinnerte es an ein englisches Schloss der Windsors. Kein Zufall sicherlich, bei den engen Beziehungen der beiden Adelshäuser. Die engen Beziehungen hatten ja auch dazu geführt, dass nun das indische Schatzbuch in einem der Regale stand. Englische Architektur in Oberfranken, gestaltet von Preußens Oberbaumeister. Niemand Geringerer als der alte Schinkel hatte die neue Fassade für den eigentlich barocken Prunkbau draufgemörtelt.

Karl-Dieter umrundete ein baumbestandenes Rondell in der Mitte des Platzes, auf dem auf einem Sockel ein bronzener Fürst stand. Ob das Albert war? Der Prinzgemahl der englischen Königin Victoria, der kunstsinnige Monarch, dessen Freund und Leibarzt Stockmar Friedrich Rückert viele indische Werke besorgt hatte, eben auch *Bhishmaparva* von diesem Kalidasa, das Buch über die sagenhaften Tempelschätze in den nördlichen Bergen? Im Dunkeln war die Inschrift nicht klar zu erkennen. Egal. Wichtig war etwas anderes, wichtig war das Schloss. Nicht der kleinste Lichtschein drang aus einem der zahlreichen Fenster. Auch nicht aus dem Flügel, in dem die Landesbibliothek untergebracht war, weder aus dem ersten Stock, wo sich die Ausleihe und die Lesesäle befanden, noch aus dem Erdgeschoss, wo das Archiv sein musste, wenn er die Beschreibung auf der Homepage richtig verstanden hatte. Karl-Dieter ging weiter durch den eigentlichen Schlosshof auf den Querbau zu, bis ihm ein schmiedeeisernes, mit spitzen Pfeilen bewehrtes Tor den Weg versperrte. Vorsichtig drückte er eine schneckenförmige Klinke. Zugesperrt. Dahinter mussten die Eingänge zu Schloss und Bibliothek liegen.

Unschlüssig blieb Karl-Dieter vor dem Gittertor stehen und spürte, wie ihn ein Gefühl der Verzagtheit beschlich. Was sollte er tun? Die ganze Nacht hier draußen Wache schieben? Eine wenig freundliche Vorstellung. Zudem war es kühl geworden, und Karl-Dieter spürte, wie er Hunger bekam. Von irgendwoher wehte ein verführerischer Duft. Karl-Dieter beschloss, sich erst einmal zu stärken. Die Aufregung um Susi hatte zusätzliche Kalorien gefordert, außerdem konnte die Nacht lang werden. Er ging in die Richtung, aus der die Duftwolken zu kommen schienen. Am rechten Flügel des Schlosses vorbei gelangte er in die Rückertstraße. An einem Haus, das als Puppenmuseum diente, war ein Relief Rückerts angebracht, sein ehemaliges Coburger Wohnhaus. Nebenan musste Luise gewohnt haben, deren Vater ja Archivar der Bibliothek gewesen war und die er dann zur Frau genommen hatte. Karl-Dieter hatte sich in die ganze Lebensgeschichte Friedrich Rückerts eingelesen, so sehr faszinierte ihn der Dichter. Am Rückerthaus vorbei ging's weiter, dann bog Karl-Dieter rechts ab und gelangte zu einem weiteren großen Platz, der von prächtigen Häusern mit reich verzierten Erkern gesäumt wurde, der Marktplatz. Auch hier stand ein Fürst auf einem Sockel, die Coburger schienen ihre ganze Stadt mit Fürstendenkmälern gespickt zu haben.

Hinten auf dem Platz stand ein einsamer Imbisswagen, aus dessen niedrigem Kamin die Duftwolken wehten. Zwei Frauen waren gerade dabei, den Bratwurststand zu schließen.

Bratwurst! Fast wäre Karl-Dieter wieder umgekehrt. Ein Bratwurststand, das war doch nichts für ihn, das war doch was für Mütze. Wenn es nur nicht so verführerisch gerochen hätte, zudem knurrte sein Magen böse auf, als er überlegte, ohne Wurst umzudrehen. Also los, was soll's! Eine Verbrecherjagd forderte ihre Opfer. Karl-Dieter hatte Glück, die letzte Wurst zu ergattern. Und was für eine Wurst! Die beste Wurst seines Lebens. Und die längste.

»Exakt so lang wie der Marschallstab des heiligen Moritz dort oben auf dem Dach«, lachte die eine der beiden Bratwurstdamen, »einunddreißig Zentimeter und ausschließlich auf Kiefernzapfen geröstet.«

Tatsächlich. In der Feuerschale konnte Karl-Dieter noch die glühenden Zapfen erkennen. Seltsam. Seltsam auch, dass hier die Semmel vertikal aufgeschnitten wurde. Die Wurst schmeckte fein und würzig, mit einem leichten Hauch Zitrone. Die Sache wurde immer seltsamer. Wer kam auf die Idee, Zitrone in die Wurst zu tun? Egal, Hauptsache es schmeckte und er wurde satt. Auf Anraten der Wurstverkäuferin aß er sie ohne Senf. Wäre auch ein Verbrechen gewesen, diese kulinarische Köstlichkeit im Mostrich zu ersticken.

Mit der Bratwurstsemmel und einer Flasche Bier in der Hand kehrte er zum Schlossplatz zurück, wo er sich im Schatten des Theaters auf eine Stufe setzte. Still hob er die Flasche und trank auf das Wohl des neuen Erdenbürgers. Nichts Schöneres hatte er in seinem Leben erlebt als diesen Moment. Dann machte er sich über die Rostbratwurst her. Mit gefülltem Magen ging es einem doch gleich besser. Als er den letzten der einunddreißig Wurstzentimeter verputzt hatte, leckte er sich die Finger sauber. Wenn er doch bloß sein iPhone dabeihätte! Wie würde Mütze reagieren, wenn er seine Mailbox abhörte? Ob er auf der Stelle umkehrte, um nach Coburg zu brausen? Karl-Dieter war sich da keineswegs sicher. Zwar hatte er dem Freund alles Wichtige aufgesprochen, vom Fund des Tempelschatztextes in dem Papierstapel ebenso wie von dem brisanten Brief Rückerts an Stockmar. Dass diese beiden Dinge zusammengehörten, war sonnenklar. Ebenso, dass das gesuchte Zielobjekt des Mörders, die alte indische Schrift mit dem Hinweis auf den sagenhaften Tempelschatz, hier im Schloss Ehrenburg zu finden war. Und außerdem war klar, dass all das der Mörder wusste, so er denn beim Studium der Schweinfurter Archivakten bereits auf den Rückert-Brief gestoßen war. Letzteres war nicht unbedingt sicher, die Stofffülle war erschlagend. Karl-Dieter hatte nicht von vorne angefangen zu lesen, sondern war wild in den Aufzeichnungen herumgesurft. Zufall, dass er so schnell auf den Schatzbrief gestoßen war. Der Mörder könnte wesentlich länger dafür brauchen. Dennoch, der Mord mit dem Raub der Archivmappen in Schweinfurt war bereits am Mittwoch passiert, also vor drei Tagen. Bei der enormen kriminellen Energie des Täters war davon auszugehen, dass er seinen Fund in gieriger Eile studierte. Und außerdem: Mickeys erneute Riesenwellen! Nein, Mütze konnte, Mütze durfte nicht weiterfahren. Mütze musste umdrehen. Er würde versucht haben, ihn zurückzurufen, vergeblich natürlich. Einen der wenigen Passanten zu bitten, ihm sein Handy auszuleihen, brachte auch nichts. Er hatte ja Mützes Nummer nicht im Kopf. Es half alles nichts, er würde hier hocken bleiben, wachen und frieren und hoffen, dass Mütze bald auftauchte.

Karl-Dieter überlegte. Als er ihm auf die Mailbox gesprochen hatte, waren Big-Chip und Mütze gute drei Stunden unterwegs gewesen. Wahrscheinlich nahmen sie die Kasseler Autobahn. Von dort zurück nach Coburg müsste man es in zwei Stunden schaffen, sodass er bald da sein müsste. Wenn denn Mütze seine Mailbox abgehört hatte, wenn er sie bald abgehört hatte, wenn er sie abgehört hatte und zu dem Schluss kam, dass Karl-Dieter auf der richtigen Fährte war. Wenn, wenn, wenn ...

Coburg schien sich bereits aufs Ohr zu legen. Selten noch tauchte der eine oder andere Passant auf, müde Coburger, die aus den Wirtshäusern kamen, um nach Hause zu gehen. Kein Vergleich mit der Studentenstadt Erlangen, wo nicht nur am Wochenende das bunte Leben tobte. Hin und wieder stand Karl-Dieter auf, um sich die Beine zu vertreten. Sein Beobachtungsposten auf den Theaterstufen war recht weit vom Eingang der Landesbibliothek entfernt, der Schlossplatz war eine überaus großzügige Schöpfung. Diese Herzoge von Sachsen-Coburg müssen wirklich reiche Leute gewesen sein.

Karl-Dieter überlegte kurz, sich hinter dem Sockel des zentralen Fürstendenkmals zu verstecken, kam aber von der Idee wieder ab. Das Denkmal lag zu exponiert. Besser waren vielleicht die Freitreppen linker Hand, die zu einem weitläufigen Park führten, der sich bis zur Veste hinauf erstreckte. Aber auch auf der Freitreppe konnte man sich nur schwer verstecken. Und die Arkaden zwischen den Treppen lagen zu sehr im Licht. Nein, es war besser, auf den Stufen des Theaters zu warten.

Dem Coburger Theater hatte Karl-Dieter bislang noch keinen Besuch abgestattet. Es hieß, es sei finanziell gut abgesichert und könne sich noch alle drei Sparten leisten, dazu habe sich der Freistaat Bayern verpflichtet, als sich die Coburger 1919 nach dem Fall der Monarchie für Bayern statt für Thüringen entschieden. Erlangen hatte es da bedeutend schwerer. Karl-Dieter sah aber auch eine Chance darin. Mit einfachen Mitteln bestmögliche Wirkungen zu erzielen war eine Herausforderung, der er sich gerne und höchst erfolgreich stellte. Selbst die kritische fränkische Presse hatte seine Arbeit bereits mehrfach in den höchsten Tönen gelobt.

Ach, was würde er darum geben, jetzt im Theater zu sein! Stattdessen kauerte er wieder auf seinem zugigen Wachposten und wartete. Es war gegen elf Uhr, als er eine einsame Gestalt erblickte, die am Rande des Platzes entlangschlich und sich unsicher näherte. Als die Gestalt auf etwa zehn Schritte herangekommen war, geriet sie in den Schein einer Straßenlaterne.

»N' Abend«, sagte der Mann und blieb schwankend stehen.

Er wirkte schon älter, war unrasiert und hatte eine kalte Zigarette im Mundwinkel. Karl-Dieter erwiderte den Gruß so knapp wie möglich. Was ihm jetzt noch fehlte, war die Gesellschaft eines Penners.

»Hast du Feuer?«, fragte der Mann.

Karl-Dieter verneinte.

»Hübsches Schloss«, sprach der Mann weiter und deutete auf die Ehrenburg.

Karl-Dieter nickte.

»War schon die Queen zu Gast, also Queen Victoria. Wir Coburger haben Ihrer Majestät extra ein Klo ins Schloss gebaut, extra für die Queen, ein Klo mit Wasserspülung und allen Schikanen, verstehst du, ultramoderne Anlage!«

Der Mann machte eine Bewegung, als würde er an einer imaginären Schnur ziehen, plusterte die Backen auf und imitierte Spülgeräusche. Dann lachte er über sich selbst.

»Das erste WC in Deutschland! Ja, so ne Queen ist ne feine Dame, schon was Besseres wie wir.«

»Als wir«, brummte Karl-Dieter, worauf der Mann überrascht verstummte und Karl-Dieter wankend anstierte.

»Wohl n Studierter?«, brummte er nach einer Weile, »wenn du schon so klug bist, kannste mir bestimmt auch sagen, wie der Mann von Victoria geheißen hat.«

»Albert.«

»Genau, Albert. Unser Albert von Sachsen-Coburg. Der hat den Engländern die Kultur gebracht. Und uns das erste Klo, Albert von Sachsen-Cloburg«, lachte der Penner und torkelte weiter. »Gute Nacht, der Herr!«

Als der Witzbold außer Sichtweite war, atmete Karl-Dieter auf und begann erneut, den Platz zu beobachten. Die Zeit verging, ohne dass sich etwas tat, frierend krochen die Minuten über das schwarze Pflaster. So eine Mainacht konnte verdammt kalt sein. Karl-Dieters Laune sank immer weiter. Je schlimmer er zu frieren begann, desto unsinniger kam ihm seine Aktion vor. Was suchte er hier nur? Vermutlich würde er sich völlig umsonst die Nacht um die Ohren schlagen. Doch selbst wenn der Mörder noch auftauchen sollte, was würde er denn dann bitte schön machen? Zu ihm hingehen und sagen: »Guten Abend, Herr Mörder, im Namen des Gesetzes, Sie sind verhaftet!« So ein Blödsinn. Und noch dazu maximal gefährlich. Der Kerl war unberechenbar und hoch aggressiv. Der würde nicht lange fackeln. Wieder musste Karl-Dieter an Mickeys Riesenwelle denken.

Er klappte den Kragen seiner Jacke hoch. Er war nicht zum Helden geboren. Zwar hatte er sich sein Schweizer Taschenmesser eingesteckt, doch darüber würde ein Typ wie der Mörder doch nur müde grinsen, würde ihn mit einem gezielten Schlag niederstrecken und ihm dann den Schädel verbeulen. Karl-Dieter fröstelte. Die Dunkelheit und der einsame Platz ließen seine Fantasien immer düsterer werden. Vielleicht hatte sich der Kerl auch eine Knarre besorgt, so eine kleine handliche für die Westentasche. Piff, paff, und er würde die Radieschen künftig von unten betrachten. Karl-Dieter wurde immer mutloser. Warum kam Mütze nicht endlich? Er müsste doch schon längst da sein. War es nicht besser, sich wieder in seinen Fiat zu setzen und zurück nach Erlangen zu fahren? Er musste doch auch noch das Blaukraut aufsetzen.

Es wurde Mitternacht. Karl-Dieter fingerte schon in seiner Jackentasche nach dem Zündschlüssel, als er sich unwillkürlich gegen die Wand drückte und den Atem anhielt. Zwei dunkle Gestalten! Zwei Gestalten, die den Schlossplatz von der Rückertstraße aus betraten, zwei Männer, wie es aussah. Sie gingen ohne erkennbaren Abstand, der größere Mann dicht hinter dem ersten. Eng am rechten Querflügel des Schlosses vorbei hielten sie sich im Schatten der Mauer und bogen dann in den Schlosshof ein. Kurz vor dem schmiedeeisernen Tor stoppten sie. Der erste Mann schien etwas in seinem Mantel zu suchen. Dann hörte man ein leises Quietschen, das Tor öffnete sich einen Spalt breit, und die beiden Männer gingen in den offenen Torbogen hinein, der in den Querflügel führte. Dann verschwanden beide im Dunkeln.

»Mist«, entfuhr es Karl-Dieter. Hektisch sah er sich um. Wo blieb nur Mütze? Das hier war doch nichts für einen Bühnenarbeiter! Was sollte er jetzt tun? Er glaubte zu beobachten, wie hinter einem Fenster ein Lichtstrahl aufblitzte, vielleicht eine Taschenlampe. Einen Moment lang stand Karl-Dieter unschlüssig da, dann stürmte er los. Jetzt war eh schon alles egal. Hier ging es um Leben und Tod! Der erste der Männer musste ein Mitarbeiter der Bibliothek sein, der zweite der Mörder. Was mit dem Bibliothekar passierte, wenn er den Mörder zu der indischen Handschrift geführt hatte, war klar.

Karl-Dieter hatte das Schloss erreicht und schob sich durch den offenen Spalt des Tores. Zum Glück hatte es der

Mörder nicht zusperren lassen, wollte sich wohl den Rückweg so leicht wie möglich machen. Karl-Dieter eilte weiter durch den Torbogen und gelangte in eine hohe, offene Halle, deren Kreuzgewölbe von massiven Pfeilern gestützt wurde. Karl-Dieter sah sich hektisch um. Da! Ein Hinweisschild, im Dunkeln gerade eben zu entziffern. Linker Hand befand sich der Eingang zur Landesbibliothek, eine riesige hölzerne Tür, bestimmt vier Meter hoch. Leise, nur leise! Die Tür ließ sich öffnen, und Karl-Dieter kam in ein großes Treppenhaus. Wo mochten die beiden langgegangen sein?

Zwei Treppen führten hinauf, die eine links, die andere rechts. Karl-Dieter entschied sich für die rechte Treppe, aber auch die linke wäre richtig gewesen, denn die beiden Treppen vereinigten sich im Zwischengeschoss zu einer einzigen. Zum Glück fiel etwas Streulicht von den Außenstrahlern durch die hohen Fenster in das Innere des Schlosses, sodass man erahnen konnte, wo man sich befand. Ein Wahnsinnstreppenhaus war das, im klassizistischen Stil ausstaffiert. Karl-Dieter schlich weiter, der Sisaltreppenläufer dämpfte seine Schritte. Es roch etwas modrig. Auf dem Treppenabsatz ging es nun zur Bibliothek hinein.

Die Tür stand offen und führte in einen Eingangsraum, in dem einige Vitrinen ausgestellt waren. So behutsam es ging, verließ Karl-Dieter den Eingangsbereich und betrat die anschließenden Archivräume, deren hohe Regale bis zur Decke reichten. Die Räume schienen in einer Flucht angeordnet zu sein, die Bücherwände bildeten ein weites Labyrinth. Karl-Dieter wollte gerade den zweiten Saal betreten, als er Stimmen hörte. Jemand zischte etwas in aggressiver Weise, worauf ein ängstliches Gemurmel ertönte. Karl-Dieter schlich langsam näher.

»Wo steht das Buch von Kalidasa?«, zischte es erneut.

»Ich glaub, wir sind schon zu weit«, kam es stotternd zurück.

»Vorsicht, keine Sperenzchen!«, klang es ärgerlich.

Wieder flammte der Strahl der Taschenlampe auf, diesmal blendend hell. Oh Gott, dachte Karl-Dieter, sie kommen direkt auf mich zu! Schnell trat er hinter ein Regal. Statt sein Taschenmesser zu zücken, ließ er seine Hände in fiebernder Eile über die Bücher gleiten und zog ein besonders schweres Exemplar hervor. Jetzt kam alles auf ihn an, auf diesen einen Moment. Karl-Dieter nahm seinen ganzen Mut zusammen und hob den Wälzer mit beiden Händen in die Höhe. Die Schritte näherten sich, der Strahl der Taschenlampe glitt über den Boden. Karl-Dieter hielt den Atem an. Ganz ruhig bleiben, ganz ruhig bleiben! Wenn es eine Chance gab, dann nur jetzt und nur diese eine!

Nun waren die Schritte ganz nah zu hören, der Schein der Taschenlampe glitt knapp an seinen Schuhen vorbei. Karl-Dieter stellte sich auf seine Zehenspitzen, dann ließ er das Buch hinuntersausen. So mächtig hatte er noch nie zugeschlagen, alles hatte er in diesen Schlag gelegt. Volltreffer! Mitten auf die Birne! Es tat einen dumpfen Knall, und der Mann ging zu Boden, ohne einen einzigen Ton von sich zu geben. Entschlossen wollte sich Karl-Dieter auf ihn stürzen, da schoss ihm das Licht der Taschenlampe direkt ins Gesicht. Verdammt, er hatte den Falschen erwischt! Das Buch in Richtung der Taschenlampe werfend, rannte Karl-Dieter davon, doch die Taschenlampe rannte hinter ihm her.

»Stehen bleiben«, rief jemand, »sofort stehen bleiben!«

Karl-Dieter lief um sein Leben, schmerzhaft knallte er gegen eine im Weg stehende Regalleiter, geriet ins Stolpern, fing sich wieder, lief den schmalen Gang zwischen den Bücherwänden entlang, bog an dessen Ende in den parallelen Gang ein und stürmte weiter voran.

»Stehen bleiben«, rief wiederum jemand hinter ihm.

Der nächsten Regalleiter wich Karl-Dieter aus und kam an eine Kreuzung der Regalwände. Wohin nun? Links musste es zurück zum Eingang gehen, das war seine Chance! Hektisch sah er sich um. Doch was war das? Das Licht der Taschenlampe war plötzlich nicht mehr zu sehen, auch hörte er keine Schritte mehr hinter sich. Hatte er das Monster abgehängt? Wohl kaum. Versuchte der Kerl, ihm den Weg abzuschneiden? Ahnte er, was er vorhatte? Hatte er einen querenden Gang benutzt und war zurück, um nahe des Eingangs auf ihn zu warten? Nur kein Fehler jetzt, dem Mörder keinesfalls direkt in die Arme laufen!

Karl-Dieter sah sich um. Die Bibliothek war riesig, vielleicht gelang es ihm, sich zu verstecken. Wenn er nur nicht so keuchen müsste. Er versuchte, durch den offenen Mund zu atmen. Leise, nur leise! Auf Zehenspitzen nahm er die entgegengesetzte Richtung, weg vom Eingang. Wenn er eine Chance haben sollte, dann nur so. Er hielt sich dicht an den Regalwänden, stoppte manchmal und lauschte. Wo steckte das Monster bloß? Karl-Dieter ging noch ein Stückchen weiter und blieb am Ende einer Bücherwand stehen, wo er sich wieder fest an ein Regal presste. Hier kreuzten sich zwei Wege, von hier aus konnte er in vier verschiedenen Richtungen entkommen. Sein Glück war, dass das Archiv so riesig war, ein einziger Irrgarten. Selbst bei guter Beleuchtung könnte man hier bestens Verstecken spielen.

Karl-Dieter rührte sich nicht. Er musste nur leise in die Dunkelheit lauschen. Näherte sich der Mörder, konnte er schnell weiterschleichen. Im ganzen Archiv hing jener eigenartige Geruch von alten Bibliotheken. Karl-Dieter fiel der Satz des Mörders ein: »Ich liebe den Geruch von Büchern.« Ihn schauderte. Durch ein Fenster konnte er hinaus auf den Schlossplatz schauen. Ob er versuchen sollte, das Fenster einzuschlagen? Vielleicht mit einer der langen Aluleitern? Vielleicht würde der Mörder erschrocken fliehen, wenn er den Lärm hörte. Vielleicht, vielleicht aber auch nicht. Und dann wäre er ein toter Mann.

Nein, nein, nur nichts überstürzen. Schön die Nerven behalten, schön ruhig hier stehen bleiben. Vollkommen still war es. Irgendwo in der Dunkelheit steckte der Mörder. Karl-Dieter war es, als hätte er im hinteren Teil des Raumes einen Lichtstrahl aufblitzen sehen. Ob der Mörder gar nicht mehr hinter ihm her war? Ob er stattdessen die Regalwände absuchte, das Tempelschatzbuch zu finden versuchte, um sich damit aus dem Staub zu machen? Karl-Dieter war's egal. Sollte der Schurke nur mit dem Buch verschwinden. Er würde sich ihm nicht mehr in den Weg stellen. Nie wieder! Alle Tempeljuwelen dieser Erde waren es doch nicht wert, sein Leben dafür zu riskieren, dieses wunderbare, einmalige Leben. Was hatte er nicht alles Schönes erleben dürfen, die schönsten Jahre an der Seite Mützes. Auch wenn er sich so manches Mal über den Freund hatte ärgern müssen, über dessen Halsstarrigkeit in der Babyfrage vor allem. Das erschien doch jetzt zweitrangig. Wie drückte es Helene Fischer aus? »Spür, was Liebe mit uns macht!« Nur das zählte, nur darauf kam es doch an. Ach Mütze! Werde ich dich je wiedersehen?

Wie hatte er auch nur so blöd sein können, nach Coburg zu fahren! Warum musste er sich auch immer in Mützes Fälle einmischen? Mütze hatte schon vollkommen recht, wenn er sauer auf ihn war. Jetzt stand er hier in der Finsternis und zitterte um sein Leben. Um keinen Schatten zu werfen, presste sich Karl-Dieter noch etwas dichter an das Regal, das jedoch war ein Fehler. Etwas geriet in Bewegung, und auf der anderen Seite des Regals stürzten knallend die Bücher zu Boden. Verdammt! Wie angewurzelt blieb Karl-Dieter stehen. Er musste weg von hier, aber in welche Richtung?

Wieder griff er hinter sich, wieder zog er ein Buch aus dem Regal. Dann trat er einen Schritt vor und warf das Buch mit aller Macht in Richtung des Fenstergangs, um sich zugleich in der entgegengesetzten Richtung davonzuschleichen. Ein geschicktes Ablenkungsmanöver! Während der Kerl zum Fenster eilen würde, konnte er den Weg zurück zum Eingang nehmen. Karl-Dieter hatte schon den langen Verbindungsgang erreicht, an dessen Ende die rettende Tür lockte. Nun musste er spurten, um sein Leben spurten!

Und Karl-Dieter lief los. Als er jedoch die letzte der Verbindungstüren passierte, sauste ihm eine der Aluleitern vor die Füße, er stolperte und fiel der Länge nach auf den Gang, mitten aufs Gesicht. Im selben Moment flammte das Licht der Taschenlampe wieder auf, dazu sah er den kalten Stahl einer Klinge blitzen. Karl-Dieter machte eine Abwehrbewegung mit dem Arm. Jetzt war alles zu spät, jetzt blies man ihm das Licht aus. Karl-Dieter schloss geblendet die Augen. Oh Mütze, das Leben mit dir ist so schön gewesen!

Da ertönte ein lauter Ruf: »Hände hoch, Polizei!«

Sonntag

Die Schäufele zuzubereiten hatte er sich nicht nehmen lassen. Einladung war Einladung. Mütze hatte vorgeschlagen, sie stattdessen alle ins *Gasthaus Polster* auszuführen, was Karl-Dieter gerührt abgelehnt hatte, obwohl man im *Polster* wirklich vorzüglich speisen konnte. Prüfend öffnete er den Ofen, aus dem es schon verführerisch duftete. Lieb von Mütze, die Idee mit dem *Polster*. Aber erstens brauchte er keine Erholung, zweitens erholte er sich am besten in der Küche, drittens hatte er die Schäufele doch schon besorgt, und viertens verspürte er nicht die geringste Lust, sich mit dieser scheußlichen Gesichtsmaske in ein öffentliches Lokal zu begeben. »Partnerlook«, hatte Mütze gegrinst, als Karl-Dieter am frühen Morgen frisch verarztet aus dem Behandlungszimmer der Chirurgischen Ambulanz gekommen war. Partnerlook, von wegen! Mütze weigerte sich ja weiterhin, seine Maske zu tragen. Karl-Dieter stach mit dem Spieß prüfend in das Fleisch und las die Temperatur ab. Stimmte exakt. Vorsichtig goss er noch mal etwas Bier über die Schwarte, in die er zuvor kleinste Quadrate geschnitten hatte. Mit einem Teppichmesser, das ihm Frau Gößwein geliehen hatte. Nun musste er nur noch kräftig hochdrehen, volle Oberhitze, bis die Kruste poppte. Doch damit wollte er noch warten, bis Mütze und Big-Chip zurückkamen.

Wo sie nur blieben? Sie hatten sich doch zu sieben Uhr verabredet. Wahrscheinlich mussten sie noch den Rapport für Sweetheart zu Papier bringen. No job is finished, until the paperwork is done. Mütze hasste Formalkram, heute aber würde ihm die Arbeit leicht von der Hand gehen. Was für ein Erfolg, den Täter auf frischer Tat ertappt zu haben! Und zwar keine Minute zu spät. Karl-Dieter schauderte, wenn er sich vorstellte, was hätte passieren können. Ein dummer Zufall, ein kleiner Stau auf der Kasseler Autobahn, und Mütze hätte ihn nur noch als Leiche begrüßen können. So war noch mal alles gut gegangen. Der Täter hatte dermaßen verblüfft geschaut, dass er sich widerstandslos hatte festnehmen lassen, ohne ihm den finalen Schlag verpassen zu können. Auch dem armen Archivar war zum Glück nichts Ernsthaftes passiert, eine kleine Gehirnerschütterung, nichts weiter. Diese allerdings hatte dazu geführt, dass er sich an nichts mehr erinnen konnte, nicht mal daran, wie ihm der Täter aufgelauert und ihn bedroht hatte, geschweige denn an Karl-Dieters erschlagende Lektüre. Retrograde Amnesie.

Das Blaukraut roch wunderbar aromatisch, sicherheitshalber gab Karl-Dieter noch ein weiteres Löffelchen von der Preiselbeermarmelade hinzu. Er hatte sich noch nicht getraut, in der Frauenklinik anzurufen und sich nach Susi und dem süßen kleinen Leo zu erkundigen. Er war ja auch nicht der Vater, man würde ihm wahrscheinlich keine Auskunft erteilen. Vielleicht schlief Susi ja auch noch. Sie hatte sich wirklich tapfer geschlagen. In einem solchen Rekordtempo zu gebären, und das beim ersten Kind.

Karl-Dieter schöpfte die Klöße aus dem heißen Wasser und ließ sie in eine vorgewärmte Schüssel gleiten. Wie mochten Big-Chip wohl die Klöße schmecken? Darauf war er besonders gespannt. Karl-Dieter hatte sich nämlich die Mühe gemacht, keinen fertigen Kloßteig zu nehmen, sondern frische Kartoffeln zu reiben und einen Teig daraus zu kneten. Auch die Breggala, die gerösteten Weißbrotwürfel, die in die Mitte der Klöße kamen, hatte er liebevoll zubereitet. Das Blaukraut hingegen stammte aus der Dose. Karl-Dieter hatte es aber mit einem Löffel Preiselbeeren versehen, alter fränkischer Hausfrauentipp, den ihm ihre nette Nachbarin, Frau Gößwein, verraten hatte. Er hatte das Kraut am Morgen bereits kurz aufkochen lassen, bevor er hundemüde ins Bett gefallen war. Bei ihnen in Dortmund sagte man zum Blaukraut Rotkohl, wie beim Lackmuspapier veränderte der Säuregehalt die Farbe.

Karl-Dieter schaute zur Uhr. Jetzt konnten sie aber wirklich kommen, alles war perfekt vorbereitet, der Tisch festlich gedeckt und die Kerzen brannten. Selbst Mickey schien in bester Stimmung zu sein und piepte fröhlich auf seiner Schaukel. Karl-Dieter schob ihm etwas Petersilie in den Käfig. »Mütze, Mütze, Mütze!« Mickey zwinkerte ihm interessiert, aber etwas ratlos zu. Ach, es war doch egal, ob sein kleiner Piepmatz sprechen lernte. Er konnte etwas viel Wichtigeres, er hatte die Eigenschaft, Verbrechen zu erspüren. Jeder Polizeihund konnte gegenüber Mickey einpacken. Natürlich besaß Mütze nicht die Größe, zugeben zu können, dass an Mickeys Riesenwellen etwas dran war, geschweige denn, dass er wegen der jüngsten Riesenwelle nach Münster aufgebrochen war. Niemals würde er das zugeben. Knallharter Ermittler eben.

Karl-Dieter grinste in sich hinein, äußerst vorsichtig natürlich, denn das gebrochene Nasenbein schmerzte empfindlich. So war Mütze eben, unverbesserlich. Aber vielleicht war das gerade gut so. Man sollte nicht versuchen, die Menschen zu ändern. Heute jedenfalls würden sie feiern. Drei Morde auf einen Schlag aufzuklären, das gelang selbst einem solch ausgefuchsten Mann wie Mütze nicht alle Tage. Ein erwartungsfrohes Lächeln glitt über Karl-Dieters maskiertes Gesicht. Die Chancen auf eine kleine Wunscherfüllung standen günstig. Gleich morgen würde er mit Mütze in die Stadt gehen. Er hatte da zwei so schöne Ringe bei einem kleinen Juwelier am Bohlenplatz gesehen und dann noch einen Laden für die Babyerstausstattung ... Der kleine Junge von Susi durfte doch nicht ohne Spielkameraden aufwachsen!

Plötzlich kam Bewegung in die Bude. In bester Stimmung kehrten Mütze und Big-Chip zurück, ja Mütze begrüßte ihn sogar mit einem Wangenkuss, obwohl doch Big-Chip danebenstand, was Karl-Dieter besonders freute. Eigentlich war es eher ein Kuss auf die Maske, aber egal, was zählte, war die Geste.

»Hier, ein Geschenk für dich!«, sagte Mütze und reichte Karl-Dieter eine schwere Tüte.

Karl-Dieter war freudig überrascht. Geschenke bekam er von Mütze höchstens zu Weihnachten und zum Geburtstag und auch dann nur sehr praktische Dinge.

»Was ist es denn?«, fragte er neugierig.

»Schau halt rein!«

Karl-Dieter öffnete die Tüte und zog ein Buch heraus, einen Ausstellungskatalog *200 Jahre Friedrich Rückert*.

»Oh, danke«, stammelte Karl-Dieter.

»Ist nicht von mir«, sagte Mütze, »ist von Drosselohr, dem Coburger Archivar. Mit genau diesem Wälzer hast du ihn niedergeschlagen!«

»Sehr aufmerksam«, stammelte Karl-Dieter, während die Kommissare in ein prustendes Lachen ausbrachen.

Karl-Dieter legte das Buch beiseite und ging zum Kühlschrank. Jetzt war der richtige Moment, den Rückert-Sekt zu köpfen. Der Korken flog mit einem solchen Knall durchs Zimmer, dass Mickey wüst zu schimpfen begann.

»Auf Rückert!«

»Auf Mickey, unseren Hilfskommissar!«

Nun aber zu Tisch! Um es gleich zu sagen, das Schäufele schmeckte köstlich. Das Fleisch war würzig und butterzart und die Schwarte warf fröhliche Bläschen und war genauso knackig und rösch, wie sie sein musste. Beim Hineinbeißen krachte es kräftig, das Qualitätskriterium schlechthin. Selbst Karl-Dieter, der gewöhnlich äußerst selbstkritisch war, genoss das fränkische Nationalgericht. Gespannt wartete er auf Big-Chips Urteil. Warum nur sagte Big-Chip nichts? Obwohl es ihm offensichtlich zu schmecken schien, kam ihm kein Kommentar über die Lippen. Karl-Dieter wurde immer ungeduldiger, das hier war schließlich seine Frankenprobe.

»Und? Schmeckt's dir?«, platzte es schließlich aus ihm heraus.

Big-Chip hob erstaunt den Kopf.

»Bassd scho«, erwiderte er trocken.

Karl-Dieter erbleichte und schaute Big-Chip empört an, worauf Big-Chip loslachen musste.

»Bassd scho ist das höchste Lob, zu dem ein Franke fähig ist«, sagte er grinsend, worauf Karl-Dieter erleichtert, aber auch leicht missbilligend den Kopf schüttelte. Die fränkische Seele, sie blieb ihm ein Buch mit sieben Siegeln.

»Unsere nette Nachbarin würde sagen: Schmeckt mich gut!«, ergänzte Karl-Dieter noch zur allgemeinen Erheiterung.

Beim Essen berichteten Big-Chip und Mütze, der Täter sei bislang noch nie in Erscheinung getreten. Es handle sich um einen Mann namens Oskar Immermann, einen vierzigjährigen Buchhalter aus Idar-Oberstein. Übrigens ein semmelblonder Bursche, der keinerlei Ähnlichkeit mit dem Grauschopf hatte. Bislang habe Immermann geschwiegen, aber die Beweislast war erdrückend. Im *Hotel Luise*, seinem Erlanger Quartier, hatte man die gesamte Beute sicherstellen können, alle Rückert-Handschriften waren noch vorhanden. Karl-Dieter hatte völlig richtiggelegen, der Täter hatte es auf den legendären Tempelschatz abgesehen. Im Hotelzimmer hatte man Materialien gefunden, die diese These stützten, Landkarten, alte Aufzeichnungen.

»Außerdem gibt es zwei Zeugen.«

»Wen?«, fragte Karl-Dieter und ließ den Blaukrautschöpflöffel sinken.

»Einer sitzt vor dir!«

»Du?«

»Als ich bei dem Internetcafébesitzer war, diesem ewig bekifften Typ, saß Immermann wieder an einem der Computer. Er musste mitbekommen haben, wie ich mich vorstellte. Daher wusste er von der Maske.«

»Und der zweite Zeuge?«

»Den hat Europol in London ausfindig gemacht, nachdem wir den Kollegen ein Foto von Immermann gemailt hatten. Der für indische Handschriften zuständige Bibliothekar der British Library in London hat sich an Immermann erinnern können. Vor wenigen Wochen ist Immermann dort aufgetaucht, hat sich als deutscher Wissenschaftler ausgegeben und sich die Kataloge der indischen Handschriftenabteilung zeigen lassen, die er dann höchst aufmerksam studiert hat. Und dreimal darfst du raten, was neben dem Eintrag zum Tempelschatzbuch von Kalidasa gestanden hat?«

Karl-Dieter zuckte mit den Schultern.

»Ausgeliehen an Professor Rückert, Neuses bei Coburg«, grinste Mütze.

»Was für ein verrückter Fall!«

»Geradezu verrückert!«

So erklärte sich die ganze grauenhafte Geschichte. Zunächst war Immermann auf der Jagd nach Rückerts noch unveröffentlichter Übersetzung des Tempelschatzbuches gewesen, dann hatte er den Rückert-Brief an Stockmar gelesen, hatte erfahren, dass Rückert überhaupt keine Übersetzung angefertigt hatte, und wollte dann an das milliardenschwere Original heran.

»Wahnsinn«, sagte Karl-Dieter und reichte noch mal die Schüssel mit den Knödeln herum. Big-Chip nahm noch einen und auch Mütze, dem es ebenfalls sehr zu schmecken schien und der die Knödel ausdrücklich lobte.

»Dieselben habe ich mal in einem Nürnberger Spitzenlokal zu essen bekommen«, sagte er, wohl auch um Karl-Dieter eine Freude zu machen.

»Die gleichen«, entfuhr es Karl-Dieter.

»Wie bitte?«, fragte Mütze und kniff die Brauen zusammen.

»Ach egal«, sagte Karl-Dieter, »was passiert denn jetzt mit dem Buch von Kalidasa?«

»Mach dir keine Hoffnungen«, sagte Mütze, »Sweetheart lässt es kopieren und schickt die Kopien an die indischen Behörden. Der Schatz gehört dem indischen Volk, und das wird die Milliarden gut gebrauchen können.«

Karl-Dieter schaute skeptisch. Er glaubte nicht daran, dass die Schätze beim indischen Volk landen würden. Die Reichen würden sich daran bereichern, und die Armen würden weiter in ihren Slums leben müssen. Geld und Gier, die beiden blieben siamesische Zwillinge. Die Gier nach dem Geld hatte auch den Mörder angetrieben. Drei Menschen hatten wegen dieses Monsters sterben müssen.

»Und beinahe wäre noch ein Vierter hinzugekommen«, bemerkte Mütze, ohne eine Miene zu verziehen.

»Was würdest du machen, wenn es mich erwischt hätte?«, fragte Karl-Dieter.

»Trauern natürlich«, sagte Mütze mit todernstem Gesicht, »und zwar mindestens drei Wochen lang!«

Karl-Dieters Faust sauste auf Mützes Oberarm. In das ausgelassene Lachen hinein ertönte plötzlich ein schriller Schrei. Mit einem Schlag verstummten die drei Freunde. Mickey! Mit wilder Wut stürzte er sich auf seine Schaukel und machte die Riesenwelle. Dann hielt er inne, riss seinen Schnabel weit auf und krähte fröhlich: »Mützeeee!«